Essay Across the
West Garden

西花园的雅

滕　柏／主编

文汇出版社

主编

滕　柏

副主编：

袁　佳

编委会主任：

柳袁照

编委会副主任：

耿昌洪　李　丹　罗　强　徐　蕾　张惠钰

序

滕柏

今年 4 月，我陪同柳袁照校长参加省教育厅组织的课程基地建设研讨会，在回苏州的路上，柳校长提起《西花园的风》（苏州十中教师诗集）已经定稿，问我能不能牵个头编一本苏州十中教师散文集，我心中虽然有些忐忑，但还是接受了这个任务。

我知道十中教师中不乏写散文的高手，但是要得到他们的支持，还得从"头"做起。于是，我首先向柳袁照校长约稿，柳校长作为中国作家协会的会员，文章自然不少，他一下子就给了我六篇散文。柳校长倡导诗性教育，一直主张语文教师在教学中要坚持下水作文，我们教研组的很多老师也身体力行并自得其乐，他们的"下水文"完全可以看作是文学作品，他们也非常支持我的工作，纷纷送来自己的散文佳作，有了这么强大的后盾，我心中原有的忐忑至此已经无影无踪。数学组的姚圣海老师、朱嘉隽老师，物理组的梁彩英老师、居万峰老师、陈燕老师得知要出散文集的消息后，也将他们的散文作品交付给我。特别值得一提的是苏州市教科院语文教研员袁卫星老师，他长期蹲点我校指导语文教研工作，被我们戏称为我校兼职语文老师，他毫不吝啬地惠赐他的散文大作于我，什么也不说了，说多了都是感激的泪！

经过2013年这个史无前例的漫长酷暑，当整个西花园氤氲着桂花的芬芳时，这本散文集终于要付梓了。作为教师的散文集，这些作品，成于他们传道授业解惑之余，成于他们移步青山绿水之中，成于他们手捧诗书、口啜香茗之时。这本散文集，既有教书育人的话题，又有家园情结的意蕴；既抒写人生感悟，又洋溢生活情趣；既充满诗情诗意，又不失人间烟火；是一路走来的足迹，是一缕低吟的情思，是一线心灵微光的展露……

基于这样的理解，我和袁佳老师就把这些散文归入这样六个专题："自然，你好""温一壶亲情如茶""岁月是首静默的歌""三尺国度里的风景""放慢脚步，让灵魂跟上"和"一路行来一路歌"。

感谢为这本书的出版作出努力的所有人，感谢柳袁照校长为这本文散文集命名。"西花园的雅"，我想他是在唤起我们对日常工作生活的思考：身为教师，要努力追求一种雅的情怀、一种优雅的生活状态。感谢秦兆基先生欣然为这本书作序，以及对一些作品的诚恳的雅正。再次感谢所有的作者，他们毫不吝啬地惠赐作品，有的老师曾几度将文稿交给我，又几度索要回去，不断地删减修改，直至最终定稿。在他们身上我看到了严谨、认真与谦逊，能与这样的同事并肩走在教书育人的路上实在是一件幸事。

2013 年 10 月

雅风闲韵的篇什

（代序）

秦兆基

9月初的一个上午，我到学校去办事，被滕柏老师叫住了，请我为其主编的一本教师散文集写一点文字，说奢侈一点，就是作一篇序。

正在面对着这部"题未定草"踌躇、不知从何下笔的时候，不几天，又碰到滕柏老师，他告诉我书名定下来了，曰"西花园的雅"。

推详其命名的缘由，前不久，唐岚老师主编了一本《西花园的风》，选录了江苏省苏州市第十中学教师的诗歌，而这本收录的则是教师的散文。按《诗经》的编次，风雅相承，其意自明，似乎不必多想，不过我觉得还是有话要说。

西花园，苏州十中西部的园林，园内人都知道，园外人，未必尽知。池沼清浅，湖石嶙峋，芳草芊芊，亭台楼榭掩映在花木之中，杜丽娘至此也会慨叹："不到园中，怎知春色如许？"然而更为重要的似乎不止乎此，应该是与园子里自然流转的文脉，或者说，与深潜的文化底蕴有关。

前一阵，西花园连同织造府的大门、仪门、校门——旧址打包在一起，被列入全国重点文物保护单位名录，与故宫、拙政园一样同为国宝。我常痴痴地想：园里池沼的水流中有没有映照过康熙、乾隆两代雄主的身影，石坪上有没有留存过伶人排演曹寅《续琵琶》的蹁跹舞姿，玲珑剔透的瑞云峰能不能述说当年李煦和孔尚任把臂而谈的情景？

西花园是个代码，意味着它就是江苏省苏州市第十中学，留存着王谢长达母女纾家兴学以来一百多年的历史；西花园是个文化符号，折射出自北宋兴办花石纲至今一千多年的苏州历史。

雅，雅风，是指魏武帝吟出的"青青子衿，悠悠我心"，还是康乐公激赏的"昔我往矣，杨柳依依；今我来思，雨雪霏霏"，抑或是谢太傅神往的"汗漠定命，远猷辰告"？雅歌，圣歌，是被西方文学界称为歌中之歌（The song of songs)，视之为至高的无法逾越的所罗门之歌吗？

不管雅是指古老中国的小雅、大雅，还是希伯来的《雅歌》，都是一种审美的评价，它不以媚俗、阿意取容而去争一日之短长，它以绝俗、多元化、个人化地呈现而期获得自己的存在。

有价值的文学作品，都明显地带着作者个人的印记，即用带有鲜明个性的方式予以表现，用这样的审美标准来看待《西花园的雅》这部散文集，我觉得基本上是切合的。

《西花园的雅》中，既有门墙之内弦歌不辍诗意生活的著录，也有对门墙之外更为广阔的世界的打量。徐思源老师的系列性教育札记，从学科教学延伸到学校教育，进而至于社会教育和家庭教育，针砭时弊，很有些深度；张慧琪老师的《我们今天如何做老师》以域外教师的经验启示我们，教育该怎样体现人性关怀；滕柏老师的《十八岁，怀着理想远行》，宣泄了对学生终生负责的情怀以及郑重道别之中深蕴着的激励；浦筱玉老师的《感动莫言》，从对其文学成就的估量，进入对其人格精神的思考；顾丽君、周文莉、朱嘉隽老师的教育随笔，倾吐出自己对教育对象无私的爱、热切的期望、近于苛刻的自责和对当下教育环境、教育制度的无奈。学校教育绝不是自足的系统，它连通着社会的血脉，连通着过去与未来，正因为作者们意识到这些，才使作品显得更大气。

《西花园的雅》中，不少篇章具有浓烈的主体意识。"放慢脚步，让灵魂跟上"，说得多有意思。当今物质主义、消费主义影响下的社会，亲情和友情在物欲下淡漠，职业道德和人文底线日趋消退，人们焦灼着急于得到更多的财富份额，供自己挥霍享受。安于慢生活，追求有思想、有情趣的生活，无疑是对自我灵魂的拯救。诗意地存在，不放弃对生命终极意义的追求，已成为本书不少作者的共识。唐岚老师的《急把盏，夜阑灯灭》《听听，那雨》《父亲的教育》等文，以女性的直觉寻绎生命的意义、人的价值，揭示出自己的人格价位。柳袁照老师的游记，大笔淋漓，情态万千。或偕同驴友骑行深山野谷，寄居于荒村夜店；或偕同家人飞行于九天之上，于绝域寻访特洛伊战争的遗踪，乘物游心，发思古之幽思。金泓老师的文化随笔，徜徉古街后的寻味，寄意深远。陈燕老师记游的文章，点染生情。姚圣海老师述说的平淡生活中难解的纠结，以自嘲自解的开脱显现出一位性情中人的旷达。

《西花园的雅》中，不乏直指心源、董理个我生命积淀的文字。我曾在一篇文章中说过："在一般人心目中，'现在'是核心，过去是'不再现在'，将来是'尚未现在'。"这种认识是与人们的日常经验密切相关的，我们将在场称为"现在"，抓住现在、抓紧现在，是经常听到的劝诫。其实时间的线性流逝表明一切将不复存在。"现在"是永远抓不住的，即使抓住了，也没有意义，因为它立刻就不再是"现在"，而是过去了。现今的生活带着过去的精神丝缕，只有不能忘情于过去才能坦荡地走向未来。郑静的《那人，那事》写出偶然性的事件怎样铸就人的命运，《黄昏，与一棵树相遇》道出了在生命孤独的时候，怎样寻求精神解脱……都使人感觉美丽得有点凄伤。瞿璐老师的花木小品，因花及人及事，漾着微微的感伤和欣喜；袁佳的《藏》、李莉的《室友小丹》，历数往事，情浃于纸，皆有可圈可点之处。

文之不同，各如其面。即使是同样的题材，在不同作者的笔下，也有着不同的呈现。比如同是写亲情的，金泓老师写父爱：

> 夜深了，你走进他的卧室，电视机里仍在播放新闻，他坐在沙发上，老花眼镜架着，双眼紧闭，头歪着，嘴角还有一丝口涎。你走过去，将电视机关了，于是你听到了他的鼾声；你走近他，悄悄地将他手中的那本书取走——他，突然睁开了眼，含糊地说："我在……看书呢……"你摇了摇头，轻声说："爸，不早了，你去床上睡吧。"一低头，你才蓦地发现，那本书，竟然就是你写的！

> ——《一本书，两代人》

文化水平不是很高，并没有阅读习惯的老父，灯下读儿子写的书，是想理解儿子呢，还是以儿子的成就自豪呢？我们不必想也不必探究，父爱如山，寸草春晖，就漾在这组镜头之中了。

姚圣海老师写对双亲的思念：

……我却在红尘里折腾，为房子、车子，为说不清楚的光明前途，远离故土，奔波挣扎，忘了"父母在、不远游"，忘了父母渴望团圆、每天能含饴弄孙的期盼。

我是一只风筝啊！既然飞上了天，便只能身不由己，随风越飞越高，唯恐有一天不小心栽了下来。

庆幸的是，线还在父母手中。千里万里，心总相通。

——《风筝的念想》

文章直抒胸臆，自责、自解、反讽，五味杂陈。

散文只有个人化，写出不同于他人的自我，才能获得真正的艺术生命。《西花园的雅》中活跃着有个性的生命，集中的文字将是曾经存在的见证。

《西花园的雅》的作者群并不算小，集中作者有十九人之多。其中不仅有语文教师，还有数学和物理教师。这是很可喜的，在应试至上、解题能力优先、经营论文以博取职称盛行的世俗氛围中，有这么多教师选择了与功利无关的文学散文的写作，不能不使我油然而生敬意。

不过再想一下，这个创作群体能不能再扩大一些？教师，特别是语文教师的专业素养应不应该包含写作能力？叶圣陶先生诗云："实践胜口讲，作则先以身。身教最可贵，知行不可分。"他认为，"一个自己不能读写的老师，他必然体会不到读写的规律，说不出搞好读写的中肯意见。"宋代名臣也是苏州乡先辈的范仲淹在南都掌学，也就是在今天商丘做"府学校长"的时候，每次出一个作文题，自己先写一篇，体味写作的甘苦。《范文正公文集》的辞赋，大多是他那时的拟作。

《西花园的雅》是教师自觉写作的起步，悬想着，假以时日，定会有更多更好的雅风闲韵问世。

逝者如斯，不舍昼夜，流逝的时光会公正地考量出这本散文集的价值。

夜深了，拉杂地写了以上的这些，姑名之为"序"。

2013 年 9 月 27 日夜

目录

黄昏，与一棵树相遇

郑静

多年前的一个黄昏，正是在这样将暮未暮之时，我贸然地闯进了同觉寺。那是坐落在太仓浮桥镇南、始建于明朝永乐年间的一座古寺；也是在我工作后最落魄的一年里，每日上下班途中必经的一个处所。古寺偏离大路，三百多个日子里，隔着平整的田畴，看它屋顶的琉璃在朝阳下熠熠闪光，看它金黄色的外墙于暮雨中渐渐暗淡，看它在广阔的天地交界处庄严端坐，而我，总是在行色匆匆地赶路。

经过两次无奈的被调动后，工作的学校离家越来越远了。一家三口分居三处，每日里只是疲于奔波生活。而农村学校大家都混日子的工作方式、存同去异的氛围，七年来已将我年轻时所有的梦想消磨殆尽。生活，有时就是以最残酷的方式，逼迫你接受它的真实。终于，一个将暮未暮的黄昏，我在大路边停下了车，踏着田间踩出的小道，走进了同觉寺。没有游人，也少有僧侣，隐约入耳的是晚钟和礼佛之声。穿过山门殿宇，仿佛有一种召唤，我径直来到寺中一棵银杏树下，树根盘结交错，古朴苍劲，枝柯繁茂，潇洒自若，树根处繁衍出的几十棵大大小小参差不齐的小树簇拥在主树干四周，错落有致。不知经历了几世几年的风雨，在离合的夕辉下，一树枝叶，灿若黄金。

见我看得呆了，一位扫地的僧人停下手中的活，以帚支地，与我攀谈了起来。原来这株银杏是当年明朝建成皇帝亲手所植，距今已有六百多年的历史。"不要看它今天枝叶繁茂，它的命运真是波折。"僧人的一句话，引起了我的好奇，追问之下，他向我缓缓道来："六百年来，风霜雨雪自不必说，一次雷击，竟劈断了大半的树干，都以为这棵树不行了，没想到第二年，断枝上依旧倔强地长出新叶。天灾不可惧，人祸则不可恕，'文革'时，一批青年红卫兵闯进寺中，拿着斧头锯子来破四旧。银杏生长缓慢，木质致密，岂是三下两下就能砍倒的？一番斧砍锯伐之后，心浮气躁的红卫兵最终悻悻离去。而银杏树，在几十年间也慢慢地愈合了伤口。"

听完讲述，我仔细打量面前这位年轻的僧人，我这样的年纪，也只能从父辈处听闻"文革"的事情，于他，关于树的这些天灾人祸，想必只是一代代僧人的口口相传，或更是道听途说罢了，但我宁愿相信，这一切都是真的。不是迷信每座古寺背后都要有个传奇的故事，也不是自处迷惘惶惑间，想要从一棵古树上去寻得安慰。只是，那样一个黄昏，透过头顶灿若黄金的树叶，看着渐渐暗去的天空，我的心里，渐渐亮了。

生命是何其的渺小，又是何其的倔强而伟大……

偶然的一个黄昏，偶然地，与一棵树相遇。

叫蝈蝈

袁卫星

　　母亲从乡下被我接到城里来小住，第二天就带了小孙女上街去溜达。回来的时候，女儿手里多了一样东西，我仔细一看，原来是一只叫蝈蝈！

　　女儿说："那个人挑着好多呢！"

　　我是知道的。叫卖蝈蝈的外乡人一肩能挑几百，不，也许是几千只。那是因为笼小，又是很轻的秸皮做的。

　　"哪来的那么多叫蝈蝈？"这是我心中早有的疑问。

　　"听说山里面遍坡都是。他们只要赶一赶，赶在预先设好的网里，就能够捉着许多。"母亲不知听谁说的。

　　"这个钱倒是好赚的！"我不知怎的，一下子就想到了钱。大概是这几年市场经济给调节的，"多少钱一只？"

　　"一块钱。"

　　——一块钱倒是蛮便宜的。

　　"刚才还叫得欢呢！怎么现在就不叫了？"母亲从孙女手里拎过蝈

蝈笼摇了摇，蛮是奇怪地说。

"大概是它看到满街琳琅满目很稀奇，一到我家，见是家徒四壁，就泄了气。"我开玩笑地跟母亲说。

我知道，外乡人是挑了蝈蝈的叫声在大街上走的。那满担的热闹劲儿，根本就用不着他作什么叫卖的吆喝。

"我要蝈蝈叫嘛！我要蝈蝈叫嘛！"这时候女儿嚷嚷起来，"我要你去跟那个人换一只！"女儿蛮不讲理地跟母亲说。

"这只叫蝈蝈也会叫的。"我对女儿说。

"那么它怎么不叫？那么它怎么不叫？"女儿把蝈蝈笼丢得老远。

我把它捡过来，试着用一根牙签来撩拨着让它叫。我这才看到缩在笼子里的蝈蝈的样子——

它的身体有着大自然的绿色：背部是绿的，腹部是绿的，长腿是绿的，就连收拢起来的翅膀也是绿的！绿的，绿的，绿的，绿的……它让我不由得想见：它在绿色的山坡上跳舞的样子、它在绿色的灌林里嬉戏的样子、它在绿色的树枝上小憩的样子、它在绿色的草叶上唱歌的样子——那歌声也是绿色的！然而，眼下它却是缩在蝈蝈笼里的！绿色的背部因为害怕而高耸在那里，绿色的腹部因为饥饿而干瘪在那里，绿色的长腿因为劳顿而萎缩在那里，绿色的翅膀，是想飞也飞不了的！

这使我撩拨的兴致顿时全无——你让它怎么叫呢？它已经失去了绿色的山坡，它已经失去了绿色的灌林，它已经失去了绿色的树枝，它已经失去了绿色的草叶，它已经失去了——绿色的自由！就像那动物园里的老虎，纵有一身威风，也只能在铁笼子里抖抖。这还不如沉默呢——它是本不该叫的！

女儿挺失望地看着我把蝈蝈笼放到一边，噘着小嘴又去缠母亲。

我心里面很烦乱地仰到沙发上去，闭上眼睛。这时候，蝈蝈叫了！它叫得那么突然，叫得那样清新……

"叫了，叫了！"女儿是一阵欢跳。母亲也过来说："叫蝈蝈么，我说怎能不叫呢！"

我不说什么，静听那蝈蝈的叫声。它先是很羞涩地低吟，继而亮出绿色的嗓音，很单调很本色的那种，却让人觉得很自然、很亲近。它很用心地叫着，望过去，翅膀动个不停……

我想从它绿色的叫声里听出它对自由生活的怀恋；

我想从它绿色的叫声里听出它对秸皮笼子无能为力的自怨；

我想从它绿色的叫声里听出它对于我来说是异乡人于它来说是同乡人的控诉……

可是，我没有听见。感觉上，它的叫声，和绿叶上的歌唱——我尽管也没听见——是没有什么两样的。

我顿觉兴味索然。

吃晚饭的时候，女儿高举着一样东西，跑进了厨房间。

"奶奶，奶奶，看，这是叫蝈蝈的腿！"

我接过来一看，果真是叫蝈蝈那两条绿色的腿！

"怎么掉下来的？"

"我想把笼子系住，不小心线绕了它的腿！"

我一阵心疼，跑过去一看，少了两条腿的叫蝈蝈匍匐在笼子里，那样子很伤悲。

"它不叫了吗？"女儿小心翼翼地问我。

"疼都疼死了，还叫呢！"母亲代我回答道。

我不忍心看下去，掉头往外面走。

女儿知道做错事了，也乖乖地跟在后面。

可我们还没走出房间，叫蝈蝈就叫了起来，还是那样单调，那样本色，也还是那样亲近，那样自然……

"叫蝈蝈么，我说怎么能不叫呢！"

我忽然就想起了母亲说过的那句话。

写于 1995 年

（本文收入作者个人文集《美丽的过程》，

四川大学出版社出版）

老房子

金泓

　　雨落在那些年雨曾落过的地方，我已经很久没注意它了。蓦地发现，滴滴答答的雨水，再也演奏不出儿时叮叮当当如古筝般的弦音。那些古老的屋檐、低矮的平房早已湮没在一片鳞次栉比中。站在制高点眺望这个城市，我惊讶地发现它的底色已经悄然变化。过去的那张黑白的水墨画，已经华丽成一幅装帧精美、五颜六色的广告画。这一切，都源于老房子的杳然。

　　那些年，长满青苔、斑驳暗淡的老房子成片成片伫立在那儿，谁也不稀罕它。仿佛它们是落后的标志，是城市衰败的耻辱，在一个个血红的"拆"字出现后，它们终于成批成批倒下。如今，许多老房子已经下落不明。只有对这个城市无比熟稔的原住民，方可骑着单车，东寻西找，在城市的一隅搜寻到它们的一鳞半爪。

　　我对老房子的关注与喜爱是在而立之后。或许可以这么说，当我已不再年轻时，岁月让生命对一切成熟的东西开始产生兴趣。然而，老房子的衰亡或瘐毙，却在我而立之后，越发厉害。这就产生了这么一种奇怪的矛盾：一方面，我希望通过老房子找回童年的记忆；另一方面，老房子的消失让城市越发年轻。以至于最后我有种错觉：难道我的岁数已经长于这个城市？

幸好，这座有着两千五百多年悠久历史的古城毕竟还留着一些老房子。平江路、山塘街上还成片地保留着许多老房子，市中心的承德里、同德里、信孚里等老弄堂也还零星保留着些许老房子。我的出生地——胥江畔枣市街上的老房子很多年前便被夷为平地。如今，我只能去那些陌生的老房子身边走一走、嗅一嗅，寻找那仿佛熟悉的气息。柯灵在《乡土情结》中说："乡土的一山一水、一虫一鸟、一草一木、一星一月、一寒一暑、一时一俗、一丝一缕、一饮一啜，都融化为童年生活的血肉，不可分割。"这便可以解释，为什么许多年后，在我的梦里，那座枕河的老宅依旧清晰如昨。对许多老苏州而言，老房子便是他们生命的痕迹，便是他们血肉的明证。他们的祖辈父辈从老房子里摆设的那张床上出生，后来长大、结婚、生子，最后在那张床上与世长辞。生命走过一个轮回，子子孙孙生生不息，这一切都在那座老房子里发生。一个家族的辛酸荣辱、一个家庭的兴衰起落、一个人的幸福忧愁，都在它阴暗而温暖的空间里循环。从某种程度而言，是老房子孕育了生命，它像一个小宇宙般伟大！而今，许多人从老房子里走出后，便再也找不回那张生养他的床了！

那里有太多的生活气息。无论是檐角的鸥吻，还是雕花门楼上的麒麟梅花鹿；无论是玄色瓦当上的寿字，还是朱漆大门上张挂的楹联，它们被清朝的雨打过、被民国的风吹过，岁月在它们身上留下了深深的痕迹。它们坍圮，它们残破，却仍保留着亘古不变的生命力。清晨，东方第一缕阳光从它钩心斗角的檐角温柔地掠过；傍晚，西边最后一抹斜晖又恋恋不舍地从它冰裂纹的窗棂上溜走。仿佛从来如此，也将永远如此。那里，有蜘蛛在旮旯里织网，有老鼠在房梁上跑步，有花猫在灶前打盹儿——各种生命在那里相安无事地生存着。（新房子里，除了家具，便是机器！）很多老房子，外墙是被磨去棱角的青砖，锈迹斑斑的窗口上悬挂着花花绿绿的衣服，如万国旗般张扬着。穿过阴暗的弄堂，里面还有人在天井里用古井打水。踏进屋里，有一股霉蒸气，有一股油烟味，味道让人不舒服，却是货真价实生活的味道。傍晚，煤炉的青烟升起，炒菜的油烟味四溢，下班归家的人，刚走进弄堂，远远地望到炊烟，嗅到饭菜香，便莫名地涌起一种家的温馨来。于是唏嘘：岁月的脚步在这里凝固了，三十年仿佛就如昨日，然而与屋子里的居民一交谈，便发现物是人非，那儿的居民大多已是外来的寄居者，他们说不得吴侬软语！于是，关于老房子及其周围建筑所有的典故，便如同缺了页的书一样，中断了。

大多数的老房子里都是杂乱不堪的。那里堆满了缺胳膊少腿的桌椅，堆满了没有用途的水管电线，堆满了布满灰尘的旧书。本就局促的空间，被杂物占据，往往使人展不开手脚，但是老一辈的人，就是不愿丢弃后辈们视之为废品的东西。他们曾经一度生活在一个物质匮乏的年代，这些破旧的玩意儿，到他们手上，修修补补，又可以涅槃重生，然而，在这个物质化大生产的时代，弃旧买新是时尚，节俭已不是一种美德。那些住在老房子里的老人，总会听儿孙劝道："扔了吧，放着又没用！"老人往往犟脾气，用他最后的尊严来捍卫他那可怜的一点点旧物。可到了最后，老房子也没了，他所有的旧物一并去了废品站，只换得一瓶廉价的老酒。

近些年来，各地"城市化"的庞大机器正在轰鸣，越来越多的老房子在推土机、挖掘机的铁齿钢牙的吞噬下，在尘土飞扬中倒在灭亡之路上。而仅存的一些老房子，它白了头发，掉了牙齿，就像一位孤独可怜的老人，站立在那些发育得高大俊俏的小伙姑娘身旁，显得那么别扭。是让所有的老人都消亡，还是让老人焕发出别样的成熟之美？风吹过，雨打过，那些古老的石头缄默不语。

　　我去过很多城市，发觉几乎所有城市都在变年轻，变得面目相似。城市缺乏了老房子，未来就缺乏了历史的基础，我们仿佛生活在无根的空中楼阁。那些幸运地留存下来的老房子，是过往的见证。否则孩子们看到宽阔的马路、高大的房屋、便利的轻轨，以为从来如此；而成人们看惯了这一切，也会以为仿佛从来如此。不要到最后，我们只能用一些空洞的没有任何生命力的词语来描述这个世界。那些庇护我们一生且充满了往昔各种情愫的建筑物只被称作老房子，它们应该有更好的名字，比如家园，比如历史……

2013 年 1 月 22 日

歉意枇杷

瞿璐

5月初，几场酣畅的春雨过后，院子里的枇杷树绿叶团团如盖。枝丫间一簇簇的青果子只消个把月就成熟了。到时老公扛梯子，女儿托竹篮子，我尖着嗓子在树下指指点点，一年一度的家庭采摘活动又将开始，总引得左邻右舍从阳台上、窗洞里探出脑袋，啧啧赞道："不错不错，不用出城去东、西山，在自家的院子里就能过过采摘瘾啊！"分给同事，捎给朋友，收获着四面八方的赞美："真甜啊！纯天然绿色食品耶！"他们甚至还羡慕起我的生活状况，因为庭院啦、果树啦，在如今拥挤的都市里着实成了稀罕物。

现在的这套房子我住了整十年，枇杷树龄也满十年了。当初在装修时，50坪的庭院里是种了不少树的，可能坚持到今天的除了一棵苍老遒劲的桂花树以外，就剩它了。记得当年桂花树买下时就价格不菲，也一向颇得我的呵护，"桂""贵"谐音，不敢怠慢，还有秋天月夜的"蟾宫折桂"，实属一大赏心乐事嘛。至于这棵枇杷树，当时只是棵齐腰高的树苗，栽在院墙最西北的角落里。一来比较忙，二来有些懒，院子里包括枇杷树在内的大多数树木都处在自生自灭状态。记得开始还有山茶花、紫玉兰、柑橘、木香、瑞香、牡丹、月季等，如今只能在电脑的文件夹中看到那些曾经的倩影了。倒是那棵小小的枇杷树，日高日上，日上日妍，居然高出院墙了，居然开花了、结果了，而且口感很好，俗话说：东山的杨梅西山的枇杷。即使够不上最佳的西山青种白沙，绝对优于东山的红沙和黄沙吧，味道不俗。

约摸十五年前，苏州城区还是里巷纵横交错的。踏着石板路，在清幽的小巷里穿行，密密挨挨鳞次栉比的民房间，总会时不时地看到枇杷树茂密的树冠从居民的院墙上探出。那份肥硕、浓密和苍翠，将那低矮、斑驳、破旧的土墙装扮得英姿勃发。"五月江南碧苍苍，蚕老枇杷黄"，初夏黄昏，小小的天井里，枇杷树下，摆开一张小饭桌，一碟切开的咸鸭蛋，一盘碧绿香糯的炒"牛踏扁"（青蚕豆），跟着小半导体咿咿呀呀哼几句弹词开篇，瞅两眼日渐膨大变黄的枇杷果，呷几口黄酒，那个滋味啊，"树繁碧玉簪，柯叠黄金丸"，给清贫之家平添了几分亮色和底气。

枇杷似乎特别钟情苏州的这方水土，果核落地便生根，开花结果也只需三至五年，向北向南虽也有生长，但总不很如人意。像春末上市的枇杷果大多产自福建、浙江，果大、色亮，可肉木木的，味儿要么酸涩、要么寡淡，吃起来兴味索然，跟我们的本地品种实在没法比。在毓秀的姑苏，枇杷散落其间，既可装点高门府邸，也可淡淡地走入平民小户，只要有一小方泥土收留，就心安理得地住了下来，在烈日暴雨、云淡风轻中舒展、绽放着自己。

我们办公室的张老师特别喜食西山的青种枇杷。一次他儿子去西山，正赶上枇杷采摘的时节，老张特意关照儿子带些回城，一开口，就是"七斤，装五筐"，我们本地人一听就明白。西山果农用篾编成筒易的竹筐装售水果，筐有两种规格，能装七斤的属大筐，装五斤的算小筐，老张的意思是让儿子带五大筐枇杷回来，共计三十五斤。儿子虽不是外地人，但不知是因为身为财务专业人士特别较真的缘故，还是其他什么原因，这次偏没听懂老爸的话，带回的五筐，果子只铺平了筐底一层，每只筐都是空空落落的。他儿子认认真真地遵从老爸的指示，将七斤枇杷分装在五只筐里，恭恭敬敬地带回家，把老爸气恼得！一向注重仪表风度的老张，那几天进进出出，一直嘟囔着："要捆格小子耳刮子。"

顺手百度了一下"枇杷"词条，大都只是提到枇杷花加冰糖煎服有清热、解毒、止咳的功效。枇杷、杨梅、樱桃并称江南"初夏三宝"，发现前人赞誉枇杷的诗文甚少，即使有，也只是在赞叹一处地方物产丰富时顺带了一句，是地域关系，还是物种出现年代早晚的关系？尤其是在苏州这种文化如此丰厚的地方，抑或是因为它过于放下身段，只管亲近我们，反倒入不了讲究风雅的文人的法眼？近年来，因为城市居民区的拆迁以及城市区域的扩大，枇杷树在我们的生活中渐行渐远，即使是城外的山区丘陵地——原本该盛产枇杷的地方，枇杷树的种植也因旅游开发项目的兴起，果农们在农家乐丰厚利润的吸引下，无暇顾及品种的维护与改良，产量锐减，让人难饱口福。枇杷倒是靠那不菲的价格，略提了些身价。

眼下正是枇杷花开之际，幽香沁脾。下班远远地望见院子、望见了枇杷树，十年的树龄，不知是否堪称老树？夕阳下，在隆冬的冷冽和干燥下，它显出了几分沧桑，歉意在我的心中升起……

听听，那雨

唐岚

不知道为什么，不喜欢雨天，却喜欢听雨。

小时候喜欢听雨，是因为住在曾是状元府的老宅子里。状元府年代久远，里面住户甚众，平时你来我往，分外嘈杂，唯有雨天，大人们似乎一下子人间蒸发了，老人们在庭院最深处的哪户人家搓麻将，小孩们则被强制地安排睡午觉，天地间一片宁静。

堂屋前后都是天井，我躺在床上听雨，听屋檐滑落下来的雨珠敲打墙角石鼓墩和青石井栏的声音，雨小时叮叮咚咚，雨大时噼噼啪啪；天井里早就没有了修竹、金桂、玉兰，却有一株残损的芭蕉，那时的我还不会欣赏雨打芭蕉水光四溅的美感，还不懂古人造园时对视听的奢侈追求，但那雨打蕉叶发出的碎玉声，宁静得足以让人酣然入梦。

古人真是智慧，小小的天井可采光、通风，连天上落下的雨也被收纳在自家的窨井里，水声潺潺，一如山林间溪流漂石。

天井的上空，是四方的粼粼的黑瓦屋檐，覆盖着下面斑驳的朱红色木栏杆，细雨轻点、敲打瓦楞，如歌如泣、如慕如诉，远远近近、轻轻重重，细流滑过瓦槽，溅在栏杆上，水声细细密密，一如鹅毛轻拂你的耳廓。天色也似乎被一双纤手拉上了帷幕，带你走进静谧的黄昏；急雨滂沱时，瓦楞千瓣腾起一层细浪，泠泠潇潇、嘈嘈切切，屋檐上挂着厚厚的水幕，倾泻而下，鞭打着布满青苔的墙根。雨滂滂沛沛地扑来，溅在天井中央的青石板上，如千鹤万蝶翩翩飞舞……

躺在老宅厢房的床上，让人觉得分明是置身于辽远苍茫的天地间，谛听天籁，然后很安然地睡去。

童年真好，即便是被按在床上睡午觉的无奈，也被澄澄澈澈的雨声冲刷得了无残痕。我可以只管听雨，不必理会黄梅雨季的阴暗潮湿，看墙角白的、绿的毛茸茸的霉菌，于我也是一种新鲜的经历；木楼梯上长出蘑菇、厢房里抓到蜓蚰，都会令我新奇不已。

那段日子真好，无知而无畏；那雨声真好，无忧而无惧。

此刻，校园里很静，学生们正关起门来考试，窗外雨声潺潺。

我静静地听雨，听她滚珠碎玉。窗外，她敲打在屋檐上发出叮当声，铺洒在枝叶上发出沙沙声，滑落在青砖黑瓦上则是噼啪声，而草地上、青苔上却是雨落无痕，唯见一片油绿和晶莹……在我任教的这所百年老校里，池斋馆榭错落，绿荫亭亭如盖，好似带我回到某个旧游之处，同时又不断在提醒我：雨殇亦寒，静默花开。而怒放过的岁月早已散场，还能拿什么来挥霍呢？

亿载之下，我们扬起一路风尘，慢慢走失了自己。也许只有这雨声才能净化平素惹来的尘埃，让人沉静下来，在逝去的流光里找回你自己。只是，"铁甲春生万壑雷"，心底的电闪雷鸣一如雨落清池，听似了然无痕，却能清楚地看到池面上激起的一片圈圈点点。

前尘隔世，雨声依旧，只是听雨的心境已不再。人这一生，又能复经几个雨季呢？听听，那雨。

温暖如秋

姚圣海

    温度还没有下降得厉害，气候却已然能算深秋了。在江南的这座城市，秋季是短暂易逝的。人们还没有真真切切地感受到她的到来，甚至还在翘首以待，还在该穿 T 恤与小外套之间纠缠，冬季似乎就会一夜而来了。

    今年，在日历上早已入秋的这段时间，我似乎格外繁忙，心理压力也似乎格外大。即便在经过半年多的煎熬而终于收获了自己入行以来分量最重的一份荣誉，也未见得有多大的喜悦，更不消说有心情品味这最钟爱的秋。秋意渐浓渐入冬，正是国庆七天假，微雨轻风里，我总算可以慢慢欣赏、回味这多情的秋。

    不知从何时起，我对秋的喜爱开始远远甚于春、夏、冬三季。一说起秋，似乎总让人有萧条落寞的感觉："枯藤老树昏鸦，小桥流水人家，古道西风瘦马。夕阳西下，断肠人在天涯。"那样的意境，在我看来，恰恰是最合于秋的。秋之悲凉、伤情，在一幅无声的静态画面里被渲染得淋漓尽致。

然而，秋天的味道绝不仅于此。记得一年，正是枫叶盛开的秋季，趁着周末，我和妻女来到城外，预备一睹耳闻已久的天平山红枫。未曾靠近，车就几乎难以动弹了，到处人山人海。就近被山下的农人引至一处人家的院前，停车付费，一家三口慢慢步行前往进山的入口。远远地，漫山的红枫就跃入眼帘，阳光下，枫叶流丹，层林尽染，真是满山云锦，如披彩霞。唐朝杜牧说得极是，真是比江南二月的鲜花还要艳丽、动人。及至进入山中，每一株枫树都生气勃勃、每一片枫叶都极力舒展。在这里，哪里还能找得到秋的悲凉、伤情？你所能体会到的尽是秋的热烈和深情，秋的韵味引人无限遐想。

秋之韵味，不在春的花开灿烂、绚丽多彩，不在夏的热情似火、盛情难却，也不在冬的冷若冰霜、拒人千里，而在于与生俱来的温暖含蓄、不卑不亢，让人亲切，那一无言尽在眼前。孩提时，每逢狂风暴雨、白昼恍若黑夜之际，母亲在屋里亮一盏灯，坐在灯下编织毛衣，我倚在床头静静看手里的小人书。屋外风雨撕裂，屋内却安静温暖，二十多年来，这样的记忆清晰在脑海，时不时在这样的秋天让我怀念。如果把季节比作人，春太外向，冬太内向，夏太燥，只有秋，恰是这样能够让人感觉满足而温暖的。在夕照里不冷不热的秋的黄昏，披一件长衣，捧一本书，蜷缩在阳台上的藤椅里，那一份悠闲如何能够言述？只有慢慢意会，每一想起就使人温暖。

在城市里，除了温度和树叶的变化更替，是看不到多少四季分明的。前不久，收到一本新《读者》，第一个映入眼帘的就是封面上漫天的金黄，忽然间很欣喜，秋天算是真正来了。金黄过后，就是收获，乡下的热闹和忙碌就开始了。乡村的忙碌是随四季而动的，秋季是特别充实而忙碌的季节。农人的劳作和付出在这一季得到回报，忙碌的背后没有埋怨和牢骚，有的只是笑颜如核桃的宽慰与间歇时抽烟窃谈的欣喜。等到收割完毕，沉甸甸的田野霎时空旷，除了洒落满地的干稻梗。这时候已接近晚饭时间，农人们约好，几乎同时点一把火，红红的火焰迅速照亮了黄昏的天空。不是一部分，而是由近及远，是全部的天空。很小的时候，偷偷放"野火"烧深秋枯萎的茅草是孩子们的专利，那一抹红色亮起扩散时伴随着的往往是孩子们放肆的欢呼，继而就是大人的责骂和孩子们四散奔跑的呼哨。渐渐大了，大人们竟也开始放火烧留在田野里的干稻梗。不知哪里来的依据，说燃烧过后残留的灰烬会使庄稼地更加肥沃，来年能有更好的收成。大人们放火烧稻梗的时候，我已经在外读书，所以从来没有看见过大人们孩子似的举动，但在心里却想象过无数次，并偷偷羡慕他们放火时无需像孩子般诚惶诚恐。最近再回去，父亲却又说现在不允许放火烧稻梗了，说太污染环境。我怅怅地，竟有一丝遗憾。

在我居住的南方的这座城市，每年秋季，有吃蟹的传统。"秋风起，蟹脚痒"，金秋十月，正是吃蟹的黄金时节。蟹的美味，流传甚久甚广，在江苏一带，素有"南闸北簖"之说。"北簖"指的是姜堰的"溱湖簖蟹"，而"南闸"指的正是我所在城市周边的"阳澄湖大闸蟹"。诚然，蟹的美味无可抵挡，蟹黄红中带金，蟹膏透明软腻，那一味满嘴留香，让人神往，但在我看来，亲朋好友济济一堂，烧几只螃蟹，烫几壶黄酒，贪恋的绝不仅仅是螃蟹的美味。蟹是个黏合剂，周末的夜晚，打一个电话："嘿，快回来，家里烧螃蟹了。"借蟹之名召集团圆会，温暖在天凉似水的秋夜里荡漾开来。来这个城市之前，我是不太爱吃蟹的，嫌吃起来麻烦，且不能填饱肚子，越吃越饿，至多可算聚会玩累时的消夜，但是，久居这座城市，受聚会时温暖气氛的感染，我竟渐渐迷恋起蟹的味道。每至仲秋，必馋吃蟹。妻知晓我好这口，总在不经意间给我惊喜，下班的时候突然带回几只螃蟹，开饭之前，帮我烫一壶黄酒。在厨房那热气腾腾的烟雾弥漫里，我自悠闲，慢慢剥开一只只蟹壳，敲碎一只只蟹腿，品一口酒，就一口蟹肉，慢慢体会秋夜的温暖，享受愈久弥香的人生。

起文时，天正微雨，成文时，天边已亮起一抹红。从四楼的阳台往远处的公路尽头望，天地渐合为一，秋的美一览无余。谁不爱这样的秋？

2011 年 10 月 4 日于苏州

我家的兰花故事

瞿璐

　　我们家种兰的历史算来已有八年。那年春节，在新加坡慧丽女士的客厅里，偶然翻阅到一本苏州书画家所绘制题写的兰花画册，便被那份纤柔、恬淡吸引：院墙边、山石旁，不经意的一株株、一丛丛，"脉脉含深情，独立遗众芳"，真是观之动容、念之忘俗。慧丽女士偏好色艳花大的西洋兰，对中国兰不很在意，便把画册赠给了我，于是我萌发了养兰的念头。

　　家里的兰花逐年累积，数来已有二十多盆。它们错落有致，承着枇杷树枝丫间透漏下来的细碎日光，纤细而深绿的叶子在风中微颤，各得其所，各呈其姿，适时地生长、坐蕾、开花……

　　初养兰时，也曾钻研过，兰花的学问真多，其品种若以季节分，即为春兰、夏兰、秋兰、寒兰等；按类别分，可有草兰、蕙兰、建兰、寒兰、墨兰等；若从瓣形分，又有梅瓣、荷瓣、蝶瓣、水仙瓣、素心兰等。还有从叶子的颜色、叶子的形状分……可惜我虽养兰，却不具慧质兰心，如此种种，早已是云里雾里、晕头转向了。兰花的前任主人们都曾耐心细致地跟我说过，当时我似懂非懂地不住点头，可回到家里就稀里糊涂记不得了，所以只好用自己的方式称呼它们。比如，2009年暑假和根根去游览贵阳黄果树瀑布时，遇见采草药的山民手持一株，据说是从瀑布旁的山涧里挖得的，想来是株吸天地灵气的空谷幽兰，山民淳朴，要价才五元，我如获至宝，立马购得，"贵阳兰"由此得名；"沧浪亭兰"是看了兰展后在沧浪亭周边的摊上买的；最记得那"西塘兰"：十月小长假自驾游去西塘，我们一家人在熙熙攘攘的人群中不辨东南西北，机械地挪着脚步，忽然一缕幽香飘来，我的精神为之一振——附近有兰花！寻香暗问，最后在一条人迹稀疏的深巷里，一个破败的庭院中，看到层层叠叠的兰花，其间坐着位八十多岁的老翁，鹤发童颜，他爱兰数十年，养兰数十年，兰花不断地繁殖分蘖，而今蔚为壮观，足有上百盆之多。恰逢花季，暗香浮动，实在令人赏心悦目。我驻足，我流连，与老人搭讪攀谈，歆羡之情溢于言表。最后，终于得了一盆！我喜不自禁，百来公里的车程，我是捧着回家的，一路上还和女儿念叨，那老人或许是位遁世隐逸的高人也未可知呢！

还有一盆说来更有趣。根根为人谦和，人缘极好，他所在协会里的一位朋友（其实不太熟识）是从事物流业的大老板，也爱侍弄兰花。听说我家养兰，特意托朋友送来一株，说是福建觅得的珍稀品种，一棵小芽要好几千哩，名字也很响亮，叫"大富豪""大富贵"什么的，可是我们叫了几天总觉得浑身不自在，就改叫作"有铜钿人兰"，后来索性把"人"字也省了。

还有，这盆放在矮矮的雕花斗柜上最相宜，古色古香与碧绿生姿相映成趣，相得益彰，且叫它"斗柜兰"吧；那盆叶茂而不见花发，则叫"不开花兰"；还有那盆养了几年也只长出三两根细细的叶子，未免太精贵，给个雅名吧，"仙草兰"；再有，这盆有些遗憾了，根根采摘枇杷时不慎剪刀掉落，砸在了盆口上，花盆破相了，就只好叫"豁口兰"了……

也曾向各路行家讨教过种兰的要诀，林林总总，反反复复，简而言之，"干不得，湿不得；热不得，冷不得；阴不得，晒不得；肥不得，瘦不得"，尺度实在有些难以拿捏，反正我且尽心伺候着吧。兰花高居我们家花草最尊贵的地位：庭院里采光通风的最佳位置，松土施肥，遮风挡雨，防寒避暑，屋里屋外搬进搬出……"朝朝频顾惜，夜夜不相忘。期待花开早，能将夙愿偿。"可是，春去秋来，一年将尽，叶未见茂，花未见发。我不由心中纳闷，兰花素以君子称，君子知恩图报，可待我却何其薄！抑或我非仙风道骨的文人墨客，身上有粗俗气，它们不屑与我做伴为伍？这样想着，便有些意兴阑珊。院中的枇杷树日渐硕壮，庞大的树荫下光照不足，连杂草都枯死了，成了光秃秃的不毛之地，兰花渐渐被弃置于枇杷树下，且由它们自生自灭去吧。

相传，琴曲《猗兰操》为孔子所作。孔子赴各诸侯国应聘却未能售其才，自卫返鲁途中经过一道幽僻的山谷，见百花凋零而芗兰独茂，喟然叹曰："夫兰当为王者香，今乃独茂，与众草为伍，譬犹贤者不逢时，与鄙夫为伦也。"乃止车扶琴，琴韵悠长，歌之神伤，伤不逢时，以幽兰自况。

故事中兰花的品行还真在我家得到了印证！没有阳光雨露的垂青、没有主人的眷顾，它们反倒恬然自安，隔三差五的一瓢清水，便能郁郁葱葱、幽香满院。所谓"君子之交淡如水"，我估摸会不会从前对它们太过隆重、太过刻意，我纠结而惴惴，它们更不自在，现在反倒显出了君子的本色。2009年暑假，全家出游一周，苏城暴热，滴雨未下，院子里花草枯的枯、死的死，唯独兰花毫发未伤，经受住了烈日酷暑的炙烤。我曾写过对枇杷树充满歉疚的文章，现在似乎又该轮到对兰花说抱歉了。可兰花大度泱泱，不以为意，对我呵护有加。

2011年我与女儿同在高三，记得6月24日，高考成绩即将揭晓的那天下午，我接到通知要到校统计所带班级学生的高考成绩，老公出差在外，我只好留女儿一人在家。出门时回头望去，女儿注视我，眼里充满了委屈和惶恐，十二年的寒窗苦读，结果即将揭晓，她多么期待在忐忑不安的电话查分时刻妈妈能陪伴她。我既放不下女儿又牵挂学生们，心挂两头，焦灼不安。可就在走出院子的那一刻，一缕幽香，多么熟悉，西塘兰的幽香！它的花期通常在8—10月间，今年早早开花，是来报喜的吗？是个好兆头吧！不由得探头过去仔细打量，它恬淡超然，清香淡雅，一如往常，我心头也不由松了许多。

那最灰暗的日子，真是不堪回首。母亲在体检时发现腹水！手术中发现病情远比预想的严重！医生的断言不啻晴天霹雳！老父七十多高龄，高血压、糖尿病，且一次中风后半身麻痹。我一方面急着为母亲求医问药，一方面费尽心思强瞒住老父亲。紧张、焦虑、失眠像恶魔似的纠缠着我。新年将至，女儿寒假回家，对着病中的妈妈暗暗垂泪。院子里的花草更是无人问津，在寒风中颓垂凋零。可是贵阳兰一如既往地绽放了！在某个不经意的夜间，花苞倏地挺起箭出，给我们那个黯淡的春节以一抹亮色。"芝兰生幽谷，不以无人而不芳；君子修道立德，不为穷困而改节。"不禁自问，那个豁达、快乐、随性的我到底怎么了？我虽不敢以君子为范，可是在困境中实在不该如此脆弱、不堪一击。

深秋的苏城，花事渐疏。荷尽了，菊残了，月季整枝后便安睡了，耐冻的矮牵牛也纷纷收起了漂亮的小花伞，凌寒怒放的蜡梅刚刚坐蕾。客厅里的常春藤、吊兰、绿萝、滴水观音苍翠欲滴，挨挨挤挤，互不相让。屋外秋风锹锹铮铮，淅沥肃飒。一年中也只有此时，兰花才被移进屋内，沙发边、桌几旁，那样安静，那样低调。屋内绿意浓浓，暖光融融，入芝兰之室，久而不闻其香，一杯热茶、一本好书，朦胧中，"斗柜兰"笑盈盈地看着我，那垂几边的"豁口兰"，憨态可掬，"有铜钿兰"气质平和，"不开花兰"姿叶傲挺……我便不用作欧阳修《秋声赋》中"槁木""星星"之叹，径直入了"童子莫对，垂头而睡"的境地，一场不期而遇的小睡实在是妙不可言！

与兰相对，岁月是静好的。静下来，方能美下去。与兰相伴，渐渐地，你会发现，粗茶淡饭就是珍馐美味，陋室斗居成了宽宅明厦。滚滚红尘是你的，清风朗月也是你的，绚丽多彩的大千世界会令你美不胜收的。

寻找春天

金泓

　　一日，商场里的橱柜中络绎出现琳琅满目的春装，公园里花坛上铺满一盆盆绽放的鲜花，晚间的电视节目开始不遗余力地宣传春游的景点，蛰居都市的人们才恍然意识到：春天来了！

　　被媒体不断提醒"春天来了"的人们，行走在人行道上，发现道旁的玉兰树亭亭玉立、自在高洁；漫步在小区里，墙隅的杜鹃花如火如荼、娇艳欲滴。春光明媚时，整个都市花团锦簇、芳香四溢。但是，渐渐地，人们就会发现这里的春天犹如被高楼大厦分隔过的天空，像罅隙一般窄小逼仄。比之乡村中的春色，这里要逊色不少。

　　我渴望见到无边无垠的绿色的田野，渴望听到枝上黄鹂婉转的鸣叫，渴望嗅到田畴里花香与粪臭交杂的大自然的气味。带着强烈的希冀，我坐公交车近两个小时，来到了久未涉足的郊外。下车后，眼前的景象让我大吃一惊：柏油路吞噬了原来的田野，道旁都是新建的小区，小区附近则是都市里司空见惯的酒店、大卖场、百货商店。都市里的一切，正在郊外不走样地被拷贝着。大吊车、推土机挥动它们的铁臂钢牙，正一点一点将郊外整容成都市。

还记得小的时候，学校组织学生步行到郊外的烈士陵园扫墓，那时一路旖旎，水稻碧绿碧绿的，油菜花金黄金黄的，像油画一样。那时，父母说踏青去，只消骑了自行车，便可随意在郊外感受到春天的气息；可如今，登上儿时常攀缘的小山山顶，望到的却是白茫茫的一片——鳞次栉比的高楼。

我失落惆怅之余，向当地的居民打听进山的途径。好在沿着蜿蜒的公路步行约摸半小时后，我终于走进了青山碧野之中。山里面种满了茶树，此刻茶农正挥汗如雨地忙碌着，及时采摘着茶树上的嫩芽。站在山上鸟瞰，远处是既熟悉又陌生的那幅绿色与金黄交织的油画。我欣喜，我欢愉，自认为一路颠簸一番辛苦之后，踏破铁鞋无觅处，终于搜寻到心中的春天了！

我立刻端起胸前的相机，贪婪地将茶树、油菜花、蚕豆花一一摄入相机中，将这易逝的春色化为永恒。当相机镜头对准油菜花上的一只蜜蜂时，我蓦地觉得似曾相识。电脑的硬盘里还存储着一张类似的相片，那是去年我在郊外拍摄的。近两年，我总喜欢约上朋友去乡间欣赏纯天然的春色。泡一杯地道的碧螺春，饕餮一桌淳朴的农家乐，用相机高高低低、远远近近地拍摄些田野风光。此时此刻，我身在岑寂的山林，回味彼时的春光，口中似乎还留有淡淡的茶香，腹中仿佛还残存着春笋、螺蛳等时鲜的美味，脑海中依稀还留有一张张樱花的倩影。沿着小径，继续踽踽独行。我突然看到一位老农正斜倚在树旁，悠闲地抽着烟，听到跫音，冲我瞅了瞅，微笑。我心头一震：我真的拥有春天吗？

郊外乡间的春色，对我而言，是道风景。我不是春耕者，我只是个旅人，一个旁观者。那些坐上开往春天汽车的都市人，与我一样，熙熙而来，攘攘而去，浮光掠影地将春色匆匆化为相机中的一张张相片。乡间的春色，是都市人生活的装点，是个人情趣的点缀，是繁忙工作之余的放松消遣。花开花落，春耕夏耘秋收，与都市人的生活本身并不相关。

面朝田野，春暖花开。这样温暖的春光，或许只照耀在诗人心房；这样美丽的鲜花，或许只绽放在诗人心田。诗人之所以成为诗人，很大程度上是因为他与土地紧密相连。其实，我们要想真正走入春天，最好的途径便是阅读古诗。"人面不知何处去，桃花依旧笑春风""碧玉妆成一树高，万条垂下绿丝绦"，让人领略一片"桃红柳绿"；"随风潜入夜，润物细无声"，让人感受那份"春雨绵绵"；"千里莺啼绿映红，水村山郭酒旗风"，让人晓得那时的春色、那时春天里的生活；"若到江南赶上春，千万和春住"，则是让人索性把春当成朋友了！

靠在一棵高大的泡桐树（开满了紫色的花）旁，我痴痴地想：在古代，大家生长在一个原生态的自然环境中，人们得知"春天来了"，无须电视里大张旗鼓、大肆渲染，无须报纸上浓墨重彩地宣传，人们从树杪上探出的梅花，从泥土中悄悄冒尖的竹笋，从飞舞的杨花、怒放的牡丹……从那些四季交替的花木中，真真切切感受到春天。他们或在田埂上收拾着秣秸，或在竹篱旁捧读着书籍，他们呼吸着泥土的芬芳，感受着春阳的和煦，与花草树木为伴，见证着它们一年又一年的荣枯。

古人比我们更盼望春天，是他们对于温暖的企盼。严冬时，冰天雪地，那时没有羽绒服、没有保暖内衣、没有空调、也没有取暖器，只有当暖洋洋的春日照耀大地时，人们才能露出舒心的笑容。还有一个很重要的原因，"一年之计在于春"，春天是种子发芽之时，大地休眠了一个冬日，春天开始孕育新的生命，这些秋日丰收的粮食蔬菜水果，则养育了一代又一代人。而今天，暖棚养殖基因工程则可以让四季都成为春天。如此一想，我越发明白古人对春天的感情，那是绿叶对泥土的情怀啊！所以，如果说古代的春天是厅堂里摆放的一幅写意水墨画，那么现在的春天则是网络上四处传播的一张精致的艺术相片。这么一想，我有些怅然，我无法像古人一样真正拥有春天。归家途中，我了悟，那个山林中的春天，似乎只与我那日的春行有关，与往后的日子无关。

而今，物换星移几度秋，沧海桑田都成了钢筋水泥。在都市阴霾的天空下坚硬的大地上，我们似乎很难找寻到春天的踪迹。更何况，你脑子里装满了股市的 K 线图，心中揣满了加薪买房开汽车的念头，足下生风，心急火燎，那么春天真的离你很远。于是，你不惜驱车去了郊外，寻找春天，但是，春天依旧离你很远，就像我那次找寻一样。

一天，我在归家的途中，不经意间瞥见紫色的藤萝挂满木架，风来嗅到阵阵清香，那一刹那，我觉得我拥有了春天。唏嘘之余，我终于明白了，春天只与生命息息相关。那些赏花品茗的雅事，其实只是猎取些春色。寻找春天，就是面朝心田，春暖花开。

2012 年 4 月 23 日

雨中的石林

金泓

　　一个喜欢把弄"瘦"、"漏"、"透"、"皱"太湖石的江南客，撑一把伞，走进淅淅沥沥的雨幕，走进大雨氤氲的石林。那一支支、一座座、一丛丛巨大的灰黑色石峰石柱昂首苍穹，直指青天，犹如一片莽莽苍苍的黑森林。这位看惯了小桥流水人家的江南客，面对如此庞然巨阵、面对如此浩瀚的石头森林，不免唏嘘嗟叹造物主的神奇。

　　摸着那些粗糙的石头，他痴痴地想象：三亿六千万年前，一条茫茫无涯的古大海，物换星移几度秋，历经多少地质的变迁，它终于变成了陆地。堆积在那儿的石灰岩又历经了亿万年的烈日灼烤和雨水冲蚀、风化、地震，这才演变成了眼前这个童话世界般的壮丽奇景。

　　他喜欢在家摆设山水盆景——一座大理石小盆，上面安放了人工制作的悬崖绝壁、险峰丘壑、翠峦碧涧，具体而微。想象一方山水俱在手中，不免得意，然而现在他面对大自然的鬼斧神工，除了惊叹还是惊叹！但见无数石峰拔地而起，千峰竞秀气势磅礴；众多怪石嶙峋，兀然矗立姿态万千；有的数石相对，或如久别重逢，或像十里相送，或似母子偕游；有的倒悬欲坠，让人惊心动魄。朱德老总题写的"群峰壁立，千嶂叠翠"八个遒劲大字，便是对这一切最精妙的概括。山若少了水，便失了灵气，这场酣畅的雨，可谓恰到好处。雨水将石林冲刷得更加明净，将石林洗染成了赭黑色，远远望去，便是黑魆魆一片，但是这种黑，并非大团大团的乌漆抹黑，而是富有层次性的。靠近天际的石林，在云雾笼罩下，呈淡青色，近一点的，则呈灰青色。离视线越近，黑得也就越浓重。东南西北，随处张望，便是一幅天然的水墨画。米南宫若在此，见到那么多"石兄"，恐怕要昼夜膜拜，长跪不起了，而大自然对水墨皴法的运用，一定也会让他自叹不如。

江南客在欣赏大自然神奇的笔力时，也感受着巨石给他带来的心灵震撼。他从都市而来，那儿是钢筋水泥森林，眼前的一切都带着人工斧凿的痕迹，就连那巧夺天工的园林，也无非是几个文化人在城市中叠山理水、种花植草、建屋造亭经营而成的。人们躲入园林，不就是想寻找一方宁静、一点自然吗？而眼前这些密密杂杂的石林，是那么原始，那么自然，圆的、方的、长的、高的，由时间这把刻刀用几亿年雕刻而成。无须人工雕琢，它们便形似大象、犀牛、孔雀，神似唐僧、孙悟空、猪八戒。遐望迩观，令人浮想联翩，然而想到最后，他又什么都不去想，只呆呆地念想，什么蜗角虚名，什么蝇头微利，自己无非是寄蜉蝣于天地啊！于是蓦地明白了古人的话："壁立千仞，无欲则刚。"一抬头，后四个字正跃然石上！

身外之物，都可放下，但唯独情不能放下。江南客来石林，是为了看石头，更是为了看看早已化身为玉鸟池畔一座石峰的阿诗玛。阿黑哥上刀山下火海，为救阿诗玛万死不辞。阿诗玛不为财主家金银财宝所动，最后被河水淹没，化身石峰，日夜守望期盼阿黑哥。这个美丽的传说，一下子将坚硬冷酷的石头变得温暖而富有人性了。雨雾朦胧，阿诗玛更见清新隽美；雨水晶莹，挂在阿诗玛脸上，仿佛滴滴思念热泪。江南客感慨：在物欲横流的都市，爱情早已异化为通往幸福的支票，而在这方山清水秀的热土，撒尼族小伙姑娘有着一颗金子般灿烂的心，对爱情坚贞不渝，用生命书写了一首壮丽动人的诗歌。

走进雨帘，便是面对一片澄澈；走进石林，便是面对一群静穆。于是，就这样走入了永恒。这时，江南客想起了古人对石林的赞叹："何物灵通献石芝，天然崆峒不知时；登临顿觉尘心化，踏遍芒鞋意若迟。"他还想多说些什么，只是"此中有真意，欲辩已忘言"。于是便只能将石林美景变成一幅水墨画，藏在心中，很久，很久。

2013 年 1 月 30 日

（该文曾发表于《苏州日报》2013 年 6 月 7 日

第 11444 期 C19 版"驴行天下"栏目）

爱的循环

周文莉

  清晨在闹钟没响之前我就醒了，因为女儿在身边，怕吵到她了，看着身边女儿熟睡的小脸，也许梦中的她正经历着什么美好的事情，她的脸上微微露出笑容，心里觉得很温馨、很幸福。

  耳边传来厨房里母亲做早饭的声音，跑出房间，轻轻地问母亲："怎么起这么早啊？"母亲笑着说："岁数大了，睡不着，给你做你最喜欢吃的水煮鸡蛋啊。"其实我怎么不知道，因为今天我要出差赶飞机，母亲知道我的时间点，她一直说外面的东西不干净，自己家里做的有营养，所以一大早就起来了。看着母亲忙碌的身影，心里有一种说不出的感动，却只能化为靠在门上静静地看着，终于体会到《项脊轩志》里大母立于门边的细节。原来爱是可以共鸣的。

  三十四年前的酷暑之时，我的母亲用她瘦弱的身体，硬是把我顺产生下，孱弱的我五斤不到，被强制要求待在保温箱里观察三天，母亲说那时候医生是一眼都不让家属们进去看宝宝的，只能把思念放在心里，不断地让爸爸追着医生问我的状况，来慰藉她对这个女儿的想念。

三十一年后的隆冬之时，她的女儿——我，也一定要医生帮我顺产，生下了我的女儿，我的母亲承担了所有照顾我的工作，日夜颠倒，还要帮我弄坐月子的汤水。也许是自己也成了母亲，这个时候我才知道母亲的爱是多么伟大，才知道把孩子拉扯大是多么不容易。原来爱是可以复制的。

七岁的我，才刚读一年级，每个周三的下午，学校提早放学，父母为了锻炼我，要求我自己从学校走到两公里之外的爷爷奶奶家。我记得那时候的我，真的是初生牛犊不怕虎，整段路程都可以由自己掌控，那种兴奋和快乐，让我就像个小鸟可以自由地飞翔，或跑或停，完全不顾忌路上的交通，也没有想过是否会有拐卖小孩的人。现在回想一下都觉得后怕，可是很多年的一个午后，我母亲很不经意地说起，"还记得你第一次走到爷爷家，那时候的你，那么无忧无虑，什么都要看一看、望一望，好几次差点被自行车蹭到，你都不怕的，真的把后面跟着你的我吓坏了，真的是小孩子啊。"我才知道，原来那个时候，我的母亲特地请了假，偷偷地跟在我的后面，时刻保护着我。

三岁的我的女儿，胆小得很，我会刻意地把她放在游乐场，放手让她自己去玩，很多时候她想玩别的小朋友正在玩的玩具，就会绕到我身边，用渴求的眼神和撒娇的语气希望我能出面帮她，我坚决地回绝了。我告诉她，要自己学会去沟通，去交流，去和同龄人表达自己的想法。也许在我女儿的眼里，我是个很严格的妈妈：她摔跤了，我会很冷静地告诉她，自己站起来；她无缘无故地发脾气的时候，我会第一时间制止，并且会用一定的"武力"；她有成绩来告诉我的时候，我只会点头微笑，用我的肢体语言告诉她，我看到她的成长了，却不多用语言来表扬她的表现。原来爱是可以同化的。

那年高考结束，志愿要在分数出来之前填写，因为对自己没信心，我犹豫再三，在志愿表上填上了吉林大学和长春工业大学，我想身边的同学一定不愿意去那么远的城市学习，没什么人跟我竞争，我一定有更大的把握。填好所有的志愿，给父母亲过目，我永远记得那个傍晚，我母亲轻轻地敲着我的房门，慢慢地走进来，只说了一句："莉莉，可不可以不要填那么远的学校？"话没说完，泪水已经无声地流了下来，从来没看到母亲流泪的我，震惊了，脑子里一片空白，这是我的母亲吗？一个在我面前，永远都是无敌、全能的母亲，也会有她脆弱的一面，而这一切都是她的女儿——我引起的，我的母亲实在是不能接受她最心爱的女儿从江南水乡跑到遥远的北方求学，她没想过，也接受不了，这次是母爱最直接的体现。

现在的我从事教师这个职业，没生女儿之前，我把我的学生看成我的弟弟妹妹；生了女儿之后，我把我的学生们看成我的大儿子和大女儿，他们的一举一动，我都时刻关注着，陪伴他们成长的过程，我觉得很充实。记得第一年带完高三，班上有个女生因为志愿的问题来咨询我，因为成绩不是很拔尖，为了能保住二本，她执意要读护理专业，因为这个专业太苦太累，填的人肯定少。她的父亲陪她一起来的，开始父亲不断地告诉我他的观点，希望我能劝服她的女儿放弃这个念头，说到后来，他的父亲哭了，一个比我父亲小不了几岁的家长，在他的女儿、他女儿的老师面前，泪流满面，控制不住他的情绪，说了一句："女儿，爸爸舍不得你受苦啊。"这个场景，让我想到了十几年前的母亲，让我不由得动容。原来爱是可以扩散的。

爱原来是这么神奇的东西，让身处爱中的我们可以这么幸福。

风筝的念想

姚圣海

　　母亲回家了，因为腿疼，也因为想念父亲。怕我们忙不过来，母亲犹豫不决，欲言又止。我看出来了。前晚下班，绕道到南站买了昨天上午回家的车票，送母亲回去了。父亲电话里问要不要换他来，我说算了，我们能坚持，你们也在家好好过。家里，只剩我们仨。

　　这个下午，妻陪着女儿去练跳舞。忽然，很安静。我宅在沙发上，任温暖的阳光从阳台洒入，恍惚间以为母亲就在厨房，边拾掇边跟我聊天，思念刹那间扑面而来。

　　母亲是传统的中国女性，不识字，胆子很小，一辈子没出过远门，没离开过父亲，父亲就是她的天，但是自我们有了孩子，母亲怕我们忙不过来，父亲又走不开，竟然一个人来到苏州，帮着烧茶煮饭，减轻我们的生活压力。刚来苏州的时候，我一直不放心她一个人出门买菜，担心她如何在车水马龙的街面上过马路，担心她弄不清红绿灯信号，也担心她听不懂苏州的吴侬软语，不能跟人交流。我常常中途在办公室打电话回来，没有什么事，就是想知道她在不在家、情绪怎么样。若是没人接，就心神不宁，过一会儿会再打，直至她从外面回到家才安心。可是，没过多久，一次我下班回家，发现对面楼里的一位跟母亲年龄相仿的阿姨正在家里跟母亲开心地聊天，明白母亲已然能与城里善良的阿姨们交流，渐渐适应了。再看到她每天乐呵呵地进进出出、忙里忙外，便彻底放下心来。

后来，母亲患上了风湿性关节炎，关节常常疼痛。尤其阴雨天气，往往疼得只能坐着或躺在床上。我四处托朋友帮忙，对症下药，好不容易才控制住病情，减轻了疼痛。这期间，她有时回老家休养，稍微好一点了，又赶紧来苏州照顾我们。父亲偶尔也来，但是在我这里，他每天只能坐在客厅的沙发上看看报纸、看看电视，很不习惯，常常待不到一个星期就要回去。父亲来的几天，母亲会特别开心，而他回去的时候，母亲总是依依不舍，看得出她很想跟着父亲一起回去，但是，她终不会开口提，会选择留下来。她惦记着她的儿子！

转眼四年过去了，母亲在老家和苏州之间不断来来回回，父亲常常只能一个人在老家。夫妻本应老来做伴，为了儿子，他们却只能相隔两地。每念及此，我心总不安，但有母亲照料，我们过得能够轻松点，于是便一直自私地没有提出让母亲不要再来。现在回想，唏嘘不已！

想起几年来《读者》中看到的数篇文章。第一篇《我奋斗了18年才和你坐在一起喝咖啡》，三年后，又有一篇《我奋斗了18年，不是为了和你一起喝咖啡》，最近，又看到一篇《我奋斗了18年，还是不能和你一起喝咖啡》。每一次看，每一次深有同感，心境也如文章一样，由豪气到理智、再到彷徨。人生得意，原不在金钱，然在这个"逼良为娼"的年代，谁能在颠沛流离里豁达得起来？于是，个个陀螺似的乱转！

一壶酒、一杯茶、一本书、三两知己，人生佳境，当该如此。我却在红尘里折腾，为房子、车子，为说不清楚的光明前途，远离故土、奔波挣扎，忘了"父母在、不远游"，忘了父母渴望团圆、每天能含饴弄孙的期盼。

我是一只风筝啊！既然飞上了天，便只能身不由己，随风越飞越高，唯恐有一天不小心栽了下来。

庆幸的是，线还在父母手中。千里万里，心总相通。

2011 年 3 月 13 日于苏州

父亲的教育

唐岚

父亲三十六岁那年才生了我。他没有很高的学历，但也算那个年代的"文青"，这从我们家的藏书可以看得出来。

所以，我三岁那年听到的故事，不是《白雪公主》《美人鱼》《灰姑娘》，而是《高老头》《欧也妮·葛朗台》《草船借箭》《空城计》，尽管他把欧也妮说得比老葛朗台还吝啬、把司马懿说成了曹操，这给我在向其他小朋友转述的时候造成了不小的困扰，但我生平第一次尝到了被人佩服的滋味。

他说话算数，答应的事情一定做到。比如，我生病住院，我提出打针不哭的条件是送我一个有我半人高的、能脱卸衣服的娃娃，那是我在上海看到的，当时惊鸿一瞥，从此记忆生根，没想到出院的时候，他真的抱来了我的"惊鸿一瞥"，从此，我分外信任他。

小学一年级，那次，我和外婆吵架，她叫我倒垃圾，我飞也似的逃了，她端着装满垃圾的簸箕在我身后死追，大有"舍得一身剐，敢把皇帝拉下马"的势头，我吓得跑得更欢，还扭头骂她"老太婆"，老太太伤心了，下午就到我班主任那里告了我一状。那学期，我看得比命还重的"品学兼优"的奖状没了。晚上，他回来了解了事情的原委，黑着脸，要我立马道歉，并要大声地说"我错了"，直到每个人都能听见。我死倔着不吭声，只听桌子被拍得"砰砰"响，惊天动地的气势持续了牛鼻子老长的时间，最后，我大哭着妥协，但，我至今奇怪，那热辣辣的巴掌为何始终没有落到我的身上。

那时，我最不喜欢去的地方就是菜场，但每个星期天，他都要带我上街买菜，让我挑我喜欢吃的。我敷衍着胡乱点，他每次都很认真地和菜贩子讨价还价，为几分钱而斤斤计较，让我难为情地想找个地洞钻下去，但是，他给我买我喜欢的书时从不吝啬。

记忆中，他从来没睡过懒觉，天还没亮就出门买菜，然后回家准备早点和午饭，但是从我三年级开始，他每天一早叫我起床，要我上街买一家人早饭吃的油条。寒来暑往，我买了三年，以至于卖油条的大叔虽然没记住我的人，却记住了那个每天装油条的红色塑料篓子。随着小学毕业，我结束了这个苦差事，但令我百思不得其解甚至恼火的是，他明明每天和我同时出门，买菜的同时就不能顺带买个油条？

小学四年级，父母要提前赶到上海为爷爷过六十大寿，临走的时候，他留给我一张车票，说："上完课自己赶火车。"外婆急得要死，他说："鼻子下面长着嘴，只要愿意开口，就丢不了。"我惴惴地揣着那张车票，等在人来车往的站台上，有人走过来跟我搭讪，我绷着小脸不理，心里紧张得要命。好不容易上了车，也不知道坐了多久，终于听到报上海站到了，我忙不迭地下车，可一出站，傻了，眼前是一片农田，看不见几个人影。我回头看清站名：上海西站。但是我没有不知所措，因为我想起了他说的话：鼻子下面长着嘴。我开始四处找人问路，终于坐上了一辆区间公交车，最终如愿地从西站坐到了新客站，再按指定路线回到爷爷家。此时，天色已经很晚了，但没有人在站台上接我。我笑着敲开家门的时候，母亲正在埋怨他，而我分明看见他如释重负的神情一掠而过，可是还强调着："看，丢不了吧！"一副自信满满的样子。

至今我还记得那路公交是6路，还有就是他的那句话："鼻子下面长着嘴，只要愿意开口，就丢不了。"

小学六年级的暑假，我毕业了。我记得那个假期很漫长，因为他扔给我两本古诗词，规定我一天背一首，并要抄录下来作详解。可怜上面很多字我不认识，而家里只有一本用拼音和四角号码检索的《新华字典》，我开始四处请教，实在不行，就字读半边；我先挑短的背，而后不得不背老长的，就这样磕磕绊绊，我读懂了《伐檀》《蒹葭》；了解了屈原，还有他的《国殇》，知道了古诗里有比"鹅、鹅、鹅"更高的境界。六十二天，六十二首诗，厚厚一本笔记，我至今收藏。

那一年，取消报考重点中学，一律就地分配。我成绩优异，却要被分配到地段上一所很乱的中学。他说："只要自己努力，在哪儿读书都一样。"事实证明他是对的，每次考试，我署下大名的时候，就坚信名字旁边一定会是个高分；我的文学功底崭露头角，写的作文永远都作为范文广为传诵；我身兼数职，主持班级的每一场活动……自信，像发泡的面粉，在我的每个细胞里膨胀。

那时的我，还是个疯狂的歌迷。期末的时候，他说评到三好生及每考一门成绩达到95分就可以到他那里换一盒磁带，我说："不想给就不要用这种方法拒绝。"他问："有这么难吗？"我想想，是啊，有这么难吗？三好生加六门功课，我共有七次机会。结果，我赢回了五盒磁带。

毕业前夕，要填志愿表了，那时中专吃香，很多成绩不错的同学和父母商量来商量去，无法在中专和高中之间定夺。我拿到表，径直填上四所高中，交了上去。后来，他知道了，什么也没说。

高中，我恋爱了。男孩死缠烂打，每天一早骑七八公里路只为送封信到我家信箱，再偷偷地骑回去。那时我还没起床，但他一定读到了那些信，因为他的批评很委婉、很含蓄，好像话到嘴边难为情地吐不出口。开家长会，男孩的母亲攀亲家似的跟他谈他们的家庭情况，情到真处，潸然泪下，大有认可我这媳妇的意思，这是后来男孩告诉我的。他回来也什么都没对我说，依旧每天一早帮我淘好米，让我到学校放点水就能直接搁进蒸笼，依旧给我准备很丰盛的晚餐，依旧每晚十点给我热一杯牛奶，尽管臭美的我怕发胖，总是偷偷地倒进花坛。

临近毕业，我和男孩分了手。我放弃了高考，提前被一所不知名的高校录取，理由有二：高中的我学习已不再出众，他再三强调不会用钱为我买考分，既然我选择如是度过三年高中，就要学会为自己的行为负责，而我意识到的确要为自己的未来负责了，因为提前录取我的是我酷爱的汉语言文学专业。这时离高考仅两个月。我是在面试通过之后，才告诉他我的决定，或者说，这个既定的事实。他依然什么也没说。

那年暑假，为庆祝我考上大学，他陪我去上海挑礼物。我们从南京路逛到淮海路，最终发现我要的东西还是在南京路，而且在路的最东头，他说没关系，买东西是要挑挑，只要自己喜欢就好。于是又陪我走了两个多小时。那一年，他五十六岁。

大学那几年，只觉得云淡风轻，阳光总是很灿烂，我如脱了缰的野马，在自己的广阔天地里自由驰骋，不到弹尽粮绝我很少回家，回家也总是带回一帮狐朋狗友，吃着他给我们做的丰盛大餐，大快朵颐、谈笑风生，然后，取钱、走人。每次，他总是给我刚够维持一个月生计的钱，还很好听地说买书另行报销，我暗骂他的抠门，但从不找他报销书钱，而是努力地挣我的奖学金。

有一次，他来我在的那座城市开会，顺便给我带来三大本厚厚的《辞海》，说读中文的，用得着。我"怨声载道"地把那像三块大砖头一样的《辞海》从传达室搬回宿舍，搁在我床头的书架上装点门面，直到毕业也没翻过，然后又费了九牛二虎之力搬回家，心里愤愤地怪他的多事。可是，今天，这三块大砖头，却成了我的良师益友。

大学的最后一年，我以优异的成绩结束了我的毕业实习，我以为一切事情就此搞定，接下来会有一段愉快的闲暇时光，于是，我偷偷地从学校里失踪，南下深圳、广州周游了一个多星期，回来后，自作聪明地拿出医院开的病假条……没想到，后果很严重，我要被处以"勒令退学"的惩罚。他拿着我位列前三名的成绩单四处奔走、找关系求人。他是要面子的人，我可以想象他每每求人复述我的不良行为时的表情和心情，但他一句也没责备我，只要求我向老师、领导一一致歉，且认真写份检讨。我乖乖去做了，检讨写得文采飞扬，学生处处长看了感慨不已，说："给你句忠告，像你这样的学生，路走对了，前途无量，但一旦走错，就是万丈深渊。自己去找校党委书记谈谈吧。"我不认识什么党委书记，但我去了，结果，力挽狂澜。

终于工作了，我被分在一所知名的学校，他高兴地送了我辆捷安特，但两个月后就被偷了。然后，他帮我买了辆红色的助动车，我欢呼雀跃，可是他却申明，其中三千大洋是我向他的贷款，每月还五百，半年内还清。兜头一瓢凉水，但我很牛气地答应了，尽管那时我每个月的工资只有七百。

要结婚了，我要上班，又要装修新房（因为不能忍受那位缺乏想象力的男士把我未来的家装修成办公室，所以，一切亲力亲为）。于是，我与各种素养的工匠、商贩打交道，我见识了各种偷工减料、短斤缺两的伎俩，忍受着被骗与耍滑……那段时间，我真正意识到了自己智力与精力的有限。我早出晚归，忙得昏天黑地、焦头烂额，但他始终没有插手帮忙，只是拿出四万块钱说这是给你的全部嫁妆，自己统筹安排吧。这是我能想得到的结果，所以心里波澜不惊，没有异议。

直到新婚前夜，我忙到半夜两点才回家睡觉，第二天强打精神，迎接八方宾朋，包括他。那天的感受是，我不是那个美丽的新娘在享受自己的婚礼，而是始终在做导演，安排每一个场景的细节，指导完成所有的规定动作。那时，我真想从头来过，让自己真正做个娇羞的新娘，有人帮我安排好一切，我只须细细地品味、静静地感受就可以。

但是，今天，当别人来参观我一手打造的美丽爱巢的时候，当翻看整场婚礼录像的时候，我真的——很骄傲。

现在，结婚几年了，一切安定了，我忙着自己的事，闲暇时和朋友吃饭聊天。我很少回他家，但每次回去，他都会说："不做饭就过来吃吧，反正我退休了，也没事。"我惊讶于他的这种变化，在我已经非常非常独立的今天，他却希望我去依赖他。这是那个不近人情的他吗？只要我下班晚回家，我就找不到剩饭剩菜；只要我晚上超过他规定的十点钟回家，他就会在客厅等我，把我骂个狗血淋头，即使我在恋爱也不例外；数九寒冬，我已钻进温暖的被窝，却发现洗完澡卫生间的灯忘关了，他坚定地叫我起床关灯，而他就站在开关的旁边。如是再三，让我学会了不再重复同样的错误。

退休后，他其实很寂寞，他很希望我们能开车带他出门转转，在他现在还走得动的时候，因为母亲总会说起某某朋友的儿子开车带父母玩了好几个地方，言下之意很明显，但他会在一旁为我们开脱，说我们工作很忙之类的话。但，我和老公去杭州，我说："我们是去逛街的，他们走不动的。"我们去黄山，我说："是去爬山哎，他们多大年纪了？"……他说今年过年要我开车一起去上海姑妈家拜年，而我忙着赴各类朋友的聚会，敷衍着他，前两天去看他，他说上星期，他自己去过了。

电话里，母亲说今天他们去参观博物馆了，凭老年卡，免门票的。我说，好啊。她说："你爸说不好，老了老了，没几年了……"我忽然鼻子阵阵发酸。他今年，七十一岁了。

……

往事悠悠。回头想想，是他启蒙了我，带我一路走进文学的殿堂，虽然，我并未成就一番伟业，但能站在三尺讲台上面，带领一群学生徜徉在青山绿水的文字之间，流连忘返；是他最早教会我要诚信，说过的话，无论多难，都要努力兑现；是他教会我，一弯腰中见礼数，一深省中见襟怀，当你意识到自己错了的时候，一定要大声地说出来，因为，这不是卑怯，而是勇敢；他还教会我，自己的过失，就要懂得自己去面对、承担、化解，去取得谅解。

他让我明白，风雨骤至时，"也无风雨也无晴"；寒气砭骨时，"花寒劫外香"。人，要有颗淡定的心去解决问题，既然不是事事都能顺遂人意，既然尽日哀、恨愁苦于事无补，不如在细节处体现智慧。

我还知道，这世上没有解决不了的难题，只要你想解决，就一定有解决它的方法和途径。这世上，也没有过不去的坎，没有战胜不了的磨难，没有实现不了的愿望，只要你能超越自卑、胆怯和依赖。

当然，我明白得最彻底的是：能拯救你的，只能是你自己。

那天在朋友家吃饭，席间，朋友接了个很长的电话，挂掉后，他说："我爸要开刀，叫我工作忙就不必回柳州了，一切都没问题。"他神情黯然，说，"父母就是这样，只为小辈考虑。"说完，他眼圈发红，猛喝一口酒，而我，忽然觉得眼前这个80后的小男生，很伟岸，真的。

我和我的舅舅

张慧琪

我的书法启蒙老师王福辰先生是我的舅舅。

在我的印象里，舅舅仿佛停留在五十岁左右，不像是年过七旬的人。他红光满面，无甚白发，才思敏捷，总是腆着个肚子笑呵呵的，活像个弥勒佛。

舅舅不重吃穿，绝少闲暇，他把主要精力都扑在了书法教育事业上。在我看来，舅舅虽然不算一个专业的书法家，但绝对是一个称职的书法教育者，尤其对少儿书法教育作出了很大的贡献。

在我未满周岁的时候，有一次舅舅顺便抱我去参观一个书画展，他发现当时的我见了书法作品格格傻笑，见绘画作品则无甚反应，且屡试不爽，便认定我有天分，决心教我书法。我五岁开始习书。刚开始，我手握着毛笔，舅舅握着我的手，一笔一画地操练。那时我每天要写一小时左右，舅舅常说我神情凝重、憨态可掬，有好几张紧闭嘴唇吐出一点小舌头、一脸严肃练字的照片为证。就在那年，我以最小的年龄获得了市幼儿组书法比赛三等奖，奖品是柳公权的名帖《玄秘塔碑》。之后在舅舅的精心指导下，我不断参加各级各类比赛，收获不小。六岁时一幅"祖国万岁"的楷书作品获苏州市二等奖，此作在少年宫一直悬挂了很多年。舅舅现如今常常在人前提起，说在我所获得的全国省市的各类奖项中，最看重的是我小学时获得的四次苏州市现场书法比赛一等奖，这可是"硬碰硬的"，言语中满是自豪与幸福。每闻此语，我总不免有所愧疚，因为与舅舅的付出相比，这点成绩实在算不了什么，更何况我未能把书法学习坚持到底。

回想起来，跟舅舅学书法的记忆里有着甜蜜的味道。记得我小时候住外婆。外婆家在城东的老街白塔东路上，那会儿还未联通北仓街，是一条绿树成荫的幽静的大街。我也还未转到平江实小，在附近的城东中心小学念书。舅舅单位离得不远，几乎每天负责接我到外婆家，探望外婆，教我写字。每次都要给我买冷饮或零食吃。我印象最深的是那些夏日的傍晚，白塔东路上，绿意盎然，凉风习习，知了叫个不停，我舔着一种叫"曲奇"的冰激凌，坐在舅舅自行车后面哇啦哇啦唱着歌，毫不顾忌他人投来的眼光，那么无忧无虑。

我从小学书法并不觉其苦，不仅是因为练习书法总能满足我的口腹之欲，更是因为舅舅的教育之道，激发了我的学习内驱力，促成了"我要学"。舅舅博闻强识，腹中书法家掌故拈来就是，稍加演绎，人物形象便呼之欲出，其精神人品，令人难忘。记得那次我有所懈怠想要偷懒，舅舅给我讲大书法家王献之儿时苦练书法写干十八缸水的故事，我大受震动，当场"幡然醒悟"，提笔开写。舅舅还给我讲王羲之、苏轼、米芾的率性，让我了解书家的本真；给我讲蔡邕偶创"飞白"、张旭因剑舞而悟书道的故事，让我了解书法这门极其灵动的艺术其实和生活息息相关。这样潜移默化的熏陶教育，怎能不使我快乐地学习？

那时哪里有书法展或春联展，哪里就有我和舅舅的身影。读书前，经常是我骑在舅舅的脖子上，去展点观摩，舅舅边走边给我讲解，问我喜欢哪些作品、这些作品的作者是谁、内容和含义是什么、作品的章法和运笔特点是什么等等。我就像听故事一般，一点一点接受着文化艺术的熏陶。

读书后，舅舅还是经常骑着自行车带着我观摩各类书法展并参加各类比赛。知道我本性要强，舅舅时常提醒我，获奖从来都不是目的，通过参赛历练实现自我提升才是目的。我深深地体会到，每参加一次比赛我固然付出很多，但作为老师的舅舅付出得更多。就好比我们容易看到高三学子的苦学，也容易看到运动员的艰辛和成绩，却不知作为老师、家长、教练，他们付出得更多。每逢现场比赛，我向来只负责写字，而舅舅却需要忙里忙外顾这顾那。记得有一次，现场书法比赛结束后，在群众艺术馆等候领奖，那次比赛规模很大，现场却有些混乱，场地条件又十分简陋，没有座位，比赛结果又迟迟未定。而我因刚参赛完毕又饿又渴又累，舅舅跑出跑进给我买东西充饥，随后又半蹲着身子，弓着大腿给我当椅子坐，一坐就是将近一个小时！记得后来表姐半开玩笑地对舅舅说，"你待慧慧真是比我还要好啊。"那次比赛的结果我已经无法追忆，但坐在舅舅腿上等颁奖的经历却永远难以忘怀。当时我尚不知体恤年过半百的舅舅，如今想来，百感交集，是悔是欠，无法言明，真真是"此情可待成追忆，只是当时已惘然"。

随着学业的加重，面对接二连三的书法比赛，母亲对日复一日地练字有了微词，生怕再这么练下去影响学习。舅舅却坚持要我学下去，并坚信学习书法终身受益。母亲也深知舅舅的一片苦心，尽管依然将信将疑，也不再多说什么了。

事实证明，舅舅的坚持是正确的。我在班内一直担任学习委员的职务，并未因学书法耽误了学习；大学毕业后，我回母校十中当了一名语文教师，被别人认出："哦，就是当年十中毕业的写得一手好字的小姑娘。"现如今，无论在工作还是生活中，书法从未真正远离我。这一切，都是舅舅硬生生地"塞"给我的，也许，我将受用一生。

曾经问起舅舅，为什么要教我学书法，舅舅解释说："人，总要有一技之长。我们都是与书法有缘之人，不是我们选择了书法，而是书法选择了我们。书法是一门博大精深的中国古典艺术。学书法，不仅仅是学写字，也是接受审美情操、体悟大道的过程，它的价值在于人生境界的提升，远远大于书法带给人的功利价值。"随着年龄的增长，我越发明白这些个惜缘悟道的意思，包含着舅舅多少良苦用心！

我的表姐是舅舅最早的学生之一。而今，舅舅已是桃李满天下。表姐更是继承了舅舅的衣钵，已加入了中国书法家协会，致力于少儿书法教育，并且是西交利物浦大学最年轻的特聘书法教授。行家言其字迹古拙大气不似出于女辈之手，而表姐的女儿未及十岁，已将全国特等奖的奖状收入囊中，哪一天不练字就睡不着觉，境界非同一般。

而舅舅以七十三岁的高龄依然每日笔耕不辍，时常陪伴在学书法的小朋友身边，忙忙碌碌，乐此不疲。众人笑舅舅看不穿，当年本就是爱好，现在子女有了不少成绩，也该满足了，老来修身养性也就够了，这么拼了命地做，图个啥？

曾问及舅舅，是不是尚有梦未圆？舅舅大笑。原来，舅舅小时候就跟他的爷爷学习书法，后来工作之余，有心重拾这份爱好，坚持阅读书法家的学术著作，研究书法理论，并坚持每月去新华书店购买一本字帖，潜心操练，终于在各类比赛中屡屡获奖。后来在对我和表姐的培养过程中，他又不断摸索经验，不知不觉中走上了职业少儿书法教育之路。

当时书法热潮尚未出现，舅舅白手起家，勤奋探索，逐步摸索出适于儿童学习的书法学习方法，20世纪90年代就曾编写了《小朋友学书法》一书，大受欢迎。

"三代人一个梦，"舅舅说，"我希望我们家族里第二代出名家，第三代出大家。"

"姐姐已称得上名家，卓尔（我外甥女）青出于蓝，实现您的最终心愿大有希望。"我对舅舅说。

"但愿如此。你一定想知道我为什么还在继续研究并从事书法教育，"舅舅笑着说，"尽管很累，但我觉得值，我是证明给自己看，我依然有剩余价值。我给自己的定位是一个书法启蒙者、少儿书法教育者。现在这方面做得好的人并不多。书法教育须从娃娃抓起，书法这门艺术是老祖宗传下来的优秀传统文化，必须继承和发扬光大，这关乎国家大计。不知继承优秀传统文化的民族是可悲的。我等必须尽一己之力而有所作为。这个梦想的实现，需要有后人来担当。"

老骥伏枥，志在千里。

燕雀安知鸿鹄之志哉！

舅舅的才情已让我佩服，而更让我由衷敬佩的是他那一颗勇于筑梦、奋力逐梦的始终不渝的心，这颗心牵系的是国家的未来、民族的希望。

舅舅还对我说，其实书法易教的是形，难教的是精气神。精气神的培养得靠悟。这在教学上是有难度的，还需要长期的探索和努力。

作为一名语文教师，我深知文学与艺术的教育，其本质是相通的。其神韵光靠教是远远不够的，重在学生自身的悟。那么如何教才能尽可能地提升其有效性，这是一个没有标准答案、也无法打包票的难题。舅舅年逾七旬尚有此雄心苦苦寻觅，吾辈焉能推诿？我们能做的，乃是尽己之力去探索，尽人事而知天命，待有缘人自得其道。

舅舅岂止教会了我写一笔字啊，他教给我的是一种人生态度，关于梦想、奋斗、坚守、付出、惜缘等等，这些又岂是我一支拙笔所能写尽的！我拙口道不出对舅舅的感谢，唯愿舅舅可以梦想成真、健康长寿，晚年生活幸福美满！

一本书，两代人

金泓

夜深了，你走进他的卧室，电视机里仍在播放新闻，他坐在沙发上，老花眼镜架着，双眼紧闭，头歪着，嘴角还有一丝口涎。你走过去，将电视机关了，于是你听到了他的鼾声；你走近他，悄悄地将他手中的那本书取走——他，突然睁开了眼，含糊地说："我在……看书呢……"你摇了摇头，轻声说："爸，不早了，你去床上睡吧。"一低头，你才蓦地发现，那本书，竟然就是你写的！

他蹒跚地走出卧室，你目送着他的背影，突然觉得好熟悉又好陌生。他的头发稀疏了，他的鬓角染了风霜，他的背有些佝偻，他的手中多了把支撑身体的拐杖！等他洗漱完毕，走回卧室，你仔细地端详了他的脸，同样是熟悉而又陌生的。他眼角的鱼尾纹更密了，他的眼神浑浊了，他的眼袋更沉重了，脸上的褶皱多了、斑点多了，嘴里的牙齿却少了，他冲你笑一笑，你却一肚子辛酸：那是老人的笑！他说："你的书我在看，写得蛮好的。"

他并没有夜晚阅读书籍的习惯。很多年来，下班之后，他做做家务、看看电视、与母亲聊聊天，一个又一个夜晚就被打发了。退休之后，家里订了报纸，他便多了个消磨时间的方法，但是他依旧不大愿意捧起书本。

他阅读书籍是件吃力而困难的事情，毕竟他的文化知识才学到小学。原本他可以去念美术专科学校的，后来学校因为种种原因而停办了，他便辍学了。由于家境贫寒，他先后去过老虎灶、茶馆、糕团店、檀香扇厂谋生，直到很多年后才在自来水公司食堂谋得一个厨师的差事。

有好几次，呷几口老酒，他曾对你说起，他小学的作文写得可好啦，一直被老师当作范文朗读。可惜，家里不曾有读书的条件。于是他便画画儿，墙上、地上都画满了他的画。他说他并不想当画家，画画儿只是一种爱好。你说那是生命的一种渴望与冲动。他点头称是，笑着说，到底是读过书的人。你亦微笑，因为那份渴望与冲动你亦拥有了，那便是写作。

他不曾教过你如何写作。你只记得，小的时候，他陪你一起去草丛中捕金龟子、捉蟋蟀，他骑着破旧的自行车载你去兜风；长大后，他会不辞辛劳来学校给你送雨衣、送校服，他会挖空心思给你煮螃蟹、给你炖羊汤、为你准备各种美味佳肴。他没有别人的父亲那样高大、那样英俊，也没有别人的父亲那样事业有成、金玉满堂。在你的印象里，他有些发福，有些憨厚，一身有些油渍的厨师服，一张在风雨中不变的笑脸。而这一切，你已都写入书中。

在你读书的时候，他在为别人烧菜；在你写作的时候，他在为你烧菜。当你身上的油墨香越来越浓时，他身上的油烟味却越来越深入肌肤。他烧菜，挣钱，供你读书；你读书，写作，营造一个精神世界。很多年之前，你有些瞧不起他，认为他只会烧菜，不读书，没文化。很多年之后，你忽然明白，烧菜与写作在某种程度上是相通的，一个提供物质食粮，一个提供精神食粮；一个讲究色香味俱佳让人在舌尖上领略世界的美妙，一个提倡形神兼备让人在心灵里感受世界的丰富。

明白了又如何？这种尊敬与感恩，你却羞于启齿。你和他，多少年的针锋相对、剑拔弩张。那时候，你还很年轻，年少轻狂，像一只迫不及待展翅翱翔的雏鹰，总盼望着早一点离开他那对坚强有力的羽翼。在一起生活的时候，你的种种琐事，他都要过问、都要干涉，于是你骂他是法西斯，于是他打你骂你这个不孝子！后来，你离开了他，独自过日子，他看你的眼神温和了许多，言谈中沉默也平白地增多了。当你在文学的道路上越行越远、越来越踌躇满志时，他在夕阳中的身影却越发孤独沧桑。

有一回，你陪着他走在路上，他拄着拐杖，走得很慢，你不时回过头来，望着他，他的表情有些尴尬。你突然想起，小的时候，是他走在前，你跟在后面的。他挪动一步用拐杖撑一下，然后再挪动一步，岁月让他的步履变得异常缓慢。身后的大楼在眼角氤氲里变得模糊了，你突然发觉，他苍老的身影就是一本书，风起，所有的过往都如白纸黑字般清晰。

夜深了，你又走进他的卧室。电视开着，他倚靠在沙发上，打着鼾，手里还捏着一本书。你走近他，看到他嘴角上扬，仿佛微笑，于是你决定不打扰他。就让他伴着你的书多睡一会儿吧，在那美梦里，他的身体还很强健，他的儿子还很稚嫩，他用一辆破旧的自行车载着你，穿过古城的无数幽深的小巷，远处太阳的金辉镀上斑驳的老墙，不知是朝阳还是夕阳。你默默地为他披了条毯子，看了看那本翻得有些发旧的书，心中翻涌起滚滚的热流，你知道，你的那本书叫作《梦里依稀小巷深》。

2012 年 10 月 27 日

（该文获全国首届"大夏书系读书节"征文三等奖）

雨天念亲恩

姚圣海

离开苏州将近一个礼拜，以为正好躲过了连绵的阴雨天，不料回家后，只隔了一天，新一轮降雨又急匆匆来临，有时淅淅沥沥，有时大如盆倾，几乎不间断，憋得人只能闷在屋里，家就成了整个世界。

外面下雨，尤其是夹着电闪雷鸣的暴雨，家就显得特别重要，也特别温馨。我是个喜欢安逸、重视家庭的人。爱人看了一天的韩剧，现在困得偎在沙发里小睡；女儿坐在我旁边，专心致志地画画儿，预备给我欣赏，而我边听着雨声，边在电脑里写写文章，间或跟 QQ 里或远或近的朋友聊聊天，就觉得日子特别舒坦。

明天就是父亲节。酝酿了一天，想写篇文章送给父亲，却迟迟无法开始，不知从何说起。父亲于我，既熟悉又陌生。父亲是爱憎分明的人，我幼时极其崇拜他，模仿他的一言一行，悉心听他的教诲。等我渐渐大了，慢慢不再愿意事事听话，父子常常对立，甚至恋爱、就业、结婚等终身大事，处处不按他的套路出牌，关系僵至冰点。随着父亲一次性以微薄的报酬买断工龄，离职在家，言谈举止常常在强作威严里透露出掩饰不住的苍凉和软弱，我的心竟刹那间融化，开始遂他的意说话做事，博他乐观和宽心，关系竟又慢慢融洽。父爱深沉如山，多年以后，我才品出味道。虽然感受得迟却不算太晚，但愿父亲能够欣慰。父亲也是感情丰富的人，去年父亲节，傍晚时分，父亲打电话来，酸酸地问我为什么没有给他打电话祝贺啊。我愣了很久，对于西方的这些节日，我一般不太当回事的，不想父亲却这样看重。我渐渐明了，父亲老了，儿子不在身边，他希望在一些特别的日子里得到儿子特别的牵挂。大学时，我一个月给家里打一次电话；刚工作时，改成一个礼拜一次；如今，我几乎每天一个电话。即便只有寥寥几句，也能让他明白我仍然是当年缠绕他膝下、事事听话懂事的娃，一生不变。

父亲是性情中人，喜怒往往形于色。他十一岁丧父，五年级辍学，家无背景，文化水平不高，少年辍学当瓦匠，而后凭着自己的聪明和韧劲被村老党支部书记看重，做了生产队队长，又做了将近二十年的村校办厂厂长，一生也算跌宕，在村里很有些威望。父亲对亲戚朋友慷慨大方、急人所急，做了二十年的厂长，离职时家里竟几无积蓄。因着父亲的大方好施，外人总以为父亲积蓄颇丰，无论父亲如何谦笑否认，都不相信。及至我结婚买房，父亲几乎拿不出分文，到处跟亲戚朋友借钱，外人才信。不过，也因为父亲大方好施积聚的好人缘，他在短时间内就在我家的那些都不算富裕的亲戚朋友那里凑到了我需要的首付。大概就从那时起，可能因为欠了很多债，父亲总时不时流露出失落和不自信，直至数年后，我的经济状况慢慢过得去了，还掉了所有欠款，他才又慢慢舒心起来。他一生都愿别人欠着他，为了儿子，却不得不处处欠着别人，每每想起，我总心慌慌、惭愧不已。父爱大如斯，终生亦难报。

想起父亲，我就不禁微笑着看看身旁的女儿。有时，我真庆幸我的孩子是个女孩。我常常在心里想，要是个男孩，小时候对我百依百顺，长大了脾气随我，忽然有一天凡事跟我对立，像我与我的父亲，我是不是会气坏？当年父亲大概是差点被我气坏的。我不听他的话到异乡求职，又擅自到准岳母家拜访时，担心他想不通，曾偷偷打电话给母亲询问。母亲告诉我，父亲好几夜无助得暗暗落泪。我心里隐隐作痛，犹豫不决，却终不曾回头。我现在很宠自己的女儿，她从小也不怎么听我的话。我担心她现在处处依顺，等长大有自己的主意了，处处不听我话，我心理落差太大。哈，愿女儿将来比我懂事。

　　今年的父亲节就要到了，愿天下所有的父亲节日快乐！明天我会给父亲打电话的。

2011 年 6 月 18 日于苏州

雨中，遂想起……

郑静

怨不得古人常常在雨天生出无限落寞的情绪，这窗外的雨丝，点点滴滴，如同人的愁绪绵密无尽。

已经记不得这个春天下过了几场雨，只记得她曾下在新芽初发的银杏上、下在红楼前怒放的樱花上。如今樱花早已凋谢，她依旧这样淅淅沥沥、无止无尽。

这样的雨，会让人想起许多往事，想起美好而又寂寞的旧日时光。

想起外婆还活着的时候，清明前后，细雨纷纷下着，院子里的泥地上满是一个个水塘，外婆养的几只鸡就在院子里东走走、西走走，啄啄这儿、啄啄那儿。我坐在屋檐下的门槛上，看点滴的雨水从檐角落下。然后，傍晚时分，蒙蒙雨雾中飘来阵阵炊烟的味道，那是外婆在后院的土灶上煮的饭菜的香味。一直到现在，我还是喜欢雨雾中的炊烟，袅袅而上，令人怀想起无尽的往事。

记忆中，童年的我好像很孤单。哥哥和我年龄相差太大了，他读书的时候，我还不懂事；我读书的时候，他就到苏州念书了，等我考上了苏州的学校，他已经回太仓结婚成了家。我和他不像兄妹，更像是隔得很远的两个亲戚。现在还是，一年难得见一面，见了面也总是很生疏地客气着，说不上几句话。就在这陌生的亲切中，在外婆家滴着雨的檐角下，我慢慢孤单地长大。

小时候，外婆最喜欢哥哥了，他是我们家大大小小七个孩子中，年龄最长的一个，也是唯一的男孩。常听母亲说，哥哥小时候不喜欢读书，一大早甩了个书包出门，对外婆说去上学，其实是自己跑出去玩了。一整天，也是在这样的细雨中，外婆在岳王东街的小巷里，边找边喊："小巍啊，出来啊，回家吧，我再也不叫你上学堂了！"哥哥固执地躲在画着毛主席像的高墙后面，怎么也不愿出来。每每说到这些的时候，不知为何，母亲总会流下泪来。现在想来，我们几个在外婆身边长大的孩子，让她操了多少心啊！

后来上学了，我回到了父母身边，每次考试没考好，总要偷偷地跑到外婆那儿，等父亲消了气，才敢回去。外婆也是在这样下着小雨的傍晚，背着篓头从田里回来，在满满一筐的青菜里，摸出几只香瓜，递给我吃。有时是驼着背从田里拖回来几根自家种的芦粟，吃过晚饭，就着一张凳子，一节一节地把芦粟砍成小段，她知道我爱吃，又怕我割破手。

每年放了暑假，我最爱去外婆家。傍晚时分，外婆会将一扇小门从门轴里卸下来，搁在两张长凳上。于是一个惬意的夏夜就从这样一张简易的桌子上开始了。粗茶淡饭，院子里一丛丛一串红灼灼燃烧在整个夏天。月亮出来了，我就爬到桌子上，然后和舅舅家的几个表姐一起躺下，大家挤成一团，看天上的星星，听大人们说着大队里的事情。渐渐地，渐渐地就睡着了。只记得，半夜醒来，闷热的帐子里，外婆似乎一直没睡着，还在有一搭没一搭地帮我扇着蒲扇。

真怀念那样的日子啊！现在回去，院子都是水泥地。夏夜里，家家户户也早早躲进了有空调的房间，再没有人家躺在院子里乘凉、看星星了，也没有外婆摇着蒲扇为我扇风纳凉。

　　外婆过世后，我们就很少回岳王镇。外婆有个妹妹，两人长得特别像，尤其是笑的时候，眼角、嘴角那深深的皱纹都一样。平时也不大走动的亲戚，在外婆过世后，每次见她，都觉得特别亲切，总要盯着她看很久，想要从她脸上，找到些什么。再后来，她也死了。我再也看不到张熟悉而亲切的脸了……

分别季

朱嘉隽

又是一年分别季，对于我来说，却显得很不熟悉。从那个每周在
沪宁线上奔来奔去上课的日子算起，我其实只带过两个班级，而这一
带就是两年。今年7月，是他们的毕业季，毕业亦是分别。凑巧的是，
现在的（10）班也要面临分班，而且注定无法完整地留下来。五味杂
陈，同一个时间里面对两次分别，多少有点神经过敏，因为我也终究
逃不过多愁善感。

今天钻进王鳌厅的时候，除了扑面而来的人肉味，吸引我的是（7）
班班长的动人演讲。这个胖乎乎的小伙子，在第一次听他在国旗下讲
话的时候，我就觉得他是多少留有些五四残影的人物，演说颇具腔势，
很能感染人，在这个充满浮躁和互不服气的时代里，他还是能抓住人
们心中那一点牵挂和留恋的。这样一个班长，俨然和我们的副连是风
格迥异的，他不动声色却有自己独特的见解，我曾经答应他要让全班
去听他的演讲，今天算是如愿以偿，只可惜这一回我没能听到，不知
道大家是不是觉得满意。

陆倩在我面前出现的时候，反复唠叨着她的数学要挂科了，我心里其实很不情愿听到她这样说，不过我觉得她是一个明显对自己信心不足的女孩，尽管她拥有绝对超越自己乃至超越他人的潜力。我半开玩笑地说："你不及格就别来见我了。"她噘起嘴巴跺着脚，想要走开。有时候，我回想时，就会觉得如她这样一个女孩，怎么也不像是每次都会把十字相乘算错的粗心鬼，不过，有些人有些事，就是这么有趣而可爱。

　　我和同事们说，（10）班的孩子基本不叫我老师，哪怕那次校长在办公室，他们还是堂而皇之地不敲门就进来，大声喊着："老朱！"我说我是倚老卖老，那天我看着香菜的身份证号码，突然对着眼前这个个子高高、眼睛小小的女生打量了一番，蹦出一句："你是95年的啊，好年轻啊！"她笑得前仰后合，很符合她简单大条的个性。一个人的好坏怎么去判断，用他带给你的快乐和痛苦来衡量吗？我总是找不到更好的答案，因为那种快乐很难让你想起有过的难过，而那种痛苦却又不容易很快就抹去。

　　我想起上学期期末的最后一天，我带着大家到操场上去踢球，最后让每个人都抽出一张鼓励自己的纸条，大声地念出来，然后用力射门。这是一个有着明显理想主义色彩的设计，而且他们几乎找不到球门的方向，或是软弱无力，甚至有人怀疑着象征性地碰了一下球。我觉得没关系，我想要的是一种过程、一种体验，带着他们在考试的前一天去创造一个假想的战场，并且用一个实实在在的动作去实现一次成功。这还是有意义的。这一次，我和邹师傅商量要二十个篮球的时候，他居然还记得我半年前带孩子们来射门的事情，让我好生惊奇，他为我早早准备好了一筐篮球，而且都是很好很好的球，打足了气，我甚是感激。孩子们也十分放得开，尤其是女孩子，我以前不曾见她们打过篮球，而这一次，她们也聚集在高高的篮筐之下，哪怕自己的力气不够把球扔到板上，但是她们一样投得很开心，这种状态比上一次要好得多。男生们则明显找到了自我展示和宣泄的机会，发挥得比打友谊赛时强多了。或许投篮比射门更需要专注和毅力，这竟也是我们半年以后再来到操场时的某种收获吧。

说真的，看着他们在篮筐下自由的身影，我开着音响放出《真心英雄》的音乐，那时我觉得很陶醉，那或许是我一直想要的感觉。后来我对同事说，有些歌曲实在是要在特定场合听才有感触的，我不清楚孩子们是否都做好了考试的准备，这也是考试前的最后一天，总之我觉得我已尽了自己最大的努力，唯有去勇敢面对和诚心收获，我希望孩子们也都是如此，这样我们共同在烈日下奔跑、投篮、跳跃、欢笑，共同听着这些歌曲的时候，我们的心境毕竟也是一样的。

的确，他们缺少的不是练习和逼迫，也不是叮嘱和唠叨，而是一次次的成长和成功。对于（10）班的孩子们来说，他们战胜自己的经历已经足够丰富，从运动会上的迎面接力，到合唱会上的演出，从辩论会上的唇枪舌剑，到五月诗会的跌宕起伏，无论结果如何，他们都足够坚强和伟大。而我后来跟大家说，其实很多时候，我们都不曾关注这些，唯一遗憾的是，所有这些成就都与考试和成绩关系不大，可这不影响我们的团结和关爱，重要的是，我觉得在考试上我们也一样可以做到。每一次我们这么认真地对待考后的分析是为了什么，每一次我们做一些别人不屑再做的题目是为了什么，每一次我们总回到原点抓起基本功是为了什么，我希望将来无论怎样，我们都要记住自己之所以成功或失败的原因，不在乎别人，而在于自己。

当然，我们离不开一个积极的环境，一颗坚持的心，以及一群优秀的老师和同学。6月的最后一天，我踩着没有电的电瓶车来到胥江实验中学看班上六个孩子参加的全市合唱比赛。也许我们都不确切地记得这个合唱的主题是什么，但是我想我应该去关注这群从开学就一路坚持到现在的孩子。是什么力量让他们能这样如此持久地去做一件事情，并且最终以近乎完美的表演征服观众和评委？我难以压抑自己的激动之情，看到他们的成功，一场在他们付出如此之巨而最终迎来的宝贵的成功，就像我所说的，一个积极的环境、一颗坚持的心、一群优秀的同伴、一个严格而重要的指导老师，当然还有你们自己一如既往的热情和兴趣。我想，你们可以接受失败，但是成功的体验实在太重要太重要了。

这样一想，我教（10）班快一年了，从专业的角度说，高中数学三分之二的内容是我讲给他们的，我是不是一个优秀的老师，是不是一个重要的老师，用世俗的眼光还是要看考试成绩的。我能做到哪里，对于我总是一个回答不了的问题。因为我无法让他们成为全市第一，我甚至做不到让他们全部及格，我怎么培养出优秀的他们呢？这是我自责和自问的地方，尽管我曾无数次梦想、无数次幻想：战胜某某班，一次足矣，这算不算对分数鬼迷心窍？但是我觉得，哪怕玩考试，我们又何尝做不到呢？我可以最终败给你，但是与你对视时，却要一同亮剑，而我只要不输于你的一招即可。

这几天，因为坐在高三年级部旁边的缘故，总会看到以前的学生，他们陆续来看我，尽管没有什么好说的，但我庆幸的是，他们并不和我交谈过多关于数学的东西，甚至没有太多关于考试的，而是和我说些将来的打算和自己的想法，这似乎让我有点飘飘然，我觉得在他们的眼中我或许并不是一个讲课的机器，当然也不能排除我讲得实在很差劲，让他们几乎不受其用。难能可贵的是，无论是那一届成绩最好的学生，还是没有达线的学生，他们都开始筹划未来，买书、看英语四六级、打工、开店、锻炼身体、旅游……他们开始重视起自己中学生涯结束之后的这段日子，这个缓冲地带。当他们很快要成为大学里的菜鸟之前，这段经历似乎又要开始另一种起跑线上的角逐，只不过这一次，他们显得更加独立了。

回到我们的（10）班，看到我拿着一张张集体照的时候，王菲很无辜地问我："都剩下没几天还要布置啊？"我点点头，我说："造造舆论嘛。"她拿过照片，又问我："怎么全是黑白的，脸都看不清？"我苦笑一下："彩打贵。"她更加无辜地笑出来。也许，我和他们的关系就是这样，是一个劈头上来看似强势，实则很是拿不定主意，很容易被你们摆布的班主任。这一年，我几乎不曾发火，是因为实在不忍心。难能可贵的是，多少还是有人能理解我，至少了解我，尽管有时候看着你们逃值日，看着你们的课桌里惨不忍睹，看着你们敷衍了事、浮躁不定，我的确气不打一处来，但是有一句话我重复了很多遍：年轻，总是要经历那些在年轻时要犯的错，否则就没有年轻的意义。也许有些年轻的代价的确沉重，但是过多的干涉一定是不恰当的，只是我既不来阻止你，也不会赞同你，而你们或许习惯了我对一些人一些事的所谓容忍和放纵，我还是希望由你们自己去经历，除非你自己走到我面前对我开口，希望得到我的帮助。

有时候，这样的坚持总是困难的，而我所理解的对你们的教育，就是在这样种种的坚持背后，希望你能自己长大，因为你总要这样长大，尽管与我的相处只有一年，而我能影响到你的少之又少。假以时日，你会想起我教过你一点数学，而这点数学居然还能对你有点用处，你们或许还能叫得出我的名字，抑或记得"老朱"这样的称号，那么你应该知道我有多满足。假以时日，你还会觉得我算得上一个对你无害的老师，有那么点想法能得到你的认可，并且承认和我说真话，那我就没有丝毫遗憾了。

当我在写日志的时候，你们是不是正在哪里尽情释放呢？还是在哪里抄着试卷答案呢？还是真的也会有点暑假做什么的小小念头呢？我想起那天雨过天晴我们在西花园草坪上玩贴大饼的游戏，因为草地湿滑，很多人都摔倒了，弄得一身脏臭，可是我们笑得无比开心，那次我如果也跌倒一定很好玩！其实我在想，你们是不是希望多点数学课不讲数学的日子，比如看看视频、做做游戏、听我吹吹牛皮？不过，我实在要说，可以和你们认认真真讲些数学，也是很愉快的事情；可以和你们开开心心玩些游戏，也是很愉快的事情。

比如透过玻璃窗看李辰栩说《灌篮高手》，听姜豪说《舞出我人生》，那些或许和梦想有关；比如和几个犯错的孩子无话不谈、边吃边聊，听你们诉说和父母的代沟，彼此的不信任或是距离感，那些或许和现实有关；比如看着合唱队一次次地彩排，看着爱打篮球的张律、徐一鸣在篮球场上跑来跑去，那些或许和兴趣有关；比如在旗杆下想办法测量，爬到假山上计算，那些或许和学习有关；比如和吴雯讲数学题目的思路，和不爱背书的聪明孩子唠叨学语文学政治的办法，和骆佳敏、"鸡肋"、姜尧错谈大学和教育，那些或许和未来有关……我想不起这些东西，究竟要套上什么样的主题，只是不经意间，它们也就都这么发生了。

而当分别季就要到来，我想不到什么直接的字眼，写点什么，写不到什么，带走什么，留下什么，失去什么，收获什么，记得什么，不记得什么。我总在遐想9月伊始，无论是（10）班的、不是（10）班的，你们看到彼此的时候，是否相视一笑、嬉闹如昨？你们看到我的时候，是不是还会叫我"老朱"？然后，我是不是还是那个"老朱"？

但，我们总还是（10）班。

那人，那事

郑静

　　快十多年了，总有一个强烈的愿望，去贵州的大山里走一走。不只是因为贵州山水的雄奇壮美，也不只是为着在江南的城市待久了，想返璞归真，过几天山村野民的生活，以体验不同的民俗民风。有一个埋藏于心底，最淳朴的愿望，想去看看大山深处的那户人家，现在过得好不好。

　　有一年暑假，和先生一同回他的老家贵阳。在远离贵阳郊外的山坡上，一间用山石搭建的简陋的民房内，第一次见到他。他，是我先生的堂哥，灰白的头发，皮肤黝黑粗糙，一身已辨不出颜色的工作服，说话间常咧着嘴笑，露出一口黑黄黑黄的氟化牙。真不能相信，他只有三十出头，只比我大了几岁。有两个儿子，一家四口，那年他们刚从毕节地区的一个郊县搬来贵阳不久。

　　去之前，公公介绍过他家的情况，那时公公身体还好，那间民房也是他俩一起拉来石头建起来的。公公说，堂哥三十多年的生活，过得很是不顺。原本家在湖南娄底，山清水秀的地方，就是太穷了。从小他读书就很勤奋，可湖南是个高考大省，分数线很高，农村的孩子每年只有最优秀的才能考上大学，鲤鱼跳龙门。因为家庭环境的穷苦、县里教育条件的有限，第一年高考，他落榜了。当时，公公在贵阳有了一定的基础，就把这个外甥接到贵州，安排在毕节织金县的一所中学复读，第二年参加贵州省的高考。一年的辛苦没有白费，分数公布那天，他得知自己考了全县第二名，"知识改变命运"，大学梦眼看就要实现了。可能是分数考得太好了，太过于招摇，录取通知书还没拿到，就被县里的人告发，举报他隐瞒学籍，跨省考试。诚然，这也是确确实实的事实。于是，成绩被取消，今后三年都不得参加高考。

说起这事，公公很是内疚，总觉得是自己害了他。后来，他也就在织金县安了家，镇上的书记知道他学习好，安排他在一所农村中学教书。没教两年，因为看不惯一个学生的懒散贪玩，脾气火暴的他，把学生打了一顿，于是，工作也没了。成家，生了孩子后，日子就更穷了。公公不忍心，就在贵阳郊区的山里买了几亩地，让他们搬来，平日里也好照顾。公公说："去看看他们吧，过得挺不容易的。"

山上不通电，也没有水，刚到他家，正碰上他的两个儿子从几里外的山泉处担水回来。大的十一二岁的模样，小的只有八九岁，兄弟俩合作把水倒入大缸，然后腼腆地站在门口，不敢靠近。环视四壁，家里没有一件像样的家具，里屋是一家人睡觉的地方，外屋除了水缸、做饭的炉子、挂在墙上的几块腊肉，还有一张简易的饭桌和几把竹椅。看着，觉得心里一阵酸。

已是黄昏，他老婆也从外面回来了，拉回来一车的潲水，是用来喂猪的。一样淳朴，不大说话，只忙里忙外的，张罗着要留我们吃晚饭。临来前，公公再三关照不要在他家吃饭："日子穷，过年难得才吃回肉，你们去吃饭，他们必定会把家里最好的东西都拿出来的。"我们推辞着要出门。见留不住我们，他故意板着脸说："是不是嫌我们家穷，请不起你们吃一顿饭！"话都说到这份儿上了，我们只得留下，于是再三地说不要麻烦了，简单点就行了。做菜的当口，我们也帮不上忙，就和他们聊了起来。他讲在湖南的情境，讲毕节的生活，很是健谈、爽朗，即便是讲到艰辛处，也全不见想象中该有的无奈或哀怨的神情，他老婆在一旁忙碌着，有时插上一两句话。

房子建在山坡上，周围目力所及都看不到一户人家，于是我就问："周围都没有人，你们住在这儿不怕吗？"他说了句很有意味的话："没的人，还怕啥？"两个小孩慢慢活络了起来，家里没有玩具，两人坐在门槛上，你推我一下，我打你一拳，嘻嘻哈哈地闹了起来，被父亲吼了，就跑出门在附近野上一圈再跑回来。他说："你看，大的文一些，读书好，像我；小的就淘了，跟我小时候一个样。"充满了一个父亲的骄傲和柔情。

晚饭的每道菜里都有腊肉，洋芋丝炒腊肉、莲花白炒腊肉、腊肉白菜。很香，他们却吃得很少。山上天气多变，吃晚饭时突然下了一场雨，一下子又放晴了。"彩虹，彩虹！"两个孩子在门外叫着。我们走出门看，头顶上，一道弧形的彩虹横跨了整个山头，离人很近，仿佛一伸手就能触及，美得那么宁静，又那么惊心动魄。低头，门口的几丛夜来香在破败的砖石间开得正艳。

临走前，掏出准备好的钱给他们，推搡着，怎么也不肯收，最后只能偷偷地压在饭碗底下。下山时，山路特别湿滑，转过一处山凹了，回头看了一眼，夫妇两人还站在山坡上，在夕阳中向我们挥着手。突然，心里就冒出了这样一句歌词："好人一生平安。"

之后两年，忙于工作都没有回贵阳，和他们一面之缘后，再也不曾联系过，慢慢地也就淡忘了。只是偶尔雨过天晴，会想起那个黄昏，感慨再见不到那么美的彩虹了。一天，先生同平常一样，打电话向贵阳的家人问好。打完电话，他沉默了好一会儿才说："刘建中的大儿子死了。"我愣了一下，突然意识到，刘建中就是他的名字。"是那个读书很好的男孩吗？怎么会？""暑假里，两个孩子在山里玩，大的一不小心掉到了水塘里，小的见拉不上哥哥，等跑回家叫来大人，已经来不及了。大儿子就这样淹死了，才十三岁。"先生说，电话里，公公很是内疚和懊悔，一再地说，不接他们来贵阳的话，就不会发生这些事了。

之后，听说他带着老婆和小儿子又回毕节去了。临走，没有一句怨言，只是说："命啊，都是命啊。"再后来，公公生病，半年过后，过世了。

命运，总是和善良人开着最残酷的玩笑。

十多年过去了，大山深处的那个黄昏，一直留在了我记忆的最深处。

那些人，那些事

朱嘉隽

奶奶

距离上次到坟上已经有整整四年了，自从到大学，就一直没有机会去拜祭。这次再来的时候已经完全找不着北，我记得那时候还只是光秃秃的山头，一棵巨大的卧松在我爷爷的坟前，很好找，然而下车以后看到的却是人山人海，卧松依然伫立着，只是它旁边的树木也明显长大了很多。

于是，我搀扶着奶奶一步步地走过去，其间相遇而行很多的扫墓客，他们操着上海话、浙江话、常熟话、吴江话，不一而足，我细细看身边的奶奶，却突然感到她真的是那样矮小，而且曾几何时，她已经不是直立着走路，而是弯曲着腰身。她一边走一边还拎着自己在家里做好的青团子。其实我根本不须扶她，她好似知道该往哪里走一样带着我，虽然低头不语，却分明听得见："嘉儿，你很久不来了，我还认识路的。"

那天秋高气爽，奶奶走路的时候甚至都有点健步如飞的感觉。

"老头儿啊，保佑我们全家，全家平安就好啦……"奶奶的呢喃显得真诚朴实，看得出那一瞬间奶奶眼中有些许微光。她站在一旁，看着她的子女们纷纷磕头拜祭，两手攥在一块。她还看了看一旁的墓，低低地说了一句："这个人啊，怎么是一个人啊……"哦，听的时候总感到那么一丝悲凉，我瞥见一旁的墓碑上甚至没有留下树碑的时间，只有一个苍白的姓名，一支烧尽的蜡烛在碑前倒着，明显已经很久无人前来瞻仰。奶奶看着父亲拍下爷爷墓碑的照片，还是忍不住要去摸一下屏幕，托了托老花眼镜仔细端详。外面的风有点大，香火的焰在风中飘摆得很是厉害。大舅拿起白酒在杯子里斟满，说了句"给阿爸加点儿"，奶奶欣慰地笑了。

她孑然一身，我竟也记不清她确切有多大年纪了，爷爷过世恐也有五六年了，松柏长得很高，而且左右两株总是一侧偏高偏瘦，另一侧偏矮偏胖。奶奶喜欢独自言语，而且她的耳朵也已经很不好了。想起她一个人在家里做青团子和米糕的光景，突然感到鼻子有一点酸。小时候，总喜欢她做的生煎馒头，总会把我一把拉过去，然后端上来一客热气腾腾的生煎馒头，现在回味起来，不论个头还是味道，都要比现今很是火爆的哑巴生煎好出一截。只可惜，我已经再也吃不到这样的美味了，而我们家竟也无人继承这门手艺。不过，奶奶还是喜欢一个人买回来很多材料，什么都可以自己做，并且极有条理地把每家每份的量做足，再打电话嘱咐每家每户到她这儿来拿。

我印象中最为清晰的，是我中考那年，每天中午到奶奶家吃饭，那时候饭菜的香，可能很难再品味了。我一路都拉着奶奶，看着这个矮小的身影在我前边缓缓而行，她回过头，从口袋里拿出一根香蕉递给我："嘉儿，这根香蕉甜，吃吧！"

目送

读了龙应台的《目送》，感触很深，这幅场景就像是朱自清笔下的《背影》，让人心中泛起挥之不去的淡淡涟漪。记得那日，我对家人说，看着我办公室里刚生了孩子的年轻妈妈，我觉得小孩子真的不能体会为人父母的辛劳。为了他的身体辗转医院，排队、陪床、打点滴，喂吃的，哄睡觉，就连上班的时候也不能完全定心，时不时地打电话过去问情况。我对母亲说："我想小孩子或许就是不能体会吧。"母亲笑了笑，说："你也是现在才懂得啊。"

是的，好在我现在还是有点懂了。

这是完全不同的体会，因为就像曾经我说过，在这个年轻的年纪，就是要犯所有这个年纪会犯的错误，不然我们何以长大？尽管我们都不情愿自己为了追寻一个成长的结论而付出多少，但这就是任何人都无法回避的。我把龙应台的文字给母亲看，还找到了那篇文章的原声，完整地放了一遍。末了，父亲摘下眼镜，说了句，确实写得不错。

我想起读大学的时候，很少主动给家里打电话，总是母亲在周末挂电话过来，如果正好赶上要准备考试，我的言语中甚至会不经意地流露出不耐烦，然而每每有了这样的念头，我又总是对自己恨得不行。电话里，父亲总是在一旁指点着说这说那，天气、衣服、学习、身体，等等，他不愿意自己拿起电话，却要从头至尾嘱咐一遍，让母亲好似转述一般地告诉我，而我竟也都听得清清楚楚。有时候连母亲也会忍不住数落他："你要讲自己来讲，我也要和儿子说点话的，你自己又不肯来！"于是父亲一阵爽朗的大笑，偶尔伴随两声咳嗽，直呼"你讲你讲，我不抢了"。听得我在电话一头不免笑出声来，母亲埋怨一句："你爸就是这样！"

父亲的身体其实已经一年不如一年，但是在家的时候却总也不知道该帮他做什么，因他总喜欢事必躬亲，把家里大大小小的事情打点清楚。去年为他买了一部手机，他最大的想法也是把几首经典老歌放到手机里，说上班休息的时候可以听听，还点名要周杰伦和费玉清合唱的那首《千里之外》。

我忆起曾经为数不多的放学从南京回来，在火车站出口处，总可以看见那个略显瘦小的身影，在人群里张望，我总能第一眼看见他。他爱抽烟，看见我出来时，就会麻利地猛吸一口，然后把烟头踩在脚下，一把接过我的行李包。于是我只消跟着他，就好像在人群中能自动走出一条道来。有的时候，母亲一同前来接我，他就径直地低头走在前面，母亲则一把拉起我的手，有说有笑起来，那时候，我就会格外注意父亲的背影。

这个不愿自己买衣服，却能为我挑来捡去添置羽绒服的长者，我总是一次次地错过对他说感谢的机会，然而他似乎总是无言地做着很多，做着太多，似乎根本无须这份感谢，尽管那真的如此重要。

我想起我们都是这样的，我无法像电影《花与爱丽丝》中的爱丽丝那样对车窗外的父亲说一句"我爱你"——那是我最爱的桥段。真的，我爱你，尽管难以启齿。

母亲说："至少我们每次送你上车时，你总会在最后进去前回过头看我们一眼，我们也都是一直等着这一回头。"

我体会到了。

"我慢慢地、慢慢地了解到，所谓父女母子一场，只不过意味着，你和他的缘分就是今生今世不断地在目送他的背影渐行渐远。你站立在小路的这一端，看着他逐渐消失在小路转弯的地方，而且，他用背影默默告诉你：不必追。"

生如夏花

窗外的阳光开始变得柔和起来，不再如早春那般刺痛，我不知道4月的和煦春风可以让我慵懒地想要入睡，我看到黑板上写着"窗外"，看着这两个漂亮的粉笔字，我不由得笑了，窗里的人要看窗外的风景，窗里的人像是一只囚鸟，窗外的风景却是延绵不绝。先生们都不许我们朝窗外看，因为那算是开小差，开小差也就是在考试时该做对的题做不出了或者做砸了。可是坐在窗边就会忍不住想要张望一下，于是我莫名地叹了一声。

代课老师是一个中等身材的女性，五官标致，走过时有一阵淡淡的清香。她讲课的内容我基本都懂，于是我想必是要睡着了，然后有一个声音分明就在喊我的名字，我朦朦胧胧地听到。

那声音很是好听，就像窗外清脆的鸟鸣，夹杂着穿过树枝的颤动，和着音韵荡漾开来。我一惊，异乎寻常地清醒，清醒中看到那双眼睛在盯着我。

我漫不经心地站起来，捏了捏自己的鼻梁，不想看到她。

她应该是第二遍说，只要我回答是或者不是。

我说是，所有人都知道应该是什么答案。

"你在想什么？"她像是在看着我，但没有带着讽刺的口吻，我只感到那是很认真的问。

"没，没什么……"我晃了晃了脑袋，故作镇静。我知道其实我很尴尬，朝窗外望了望，突然看见那蓝蓝的高高的天，很辽阔地向远方延伸着，中间有几根电线很不协调地束缚了天空。我出了一会儿神，转过头，却又和她的目光对视，我的全身一阵麻木，顿时黯淡下去。

"你没有仔细听课吧？"

我又朝窗外看了一看，"嗯。"我想必是要睡着了。

"坐下吧。"半晌,她给了我一句话,她漂亮的脸上闪过一丝不易察觉的无奈。

她把自己的书合上,拾掇好讲台上纷繁的讲义。我看到她也朝窗外看了一眼,之后又很长时间地朝那个方向望着。班上寂静极了,有几个人回过头看我,不知是得意还是同情。我害怕地看着她,一场杀一儆百的好戏似乎在所难免。

"明天的课,我们去西花园上吧。"她低下头,像是念祈祷词一样。

片刻沉寂。

紧接着是一阵跳动放肆的欢笑,喊叫和拍桌子的声音夹杂在一起,仿佛这窗外的春色关不住,怒放着、高兴着。

这群家伙啊,我没好气地暗自嘀咕。

"回来以后呢……"教室突然之间静了下来,静得能听到自己的心跳声。

"可以不写作文。"她拍了拍讲义上的粉笔灰,朝我一个微笑,随后传来下课的铃声。

一阵远远盖过刚才的欢呼声,而我,木木地坐在位子上。

岁月的礼物

顾丽君

　　这几天，西花园的银杏叶又落了满地，它们悄无声息地铺在鹅卵石小径上，绽放着生命最后的美丽，也为来年的生长默默地积蓄力量。来到这个园子，已经整整八年，那是人生中最宝贵的青春岁月。时光带走了我的懵懂、我的浮躁、我的迷惘，并给予了我最好的馈赠——我的师长、我的同伴、我的学生。师长的谆谆教诲带我成长，同伴的悉心关爱鼓励我勇敢地面对挫折，与学生相处的点点滴滴给我留下了无数温暖的记忆。

　　今年的（13）班是与我感情最深的一批学生。他们活泼好动、调皮捣蛋，但他们团结互助、勤奋积极。对他们我总是又爱又气。他们也把我当成一个相交多年的朋友，课间会和我开一些无伤大雅的玩笑，交流感情。高三了，对于他们来说，十二年的漫漫征程进入了最后的冲刺，我希望他们有足够的冲劲，又希望他们自我施压不要太过沉重，能够始终自信满满、紧张愉快地度过高三的岁月。

　　我们班的学生是一群很容易被感染的孩子，每次听到某某学校周六开始上课了、某某班级的学生在校晚自习这类消息，他们就跃跃欲试。这个说要来学校早读，那个说要将晚自习进行到底，充分展现了高三学子的学习态度和十中学子的昂扬斗志。期中考试中，他们就凭着这股劲取得了很大的进步。

记得我给学生们朗读过一篇文章，题为《花开不败：一个复旦女生的高三生活》。文字记录了一位中等成绩的学生是如何在高三一路走来，饱尝艰辛，但始终信心满满，最终步入复旦校园的心路历程。发现这篇文章时，我如获至宝，因为它让我回忆起我的高三生活，触碰到我心底最柔软的地方。全文6500字左右，我记得我是在一节自习课上给全班同学朗读这篇文章的，自习课很安静，同学们都在埋头做着作业，我说我要给大家读一篇很感动我的文章，你们可以边做作业边听，有的同学很好奇，有的同学不以为意。当我读到三分之一的时候，我注意到做作业的同学少了，抬头倾听的同学多了，还有一位男生站起来说："老师你休息休息，我来帮你继续读下去。"其他同学都笑了，还有几个同学说："我跟着你，也留点给我读。"大家边听边在回忆，也在思考。我们就这样以接力的形式分四个人读完了全篇，读完时我注意到有一位女生已经泪流满面，我想她一定是从复旦女生身上获得了某种力量或启示。其他同学有的在沉思，有的在交流，还有几个仍然在做着作业。我并不期待一篇文章能打动所有学生，但我希望他们明白：我的高三是我自己走出来的，接下来的日子在心理上我要做好哪些准备，在高三生活中什么是必须舍弃的、什么又是必须坚守的。

岁月如歌，高三的生活不是仅有公式、计算和考卷。看着黑板上越来越多的作业、越来越小的板书区域，在班长的建议下我们购买了一块白板挂在教室后面，专门用于记录作业。黑板上就腾出了地方让老师解题，同学们也不用整天对着满黑板的作业听课而心理焦虑。更有意思的是，在黑板的空余地方，每天都会有同学更新"签名"，有时是心情记录、有时是经验分享、有时是鼓励共勉、有时是搞笑语录、有时是一幅漫画，精彩纷呈，成为调节大家心情的重要阵地。至今仍然记得学生们留下的只言片语，10月月考过后，有同学写道："看着我的同学们都在大步向前走，我决定了，我要在屁股上点一把火，然后'嗖'的一下飞出去，赶上你们。"为了鼓励大家午自习能静心休息，有同学写道："孔子曰'中午不睡，下午崩溃。'"有同学就跟帖："孟子曰：'上面说得对。'"……本次期中考过后，一位成绩有所退步的同学写道："如今要做的，绝不是将梦想的大学挂在嘴边，而是在高考前做480份卷子，每做一份多一分，这样，最后收获的绝不仅是梦想。"语句夸张却带着固有的执拗。我想，这些珍贵的心情记录是岁月给高三学子带来的特殊礼物，也是在诗性校园的浸润下我们学生养成的思维习惯。

如果说每个学生都是校园中的一片银杏叶，他们积蓄力量、结出果实，老师就是为学生输送养分的根茎，校园就是孕育我们成长的土地。岁月沉淀了一个"最中国的"校园。校园的历史与文化给我们以熏陶和滋养，十中走出的学子也必将带着诗意奋斗在世界的每一个角落。

《遇江南》词话

柳袁照

最近，杨钰莹又推出了新的唱片。整张光盘十首歌，作词的、谱曲的都是名家、大家。承蒙友人苏拉抬举，请杨钰莹亲笔签名，我如获至宝，喜不自禁，在美妙而甜美的歌声中，写下以下几则词话，以博一笑。

可遇的红蜻蜓

曾经写了《晚霞中的红蜻蜓》的苏拉，最近又写了《可遇》。我一直认为，真正能流传下去的诗，是歌词。许多流传下来的唐诗、宋词、元曲，当时就是歌词，再往前推，《诗经》中的诗，也是歌词。所以，当下能真正流传到后世的诗，是现在一些优秀的流行歌曲的歌词。歌声给这些歌词插上了翅膀，让它们飞向了未来。苏拉是一个词人，为歌者写诗。《晚霞中的红蜻蜓》《可遇》都是苏拉为杨钰莹写的歌，每当听杨钰莹的歌声，我就会想象我们的后人在听到这些歌时会有的感动。

今天，我又一次一个人坐在那里，静听杨钰莹唱的《晚霞中的红蜻蜓》，然后，我又闭上眼静听还是杨钰莹唱的《可遇》。《晚霞中的红蜻蜓》哀婉、忧伤，但这种哀婉、忧伤又是淡淡的、柔美的。我想象着那个忧伤的傍晚，夕阳缠绵地挂在那里，有一间孤独的小房子，小房子的窗前，有一个人，站在那里。在这个时刻、在这个天地中，只有一只红蜻蜓，飞来飞去。这是个很令人感伤的场景，但这个场景，我曾无数次猜想它会在哪里。许多个春秋过去，我的猜想如今有了答案，那只不着落的红蜻蜓，在《可遇》里已经落到江南了。在江南早春的晚霞中，在江南的杨柳岸、二十四桥边，这只红蜻蜓，只为一个人飞来飞去。我相信，许多年过去，所有曾经的晚霞、曾经的夕阳、曾经的风景都会被人遗忘，但是，从苏拉心中飞出的这只红蜻蜓，在杨钰莹的歌声中，带着柔美与忧伤，再也不会被人忘记。

自在欢喜

苏拉写的歌与杨钰莹唱的歌，就是山泉的流淌，自在而不做作。《可遇》就是江南的一股春水，从冰雪融化中来，从山崖潺潺流淌而来，从新芽上、花蕾上滴落下来，可遇不可求。两个并非江南的女子，把江南领悟得这样深刻，是江南人所汗颜的。歌词柔美，唱得也柔美。这首歌的"眼睛"，我以为，是"自在欢喜"这四个字，"自在欢喜"是一种境界。可遇，也意味着不可遇，可遇与不可遇，都能做到"自在欢喜"，就是难得的境界了。"我"是谁？"你"是谁？"我"与"你"的问答，是人的对答，是蕴含深情之人的对答，是男与女的对答，也是天与地的对答。什么是可遇不可求的？春风吹开花朵，云儿飘过，船儿摇向青青杨柳，雨水从天空划落，是可遇不可求的。"你看风景还是在看我"，问得多内敛啊。看风景，还是在看我？也是可遇而不可求的。至于，"我"遇见"你"，"你"遇见"我"，更是可遇不可求的。听杨钰莹唱《可遇》，内心会柔软。舒缓的节奏之中，自问自答，无限柔情与多情。两个人，或者一个人，内心的独白，或两个人的对白，都是诗意。杨钰莹唱罢这首歌时曾说："这首令我心动的歌，在未录之前常来找我，直至今天唱完唱好，才找到彼此的归宿。"在乍暖还寒的早春，在水渍与岁月斑驳的粉墙下，"我"与"你"，在"不可遇"之中"可遇"，是多么"自在欢喜"的一件事情啊，那是人的内心的一种向往，是对人生、爱情、幸福的向往：一切都不要刻意，率真、率性；一切都如宁静、恬静的江南小桥流水。

不合情理的《你若安好 便是晴天》

　　张超作词、杨钰莹演唱的《你若安好 便是晴天》，是一首缠绵婉约的歌。我为欣赏这首歌，专门找出了张超为凤凰传奇（杨魏玲花、曾毅音乐组合）写的《荷塘月色》，比较了歌词，又分别倾听了这两首歌。这两首歌，都写得很柔美。《荷塘月色》也可以说写的是江南之景。由于演唱者不同，给我的感觉就不同。凤凰传奇柔中带硬，硬朗如三月的桃花、梨花开在阳光下；杨钰莹柔而温，同样是桃花、梨花开在阳光下，在三月江南水边桥畔的阳光下，多了一份清澈而又腼腆的流水之声，杨钰莹的《你若安好 便是晴天》更属于江南。

　　首先被"风若停下就是云烟，雨若无痕就是眷恋，泪若干了变成红颜，收不回一地的流连。山若无声就是诺言，水若倒流就是成全，你若安好便是晴天。"这几句歌词所折服。六个假设，如一浪又一浪的江水，冲过江堤，落到"你若安好便是晴天"的主旨上。歌里的主人公喜欢说不可能之事，喜欢做不可能之事。风若停下，就一定会有云烟吗？雨若无痕，那是什么雨？在不可能之雨中，怎么就一定会是眷恋呢？因思恋而苦苦流泪，直至眼泪流干，怎么倒成了红颜？泪与红颜，应是相生相克的事物，有你无他，有他无你。怎么就这样融合在一起了？一地流连，是雨水？是泪水？是情感？是失落？是惆怅？

是痛楚？是悔恨？不能穷究的问题，什么都在穷究。全无关联的事物被放在一起，似无理，恰有情；似有情，又恰无理；欲向东，偏说向西。有风，偏说风若停，有雨，偏说雨无痕，都不合常理。而这一切，又在杨钰莹的缠缠绵绵、百般惹人爱怜的歌声中，被柔化，被诗化，江南女子那种情到深处百般无理的情趣，被演唱得淋漓尽致。

似乎静听自己的故事

在杨钰莹的《遇江南》碟片中，有两首梁芒写的歌，一首《断恋》，另一首《最美的相遇》。聆听以后，我感觉到都是写西湖的故事。《断恋》是讲过去的故事，《最美的相遇》是讲当下的故事；《断恋》是讲别人的故事，《最美的相遇》是在讲自己的故事。两个故事都把背景放在西湖，都放在早春的西湖边，都在细雨下，都有一把自己钟情的"雨伞"。无论"断桥"下的"断恋"，还是"断桥"下的"最美的相遇"，都是梦，正如梁芒自己所说："初春。梦，梦中梦。梦中见美人，或妖，塔下相拥……"

梁芒擅长在歌中讲故事，常常像写故事一样写歌。曾风靡一时的《集结号》中的《兄弟》，就是他写的。《兄弟》也是在讲故事，讲战场上的故事，我最喜欢开头的四句："兄弟你在哪里？天空又飘起了雨。我要你像黎明一样，出现在我眼里。"平淡的歌词，蕴含着最深沉的情感，哀伤到极致，却从"雨""黎明"这极平常的景致中道出。《断恋》《最美的相遇》的故事，也用很平常的词句表达了他所要表达的情思，初读歌词，我甚至没有感觉到它的美。再听杨钰莹的演唱，才开始有了感觉，委婉、感伤的情感，一下子体会到了，像江南初春花枝上的花蕾，在淅淅沥沥的雨中慢慢地绽放了，那是怎样的一种优美？杨钰莹重生了这首歌，词人与诗人不同，诗人靠自己就能成全自己，而词人更需要歌者创造性的领悟与独到的表达，才能显示作者的价值。朦胧的月光，是很美的风景，但是只有在一个幽深的夜晚，月色照在水上，照在潺潺流动的水上，才更有诗意。

两天前，一个周末，我驱车从"天堂"的这一头，到了"天堂"的那一头，到了西湖，我要实地体验杨钰莹、梁芒在《断恋》《最美的相遇》中的意境。很可惜，那天是一个大好的晴天，春光明媚，少了雨天西湖的情致。雨天的西湖，胜过晴天的西湖，何况《断恋》《最美的相遇》也是唱雨天的故事。我要弥补自己，在西湖边坐到傍晚，坐到有了月光。歌中的情境，渐渐与眼前之境融为一体，月光如雨，一个哀怨的美人，撑着一把油纸伞，另一个人在对岸，回首一望，断桥初遇，断桥又重逢，仙与人，蛇与神，新故事发生在旧故事中，旧故事在，新故事又在延续。歌中说："摇晃不定的小船，把月光划成波澜。"刚才还在下雨，怎么一下子有了月光？我曾怀疑梁芒写错了词句，但身处此情此景，有了切身的体会。摇晃的是小船吗？是，又不是。心中有船，眼中就有船。心中有月光，望出去的都会是月光，细雨可以看成是月光，水波可以看成是月光。爱到深处，也不在乎月波与水波，爱到极致，也就无所谓天上、人间。我依稀进入了梦境，"少年痴狂自古都一样""看时光又变得古色古香"，杨钰莹的歌声，似乎又在我耳边回荡。歌声中，我似乎不是在静听杨钰莹的故事，也不是在静听梁芒的故事，而是在静听我们自己凄婉的故事。

我们大家都是在做梦

岭南的陈小奇又为杨钰莹写了一首歌——江南的《如梦令》，正如歌中所唱的那样温婉如玉。多年以前，陈小奇还写了一首歌《涛声依旧》，每次听人唱，我都不解，为什么"涛声依旧"的背景要放在苏州？姑苏这个地方小桥流水，即使三万六千顷的太湖也不会大浪滔天。《涛声依旧》这首歌，是继唐朝张继以后又一次通过歌声，把"枫桥"

的名声传递到山山水水的每一个角落。《如梦令》是与《涛声依旧》完全不同格调的歌，但为了能很好地领悟《如梦令》，我必须补课，再去体会《涛声依旧》。

我去了寒山寺张继"枫桥夜泊"处，站在春风荡漾的枫桥下，面对寒山寺的钟楼，我敢肯定地说，陈小奇写《涛声依旧》的时候，一定没有到过苏州。枫桥是一座温雅的古典小桥，历经千年风霜，依然缠绵。枫桥下的流水，是波澜不惊的河水，以前从没有出现过涛声，以后也绝不会出现涛声。从没有涛声的地方，偏偏他要说"涛声依旧"？陈小奇为什么拿着一张旧船票，还要偏偏要从这里上船？月落乌啼，姑苏的涛声只是在陈小奇的梦中。

说实话，是《如梦令》的这几句歌词，打动了我，也促使我去为《涛声依旧》作一番学究式的考证。"曾经用水墨丹青卷起了你，只为凝视你的美丽，取月色几缕，染得荷韵如许。谁能够留住你的山青水绿，曾经用白墙黛瓦藏起了你，只为独享你的春意。"人只有在情景之中，才更能得其妙处。杨钰莹唱得蕴含深情，一词一顿，郁郁而顿挫，我真为之而叫绝。

那一天在枫桥，我突然感觉到，陈小奇的《如梦令》其实不是泛泛写江南的，也许是天意，这次，他实在写的完全是早春的苏州枫桥之景之境了。似乎看见杨钰莹就站在那里，她与水墨丹青、与粉墙黛瓦、与一帘烟雨融为一体，彼此已分不清谁是谁。这时候，一杯、两杯酒后，万籁俱静，走到郊外，远山如黛、月染荷韵，有一个人还在醉里，还在浅斟低唱，人将情何以堪？歌声越优美，听的人也就越心痛。

就是在这样的早春三月，陈小奇与一群非江南的音乐人，行走在江南的原野。陈小奇对杨钰莹说："美丽的歌声、美丽的形象、美丽的气质、美丽的人格，岗岗（杨钰莹的小名叫岗岗，朋友们私下都喜欢这样叫她），带着你美丽的梦前行吧，祝福你。"杨钰莹回答道："月亮下的江南，有远方、有画意。"远方是什么？远方就是江南里的梦，温婉如玉的江南的梦。"你在我心中，我在你怀里"，陈小奇写歌的时候是在做梦，杨钰莹唱歌的时候是在做梦，我们听歌的时候也是在做梦。在这个江南的梦中、姑苏的梦中，我相信，山是水淋淋的、花草树木是水淋淋的、月色人影也是水淋淋的。

遇见自己

《遇江南》中，《可遇》《我在春天等你》《最好的时光》这三首歌是苏拉写的。对苏拉，我们并不陌生，二十年前，她写了一首《晚秋》，那种感伤，美得深入骨髓。这次她是专为杨钰莹而写的，杨钰莹的歌喉与气质，特别适合在江南的气息中为江南而讴歌。为杨钰莹写歌，就是为江南而写歌，在苏拉的歌中，江南与杨钰莹是融为一体的。她们彼此已分不清谁是谁，就像在江南早春的田野里，尤其在清晨，在那些美丽、柔嫩的花枝上，分不清什么是露水、什么是雨水。江南早春的雨水，迷迷蒙蒙，也像那些迷迷蒙蒙的露水，分不清彼此。杨钰莹在自己的歌声中，清纯迷蒙，自己把自己融化了。

前面，我已经说过《可遇》了，这里我还想特别说说《我在春天等你》和《最好的时光》。在万籁俱寂的时候，在一个人独处的时候，静静地聆听，闭上眼睛，随着歌声，就进入了那个境界：在阳光照耀的山坡上，开满了桃花、梨花，一个偏僻的角落里，还生长着一株、两株绽放着花儿的丁香树。我就想象，那里一定会站着一个人，正在等待着另一个人。我还能感到，或许是暮春初夏，一个老人，在一片郊野的草地上，独自仰望云来云往的天空，眼泪慢慢盈满了眼眶。把《晚秋》与《我在春天等你》《最好的时光》放在一起赏听，更会获得不一样的感受。《晚秋》《我在春天等你》《最好的时光》放在一起，真是一个三部曲，一个人情感的三个阶段，也可以说是艺术地表现了人生的三个阶段。《晚秋》中，把青春年少的那种情感失意以后的痛苦、纠结，淋漓尽致而直接地表达出来。在枫叶飘零的时节，主人公不知身在何处，也许在天涯，梦中之梦，一朝醒来，不能回首。尽管如是，还是带着一丝不舍，还是有着离不开的怀想，伤感而缠绵至极。"想要再次握住你的手，温暖你走后冷冷的清秋"，在这样的时刻，伤心的场合，还是缠绵，说得多恳切，说得多令人心碎！

这个远走的人，这个从晚秋中远走的人，在哪里呢？过了许多年，经历了许多春秋之后，《我在春天等你》看到了他（她）是如何地执着。晚秋中的故事，一直延续到春天。从枫叶零落的晚秋分别以后，就到了冬天。只有经过冬天的人，才懂得什么才是真正的爱与恨，什么才是真正的生活和人生。"我在春天等你"，就这一句，就让人如何的温暖！经过冬天的等待，是经过了所有真正痛苦与失落以后的等待，这种等待，到了春天，就是一种原谅、一种宽容、一种理解。那远去的时光，虽然饱含失落、忧伤、苍凉，但在今日的歌声中，已经没有波澜，潺潺得只像清流在流淌。今天，这个江南的春天，一切都不一样了："就像那年那夜满天的星光，轻轻的风，轻轻摇动了梦想，悄悄转身，悄悄流泪的脸庞。"不一样吗？是不一样了。但是尽管一切都不一样了，在歌者看来，还是一样的，就像当年分别时的情景。你走了，你转身走了，可我的目光一直没有离开你。温暖着背影的目光，还像从前一样，这是何等之深的情感。

《最好的时光》，情感饱满，一切都是阳光。在我看来，这首歌是对未来的憧憬。"我在春天等你"，也许等到了，也许还是没有等到，那又怎么办？在最后的时光中，我仍然会等你。那个时候，到了终于属于人生的晚秋，又将如何呢？"让回忆慢慢湿了眼眶，带着莫名的怀念感伤，与曾经的自己遥遥相望。"曾经的自己，是一个怎样的自己？"那时候世界很大，虽已远走四方，那时候世界很小，就在一个人的心上"，所有心头的珍藏与秘密，我们能从这几句诗中感受到端倪：一生的欢喜与痛苦，都源自于爱。晚秋时的分手，是因为爱；晚秋时的伤感，是因为爱；我在春天等你，是因为爱。"去过最美最美的地方，有过最真的悲伤"，这所有的一切，我将把它看作是"最好的时光"，而这个"最好的时光"才是"把我一生都照亮"的阳光。阳光下，我的一生"就像花儿落满山冈"，我的生命散发着芬芳，"就像花儿落满山冈"。那个时候，也许我们都已老了，当你老了，白发苍苍，睡意蒙眬，正像叶芝在《当你老了》中的诗句中所说："多少人真情假意，爱过你的美丽""唯独一人爱你朝圣者的心"。

感谢苏拉把这样美好的情景放在江南，放在江南这样一个特定的场景之中；感谢杨钰莹的歌声，把这一切美好的情景与情感展现出来。江南是一个温情但绝不缺乏阳刚的地方，江南的山水像江南人一样，会把风雨转化为柔情，又会把柔情转化为淡定。江南是一个内敛而不张扬的地方，常常会把平平常常、平平淡淡当作一种美、一种境界，这正与《我在春天等你》《最好的时光》所表达的思想、情感所契合。苏拉曾说过："这一生，我们遇见许多人，经过一些事，读过不少书，去过很多地方，不过是走过自己的生命，为了遇见更好的自己。"因而，可以这样说，我们在《我在春天等你》《最好的时光》的歌声中，不仅仅与苏拉相遇了，与杨钰莹相遇了，更与我们朝夕相处的江南相遇了。与江南相遇，其实也是我们与自己相遇，每一个人心中都应有一个属于自己的"江南"——那种蕴藏在深处的韧劲、顽强，那种柔中有刚，把伤感，乃至挫折、无奈、失落、苦难等等，当作人生境界的"江南"。

因为有别样的月光

被杨钰莹称作"十年寻觅，江南遇见爱"的《遇江南》，感动了我们这些生于斯长于斯的江南人。杨钰莹与她的这群爱她的朋友，把江南作为一个清清纯纯的梦，这群非生于斯长于斯的江南之外的人，把江南演绎得如此美好，是我原先所想象不到的。

今天，又将4月。去年的4月，也像今天一样，桃红柳绿，一群人——杨钰莹、洛兵、周笛等相约来到江南踏青，是如何让他们欣喜，正如苏拉所说："在踏足江南的一刹那，似乎所有的前世今生都如梦初醒，像走到很远的地方，又像是回到心底的故乡。"事后，杨钰莹这样表达她的感受："晨韵中飘逸的江南、生出微醺的翅膀，与心爱的人在山山水水间流连。"

洛兵的《遇江南》是《遇江南》专辑中的一首歌。青天白云，倒映在春日的江水之中；一片晶莹的月色，溶于美梦之中。我在你的梦里，你在我的梦里。你的情影，倒映于江水之中；你的情影，也流连于我的梦之江水之中。温熙的和风下，有一个人唱着歌。唱的人醉了，听的人醉了，所有的人都醉了。天青是你、月白是我。连燕雀都在呢喃，人何以堪？下了一场春雨，淅淅沥沥，春雨停息，彩虹又乍升起。刚才还是素雅如水墨的天地，一下子艳丽起来，一片澄明，更是一片明媚。早春的江南，恰如恋爱中的少男少女，一会儿赌气、一会儿呢喃。刚才还是彩虹艳阳，一下子又下起了蒙蒙细雨。此时，有一个人撑着油纸伞，踌躇、踯躅，竟然一回眸，多动人啊，如诗如画一般。

回眸之中，恍如诗画中游。这一切，原来只是一场梦。我在远方，你也在更远的远方。春日的江水是诱人的，况我的心上人正在那儿。多少年了，曾经的恨与怨，如今都如春水一样，静静地，又潺潺地流淌了过去。几度春秋，几多忧愁，也只是一个辗转之间。我在远方，是如何孤寂与烦恼，早失去了笑容。亲爱的你啊，是该带着我归去的时候了，我愿借着浩荡的春风，归向你所在的江南。没有奢望，只要与你再相逢，拿我的这一生去换取几缕月光又何妨？我像月光一样，洒向江南，洒向你所在的江南那一隅，我也愿意。

　　洛兵写春天的江南，不是从今天才开始的，许多年以前，他就写过《梦里水乡》，那是他的一个梦。这个梦，如他的歌，水淋淋的，一度唱得满天满地都是："春天的黄昏请你陪我到梦中的水乡，让挥动的手在薄雾中飘荡，不要惊醒杨柳岸那些缠绵的往事，化作一缕轻烟已消逝在远方。"这是一首真正的诗，不听歌声，即使只读歌词，也会让人动心。即使过了这么多年，依然如故，魅力不减当年。十多年以后，洛兵再写《遇江南》，如出一辙，他的水乡之梦并没有醒。正如洛兵自己所说："天风浩荡，春来江水，是我的过往，亲爱的你，带我归去。"

　　在《遇江南》这首歌里，江南是一切美好的化身，正像古人眼中的"桃花源"。江南充满着诗情画意，但是江南的诗情画意，也是有风雨的诗情画意，可这一切都被美丽的虚幻化了。江南已成为一种象征，爱的归宿的象征。苏拉说："那里的一朵花，可以唤醒整个春天，一只蝴蝶教人想起生死相许的爱情，一座桥牵连着生生世世，一阕词就能带你轮回穿越。"是这样吗？为何有这样的魅力与神奇的力量？是的，是这样的。不过，我还想说的是，江南的山山水水，江南的每一棵树、每一棵草，因为都被人们所眷念着、深爱着，就有如杨钰莹、苏拉、洛兵这样的远方的人，也愿意化作几缕别样的月光，洒向她、抚爱她、宠她、呵护她，才使江南如此如梦。

最好不经意

浮克是一个快乐的歌者。我不认识他，我只是从他创作的《想起你的好》《我在看你》两首歌，进而再联系他先前写下的《快乐老家》而做出的判断。我没有见过他，也不知道他外在形象是一个怎样的人，但是，我敢断定，至少他内心是充盈着快乐情绪的。他是《遇江南》这张专辑中，唯一自己作词、作曲、编曲的人，能从音乐语言、文字语言两方面，同时进入一首歌——进入这首歌的整体的人。

读他的歌词，并不会惊艳。读他的歌词，也只是喝一杯清茶，不会是烈酒，绝没有浓郁的醇香。只是在一间白墙黑瓦的农舍下，放上一张桌子，摆上几个凳子，几个人围在一起，喝几壶清茶。尽管是在春天，不远处开满了迎春花、海棠花，还会有几杆青竹在那里摇曳，但是，茶壶里绝不会是浓烈的红茶，至多是江南的碧螺春或龙井。飘荡在空气里的，只会是一缕缕清香。

我听《我在看你》，我最喜欢的是这样几句："最好不期而遇，最好不经意，刚好你一回眸，我在看你。"词句清爽，不拖泥带水。平白如话的诗句，看似不经意写出来的，却如天籁。描写江南，用此清风明月般的词句，是最恰当的。江南的本质不在华艳、不在张扬，而在疏淡、内敛。而江南人的快乐也是如此，不夸张、不得意忘形或歇斯底里。浮克的《想起你的好》《我在看你》中也具有这样的情调："唱一曲紫竹调，走过那外婆桥""一转眼，什么都变了""一转身，什么都忘了""可是亲爱的这一刻，只想起你的好"，轻松、明快，所有人听着都仿佛又回到了杨柳风拂面的美好童年。能在"外婆桥"上、"紫竹调"里"想起你的好"，而且是"只想起你的好"，那个一定是能沉淀在"心里"，无论多长岁月都不会遗忘的那个真正的"好"。

这种意趣，也许是浮克多少年来一直追求的境界。他许多年前写下的《快乐老家》，似乎就呈现了他的向往："跟我走吧天亮就出发，梦已经醒来心不会害怕。有一个地方那是快乐老家，它近在心灵却远在天涯。"在那远方，是心灵最柔软地方的渴望，说得多好，每一个人都会有这样的感受，最近的是最远的，最远的可能却是最近的。为了那个渴望，我们也许一辈子都在奔跑。什么地方，才是一个人能把自己一生都能交托出去的呢——那是江南。江南真正的美，不在人尽晓之的园林景点，而在那一片自然的山水、自然的田野。江南春天的田野里，遍地金灿灿的油菜花，那样平实，却能让人感动。江南随处可遇的清清流水，映照出的太阳与月亮，是那样平静、自然与真诚。一个人的内心追求，也许是一辈子的事情，可贵的不在于人们去追求，而在于"最好不期而遇，最好不经意"的不刻意、不做作、不雕琢，永葆"外婆桥上""紫竹调里"的童真，浮克的歌的意义，也许正在于此。

后记

《遇江南》，小而言之，对杨钰莹十年的隐而复出是有意义的；大而言之，对当下流行歌坛的走向也是有启发作用的。关于《遇江南》的主题，可以用苏拉在《序》中的一段话来概括："钰莹和江南，他们遇见彼此，彼此心照。于是，江南被幸福地歌唱着，而那朵飘向春天的云，她的路途从江南开始，随风化雨，滋润生命。"对我来说，关注这十首歌，更多的是缘于题材。这群知名的音乐人如何投情于江南？况且，又都是一群非江南人。他们到江南，只是走过，或路过，且或是偶然、抑或是不经意。然而，现在他们对江南却是这样痴情，痴情到："我只看见你"（《可遇》）"相知难相忘"（《你若安好　便是晴天》）"相拥一天已胜过千年"（《断恋》）"只想起你的好"（《想起你的好》），把自己最喜欢、最钟爱的人与江南融为一体："亲爱的你，是我的江南"（《遇江南》）"不变的你依然温婉如玉"（《如梦令》）"抚摸江南美丽，原来人间的天堂是你"（《最美的相遇》）。

我欣赏这些歌，我会感动，会被感染。为什么这群非江南人，把江南描摹、歌咏得如此美好，这种美好又被刻画、表现得如此真实，直抵本质？我是怀着感恩的心写"词话"的，可能，正像他们对江南这样"偏爱"，也促使我"偏爱"上了他们的歌。

江南是一个美丽的地方，自古都是，但是，江南也绝不是只有阳光，只有花香，只有温温柔柔；江南也有风雨，也有不平坦的道路，也有夕阳下沉重的忧郁、无奈与深深的失望。而这一切，又被我们的一群音乐人所美化了，就像我听着杨钰莹温温柔柔、甜甜爽爽的歌声时，会忘了《遇江南》歌词中本身也许存在的一点点不足。歌词与诗是相通的，都要有诗意，即使是诗，也并不是每首诗都会有诗意，有诗意的诗不在于形式；同样，歌词有没有诗意，也不在于能不能唱起来。任何一段文字，谱上一首曲，请一位优秀的歌者唱，可能也会被唱响。

因而，我认为《遇江南》，如何让它更有诗意，还是有空间的。比如，《你若安好　便是晴天》，前半首很是柔美、缠绵，"风若停下就是云烟，雨若无痕就是眷恋，泪若干了变成红颜，收不回一地的流连。山若无声就是诺言，水若倒流就是成全"，表达上不合常理，且又自然随性，不过仔细推敲，优美有余，内蕴不足。《我在看你》最流畅的、最让人体会到诗情的是中间几句："千山万水，只为一次相遇，请路过江南，身披满江烟雨。我站在岸上，直到红颜老去，最好不期而遇，最好不经意，刚好你一回眸，我在看你。"多让人的心瞬间柔软！而其词句相对弱一些。《如梦令》中有"曾经用水墨丹青卷起了你，只为凝视你的美丽，取月色几缕，染得荷韵如许，谁能够留住你的山青水绿，曾经用白墙黛瓦藏起了你，只为独享你的春意"，这样的歌词，当我读它们的时候，几乎有柳永再世的感觉。但后半首走向通俗，虽不失人情气，可似乎少了一点经典词句的韵味。我的要求也许太高，但是要想让流行歌曲成为经典，只能如此。江南的园林，以及任何江南的风景，都是讲究细节的，细节上的冲突，也会丢失美感。《遇江南》这首歌中有一句"笑容都疲倦"，"疲倦"与整首诗的前后意境似乎不和谐。最后，还想说的一点是，这些我所敬佩的写词人，包括陈小奇、梁芒、苏拉等，还能够不断超越自己，每一首新歌都是一座新的高峰。

《遇江南词话》即将写毕了，一个感觉越发强烈，诗人要与词人沟通起来。现在诗人写的诗越来越玄乎，只能看，不能读，更不能唱；而词人写词，往往为了表达、迎合世俗，缺乏主动地对整个社会欣赏人群作引领，写得通俗而少诗意。《遇江南》的词作者们本身就是诗人，两者融合起来了，歌词写得富有诗意而有人性，远离流俗，引领流行歌曲向高雅艺术迈进。通俗而有诗意的流行歌曲，才是最高的境界。

以上絮絮叨叨，实在是陋室寡闻所致。我与《遇江南》之遇，也是缘分，诚如苏拉在《可遇》中所说："你遇见了我，我遇见了你。尽在不言，自在欢喜"，不当之处，敬请这些可敬可爱的、热情讴歌江南的音乐人谅解。

2013 年 3 月

错了才对

徐思源

犯错，是家长最怕、教师最恨、学生最囧的事情，为何还说"错了才对"呢？

是的，人人都不愿意犯错，但是我们平心静气地想想，天下谁人能不犯错呢？雨果曾经说过："尽可能少犯错误，这是人的准则；不犯错误，那是天使的梦想。尘世上的一切都是免不了错误的。"从我们"惊天动地"来到这个世界，我们就开始犯错误，在错误中，学会跌跌撞撞走路；在错误中，学会咿咿呀呀说话；在错误中，学会用稚嫩的双手写字画画儿……在一个又一个错误中，我们逐渐成长。因为错误让我们看到问题所在，让我们确定前进方向，让我们找到前进路线，让我们不断修正，不断改善，完成"救赎"，走向成功。所谓"失败乃成功之母"，说的就是这个道理。

生活是这样，教育更是如此。在学习中，错误是免不了的，在不断犯错纠错的过程中，学生学习了知识，增长了能力，提高了素养。错误是一种来源于学生学习活动本身、直接反映学生学习情况的生成性教育教学资源，极其宝贵。从错误中，教师借以了解学生学习过程，把握学生思维轨迹，明确教学重点难点，指导学生更好学习；学生借以更准确地掌握知识，更深入地思考问题，更全面地发展素养，更健康地养育人格。错是必需的，是宝贵的教育教学资源，从这个意义上说，有错才是对的。

可惜，许多家长不懂这一点，孩子出现一点错，就紧张得不行，帮孩子做这做那，连学校的作业家长也是"赤膊上阵"，一定要做到完美，不能让孩子受批评。更让人遗憾的是，许多搞教育的教师也不懂这一点，将学生学习过程中的错误看作是可怕的东西，学生一犯错，要么毫不客气地将学生训斥一通，要么自己被气得乱了方寸。在课堂上，讲授的内容要求学生全部记住，不能出错；提问对答要求学生完全正确，不能有误；作业考试要求学生得到满分，不可答错。于是，原本正常的学习中的错误不见了，教师难以了解学生学习过程中的接受状况、思维轨迹、发展程度，于是，填鸭式、满堂灌、单向传授、揠苗助长就成了教学的常态，教育就这样被异化了。

其实，在中国以外的许多国家并不是这样的，人们充分认识学习中的错误是有意义的，要让学生在错误中成长。

听到过这样的故事：有外国教育代表团来中国考察，我们开了一堂物理课。教师讲得清晰深入，慷慨激昂，学生回答准确全面，毫无瑕疵。中方的领导和教师无不啧啧称赞，可询问外国专家，人家说："学生都已经懂了，答得毫无差错，没有一个学生提出疑问，这样的课还有上的必要吗？"

看到过这样的报道：美国的许多教师不让家长辅导孩子写作业。他们认为，让家长"加工"过的作业，老师根本就看不出学生懂了多少，孩子们如果需要辅导，那是教师的工作，不是父母的工作。因此，美国教育专家指出，家长不要把孩子的作业"修理"得太完美，让孩子在作业中锻炼自己，练就学习技能。

我不知道，那位外国专家的话能否一语惊醒梦中人，美国教师的做法能不能给我们一点启发。当我们在为学生学习出错而烦恼、为学生答题正确而陶醉的时候，我们恰恰丢弃了教育教学的正常思维，我们犯了大错！

其实，好教师都很注重发现学生的问题，我有一位朋友就提出："课是为学生上的，要为解决学生的问题而上课。"我很赞成他的观点，这句话我向许多人宣传过。发现学生的问题，就是了解学生学习的起点、学习中产生的问题、学习过程的规律，也就是了解和研究"学情"。了解学情大家是有共识的，但不让学生出错，学生作业都经家长指导，甚至由家长代劳，又怎么能了解到真正的学情？可悲的是，许多家长的代劳是出于无奈，或是孩子作业太多，不得不"出手"，或者是老师规定家长要做这做那。后者是更可怕的，丢弃了学生学习过程中的"错误"这一宝贵的教学资源，就脱离了正常的教育啊。老师们，该反思我们的行为，好好想想"错"与"对"的辩证关系，什么才是为孩子们的成长而做的教育！

2013 年 8 月

今生今世的证据

李莉

　　今天刚刚上完刘亮成的《今生今世的证据》，理清文意，随口提了一个问题：你此生此世的证据是什么？学生立刻陷入了沉思，很认真地开始想这个颇为深奥的问题。几分钟以后，我没有要求学生交流，因为我知道课上的交流多半不是他们的真情流露，我情愿他们留到小作文中私下与我交流，我相信会有值得期待的作品出现。现在，很多时候我已不再追求一个特定的结果，而是享受他们若有所思的神态，甚至是痛苦的表情。在那个时刻，站在讲台上的我充满了自豪和满足，满心宽慰地看着一切，仿佛一切都在我的掌控之中。但今天，我自己也陷入了沉思，我今生今世的证据又是什么呢？

　　三年期教学回顾，同事提出的"真水无香"被引为校园文化，想着无论如何也不得超越了。也罢，老老实实、真情实感……一瞬间，"今生今世的证据"闯进我的思绪。

　　"当家园废失，我知道所有回家的脚步都已踏踏实实地迈上了虚无之途。"而十中，在我心中真的能与作家笔下的"家园"等量齐观。三年，十中的寸草寸木，十中的斯人斯事，实实在在地见证了我的成长。

校园——心灵的一方净土

如果说，选择教师这份职业原是出于无奈，那么走进十中更是一种偶然。没有过硬的基本功，只因对前辈的一番恰如其分的评价，从此我与十中结下了不解之缘。十中的求职面试一如她的校园文化那般质朴，没有一轮又一轮残酷的淘汰，只有轻松淡定的聊天氛围，让我第一次踏进这方天地，就平添了几分亲切。

从此，我得以每天容身于这一方天地。上课时候的校园是那样的宁静，每每这个时候，无论是漫步西花园的小径，还是穿梭在各个教学楼间，总认为自己是整个城市最富足的人。三年，樱花开了又谢，桂香甜了又散，银杏黄了又落，在四季轮回中，我也由青涩走向了成熟，从不安走向了坦然。

十中的校园就是有这样的魔力，任墙外车水马龙、灯红酒绿，它始终静立在城市的一隅，一如出水芙蓉般清新恬静；而我，任琐事缠绕，心烦意乱，只要一踏进这方天地，心灵立刻沉静下来，烦恼尽消，忧愁全无。

三年中，有幸与十中共度了她的百年华诞。从东小桥弄小学到振华女校，到今天的十中，一路走来，她在安详中更显凝重；改造一新的西花园，少了当年织造署行宫"焰朗高骧"的气派，却在岁月的积淀中越发沉稳灵动；百年瑞云峰，见证了她一路的艰辛与荣耀，却始终静静地端坐着，迎来送往了一届又一届学子；"伟绩碑"承载的不仅仅是创始人王谢长达夫人的功绩，更承载着百年一路走来的累累硕果；每一条回廊上，镌刻着一个个响彻人心的名字，他们是她的功臣，更是她引以为傲的学子……而如今，她的一点一滴成为了我此生此世的证据，这是怎样一种荣耀啊！

第一年，我在粉色的樱花丛中留下了自己纯真的笑意；第二年，我在西花园的雪地里撒下了欢声笑语；第三年，我在甜甜的桂花香中沉醉了自己。于是，我把这一切与自己的学生分享。新学期的第一课，我迫不及待地把十中四季的美好一股脑儿倒给了他们，看着他们眼中的神往，我是那样心满意足。

那些人

在一年期小结中我写道："在十中工作一年多我感受到了一种真真切切的幸福感，虽然我有很多做得不令人满意的地方，但为了这份真切的幸福感，我会更加努力，让这份幸福感能够不断地蔓延……"

真的，除了"幸福"我想不出更好的字眼来形容我在这里的感受，这份幸福感不止来自于得天独厚的校园环境，更来自于陪我一起成长的那些人。

语文组，我的集体。刚到这里，我感到无比自如，没有一丝隔阂，犹如一个大家庭，温馨而团结。

徐老师——大家庭的家长，在业务上带领年轻人更上层楼；在生活上，对我们的关怀无微不至。在我们眼中，徐老师永远那样精力充沛，永远那样好学上进，她对新事物的求知欲，令我们年轻人也自叹不如。徐老师的电脑技术是一流的，PPT、网页制作一样也不落后；徐老师的信息更新速度是惊人的，任何热点时事一件也不落下；她的课堂永远向我们敞开；她的经验永远毫无保留地向我们传授。在徐老师的指导下，我在课堂上越来越自如；在徐老师的带领下，从苏州到南京到北京，我在业务上快速成长。徐老师治学态度严谨，对我们的指导猛宽适宜，既让我们学有所得，又不让我们感到一丝不适。她的讨论式教学令我受益匪浅，虽然自己尝试不多，但我着实为她在课堂上的从容与自然折服。坐在她的课堂是一种享受，她的润物无声般的教诲，滋养的不仅是她的学生，也是每一个曾经踏进她课堂的年轻老师，三年来，我无时无刻不享受着这样的滋养。

庄颖——"真水无香"的身体力行者。大家都知道，"真水无香"出自语文组庄颖的三年期工作总结，有幸与她共事三年，时时感受着她"真水无香"的治学理念。听她课的老师都会感叹：这才是最原生态的课！无论什么级别什么形式的公开课，她的课堂永远都是最原生态的呈现，没有矫揉造作的形式，没有提前安排的用心，但她总能自如地调度自己的课堂，以至于让听课者误认为是人为的安排。她的课真正体现了"真水无香"的精髓，而她本人，对于我们的帮助与指导，也是那样真诚和无私，一如她的"真水无香"。

袁佳——一路同行的最好伙伴。我们同一年融入这个集体。同一起跑线上，我们互帮互助，但我总是自愧不如。她是那样孜孜不倦，那样好学上进。对于任何问题，她都喜欢打破砂锅问到底，一定要弄个明白。和她一起成长，会平添一分压力，因为她的优秀、她的执着；但同时，和她一起成长，让我受益匪浅，就如百米跑道上，遇到了水平高超的对手，对自己是一种不自觉的激励和督促，我庆幸遇到了这样的伙伴和对手。三年来，我们携手共进，在语文组这个大家庭，我们一起成长着。

太多人、太多事，三年来，与他们相处的时间更甚于家人，无论是工作还是休闲，他们始终是最好的陪伴者，陪伴我走过了人生中最幸福的三年。

送走的第一届学生

今年的教师节，我被许多学生簇拥着，这是我眼红了三年的结果，我终于有了自己的第一届学生。

第一年教师节，看着别的老师被桃李簇拥，我感到阵阵失落，甚至有些嫉妒，想着什么时候我才会有这样的成就感。三年的时光就那样消逝了，我竟然已经送走了自己的第一届学生。高考结束的时候，一条一条的报喜短信接踵而至："老师，我取得了自己理想的成绩，向您报喜了。""老师，终于考完了，感谢您对我的无微不至的关怀和帮助。"其中有一条看得我潸然泪下："老师，在这里我真心地表达我的谢意。语文119分帮了我很大的忙，让我进入了自己理想的大学——江苏警官学校。"真的，看完短信，我几欲落泪，那样一个平时不言不语的学生，竟然会如此来感谢我，我想那真的是他发自肺腑的感谢，我抑制不住心里的成就感。前不久，这位考入警官学校的学生突然出现在我的面前，一个多月的警校生活已经把他磨炼得越发坚毅，原本白皙的脸被晒得黝黑，身形消瘦却精神，见到我，他重复着他的感谢，告诉我，他将珍惜他的大学生活，一定会以最好的成绩来回报我，回报他的母校。

今年的9月10日，一大批学生来到我的办公室，围着我叽叽喳喳地说着他们的大学生活，他们像一群刚被放飞的小鸟一般，对未知的世界充满了幻想和憧憬，看着他们的神往，我的内心也被激荡着，仿佛一下子回到了我的大学时代。那充满青春激情的年代，现在正由我的学生在体验，看着他们自豪的笑脸，我相信他们定会开创一片属于他们的天地。临走，他们留给了我几根七彩棒棒糖，说我看着棒棒糖就好像看到他们一样。那些棒棒糖一直放在我的窗台上，每当工作累了倦了的时候，抬头看看，就会产生莫名的欣慰，因为我知道，我的辛劳定会有甜蜜的回报。而今我算是明白了什么是桃李满天下的欣慰了，虽然我才有了自己的第一届学生。

我自豪，我有了自己的第一届学生；我欣慰，他们都得到了自己满意的结果；我庆幸，我被第一届学生铭记于心。看着他们自信的笑脸，我对他们的未来充满期待，更加坚定了自己未来的道路。我想我真正爱上了老师这份职业。

我的美丽的国家
——写给高一（15）班
（短章）

我在桂树之下
建设自己美丽的国家
阳光的金色穹顶
每日升起又落下。

当了班主任才知道，不当班主任的教学生涯是残缺的。第一个三年，我在教书的道路上摸索着；而今的我，已经担当起了育人的重任。从开始的恐惧到如今的镇定，我又一次征服了自己的脆弱。面对着由五十二个个体组成的集体，我感觉自己像一个统领全局的指挥官，又像一个琐碎的管家婆。班主任的事务琐碎而繁杂，我一件一件地做着，忙并充实着、累并快乐着。一眨眼，我已比自己的学生整整大了十岁，这样的年龄差距让我少了几分忐忑、多了几分沉着。三年，我不仅在业务上得到了进步，也在各方面收获了成长。我会把我的收获传递给我的学生，也必将在第二个三年中，与我的学生共同长大。

经营一个班级就像是养育一个孩子，我尚无为人母的经验，但是，而今的我着实体会到了一个母亲的良苦用心。他们的一举一动都牵动着我，他们的一点一滴都影响着我，我为他们的成功欢喜、为他们的不足担忧、为他们的不良习惯操心、为他们的点滴进步欣慰……这个集体是属于我的封地、我的国家，我终将倾我所有来建设它、呵护它、壮大它。我爱极了这种统领一方的感觉。

当我踏进这方天地，我知道我所有的脚步将踏踏实实地迈向充满阳光的所在……

今天，我们如何做老师

张慧琪

    他在一所小学五年级一间被称为第 56 号教室的地方，一待就是二十七年。

    他在每个短短的一年中，让自己的孩子热爱自己的学校、热爱自己的教室：每天自愿提前两小时到校，放学后不愿意离去。

    他在每个短短的一年中，把那些被称为"小魔鬼"的顽劣学生，塑造成小绅士、小淑女，品行端正、气质儒雅。

    他在每个短短的一年中，让那些来自贫困移民家庭的孩子，学习热情飞速提升，长大后纷纷进入哈佛、普林斯顿等名校就读。

    他用爱点亮一拨拨孩子的心灯，重塑孩子的人格，提升孩子的灵魂，那些从 56 号教室走出的优秀孩子们，学成之后纷纷重归故地义务授课，把自己的才智和爱奉送给常换常新的学弟学妹们，在他的熏染下，创造着最美的爱的轮回！

    他是美国历史上唯一获得"国家艺术奖章"的老师，被称为"当代的梭罗"，他就是美国最有影响力的老师——雷夫·埃斯奎斯。

一般意义上，如果没有那些被名牌大学录用的学生，我们很难界定一个老师的成功。而雷夫的可贵之处恰恰在于，他并不看重成绩，而以塑造孩子人格作为教育的终极追求，那些成绩，只是人格发挥到极致的副产品，这是为人师多么上乘的境界！

在这次雷夫中国报告会上，记得有老师提问，在雷夫的教室里，没有张贴班规，那么是如何在一年之内把那些顽劣的学生就给驯化的呢？大致是这个意思，这个老师很有意思，重复提了一个其他老师问过的问题，并且把这一问题的表述复杂化，让我们年轻的同事一度有些紧张。我轻轻地摇了摇头。

雷夫先生此次中国之行，去上海没去外滩，到北京不去天安门，未倒时差就和中国的教师们交流，用最朴实简单的语言毫无保留地把自己的经验传递给异国的教育者，这份迫切与诚挚之心让人感叹；相比之下，有的教师不认真聆听，为提问而提问，且不论问题本身的水平已然相形见绌。

话说回来，教育的对象是活生生的人，岂能墨守成规，靠一份班规解决一切问题？一个灵动的教师，必然是善于在实际问题中及时发现问题、教育学生，更何况是雷夫，而我们的雷夫先生在回答中表达了这样的意思：他的教室里也有规矩，很简单：诚实、善良、勤奋、努力。

这不是具体的条条框框，显然也不是提问老师期待的，而是为人的准则。这是纲领性的，是雷夫给孩子们的价值导向。这三点看起来简单，其实蕴含着无穷的最精华的人格要素，并且还有很重要的一点，雷夫依据科尔伯格的"道德发展层次论"，把孩子的学习做事的动机分成六种不同层次，即不想惹麻烦——想获得回报——取悦他人——按规矩办事——出于对他人的考虑——有自己的为人处世原则，并按此行事。雷夫致力于把孩子培养到最高境界，即"有自己的为人处世原则，并按此行事"。孩子到此境界，学习不好也难，然而，在此之前，这真、善、勤三字，对于这些家庭背景复杂的孩子来说，不知要付出多少爱与包容！那么可以想见，每一年的教育生涯，有过多少潜移默化和精心设计的教育行为和教育情境？

这次报告会上，雷夫提到一个特别顽劣的孩子，他的父母离异且均有吸毒史，而他最后考取了美国顶尖的大学。现场有老师希望雷夫能提供一些具体的改造该学生的做法，雷夫简单地提了两句，说每天都陪他吃午饭、和他聊天，周末则让这个孩子和雷夫的家人一起，让孩子"感受夫妻之间的恩爱"。大爱质朴无言，无须更多的细节，这两句话已使我立马湿了眼眶。多少教育是在课堂之外，润物无声；多少变化是耳濡目染，终成蜕变。这需要多高的精神境界、多博大包容的胸怀，才能撑起那么多对生活失去信心好希望的孩子的天空！

雷夫的课程也都是精心设计的，电影课挑选最好的电影，阅读课挑选最经典的文学作品，事后再探讨回答问题；金融课和大家一起研究身边的经济，甚至教室本身就是一个无处不在的经济体；戏剧课和大家一起排练表演莎士比亚的戏剧，孩子们通过合作表演不知不觉地在艺术文学的熏陶中升华浸润了人格，雷夫曾不无骄傲地提过，孩子们巡回表演莎士比亚戏剧，结束后无须庆功，因为在舞台上表演本身就是最快乐的事。

是的，56号教室其实是博大的，他远远超越功利课堂，涵盖的是美丽丰富的生活，孩子们在雷夫的引领下以不断认识完善自我人格、不断快乐地探寻更美好的世界，这一切雷夫是如何做到的呢？雷夫说："我要学生诚实、友善、勤奋努力，那意味着我要先做到最诚实、友善、勤奋努力的人，而且必须长此以往，无怨无悔。"

这话真是字字珠玑，希望孩子成为怎样的人，我们先要成为那样的人。孩子有了向真向善勤奋努力的人格和内驱力，那么教育已然成功。

其实，如何做好老师抑或做好父母，雷夫已经用他的行动给了我们最好的答案。让我们从修炼自身做起吧。

坑爹的，爹坑的？

徐思源

著名歌唱家李双江的宝贝儿子又犯案了，舆论一片哗然。在大家的纷纷议论中，出现频率最高的一个词便是"坑爹"。这里的"坑爹"已不是这个词的初始义，而更接近汉语字面的意思，即"坑害父母"。确实，这是个坑爹的儿子，父亲的一世英名被他大大地毁损了，但我想说的是，与其说儿子坑爹，还不如说这儿子是被爹坑的。这样说似乎对李双江先生有些不恭，但难道不是吗？从媒体披露的各种信息看，这个孩子从小到大，被宠得不行。家庭教育的缺失，肯定是他人格缺陷的重要原因。

从儿子坑爹想到老爹坑儿，从家庭教育想到学校教育，更意识到教育的大问题。

说家长不重视教育是冤枉的，如今的家长对教育的投入前所未有，但这大投入中却存在极大的缺失。殊不见，家长们认同的口号是"不能输在起跑线上"，于是乎，孩子被送进了各种早教机构、培训机构、补习机构；学钢琴、学古筝、学芭蕾，样样要学；补数学、补英语、补物理，门门都补。看起来，文化知识、才艺体育都学了，素质培养非常全面，但其实，恰恰少了教孩子怎样做人这一最最重要的课。有人会说，这不是在课堂上学的。确实，人的培养更多的是在日常生活中潜移默化完成的，可是有多少家长将此作为一种自觉的行动？各类"教育"投入的目标指向是考试成绩、名牌学校，即便是音乐体育类的学习，也大多是为了进入名校加分。虎妈狼爸们用以证明成功的指标，正是能够考出好成绩进入名校。而当孩子想到厨房帮帮忙，想去郊外走一走，想与父母聊一聊，许多家长就会紧张起来，赶紧把他赶向书桌："没你的事，读书去！"现在的孩子还有几个会做家务？甚至连顽皮都不会了。

基础教育课程改革实验已经十多年了，但实际的推进非常困难，中小学教育还是在应试的框架中运行，在不少地方甚至愈演愈烈。课程设置瞄向考试，非考试科目不断压缩。教学的三维目标被当成口号，课堂里成天在反复训练的是解题，情感、态度、价值观自然不在考虑之列，就连过程方法也被抛到了脑后，学生在不断的机械重复中追求考试的高分。这样的教学，以剥夺学生的主观能动性、解决问题能力和创造力为代价，是一种意义缺失的"伪教育"，最后必将导致大部分学生创造力的丧失，并造成他们心理的扭曲。

教育的终极目标是"育人"，家庭是孩子的第一所学校，学校是孩子精神成长的乐园，家长和教师应该是引导孩子进入文化之门、精神家园的开门者、引路人。作为一个健康人所要具备的基本品质，诸如敬畏生命、孝敬父母、尊重他人、珍惜感恩、动手劳作、遵守法律、举止文明、心怀国家民族以及阅读习惯、求知欲望、独立思考、批判精神、创新意识等，理应成为教育的最重要内容，但我们当下的教育，缺失的恰恰是人的精神的养育。这方面的教育往往流于喊口号、做游戏似的活动，而缺乏日常生活中的培育养成。我们的孩子，物质上营养过剩、精神上严重贫血。不断传来大学生甚至初中生自杀、室友同室操戈等令人痛心的消息，不正是教育缺失的代价吗？我们自己每天在以爱的名义做的事情，有多少是真正对孩子有益的？每日里为孩子奔波劳苦的家长、辛勤工作的老师们，扪心自问吧！我们到底在做什么？

（此文刊载于《基础教育课程》2013 年 6 月"源来有话"专栏）

"跨界"与教学

徐思源

　　跨界，是个时髦的字眼。大众熟悉的有跨界车，那种介于轿车与越野车之间的 SUV 是潮人的最爱。还有跨界音乐，用流行音乐手法演绎古典音乐或用古典音乐手法演绎流行，或自创一些融合古典与流行乐调的曲子，比流行音乐更内敛，又比古典音乐更活泼。艺术设计上也常用跨界的概念，许多设计师在建筑、产品、平面、室内设计等范畴跨界探索，诞生了不少具有里程碑意义的成果，跨界车就是跨界设计的产物，而品牌的跨界合作也层出不穷，比如阿玛尼与三星的合作。如今，跨界已经成为一种新锐的生活态度和审美方式的融合，跨学科的可能性、跨媒体的必要性、跨领域的创新性、跨艺术的实践性被提到非常重要的地位，甚至有人提出"不跨界毋宁死"的口号，蔡国强、贾樟柯、叶锦添等一些艺术家已成为艺术领域跨界实践的杰出代表。

　　跨界基于网状的丰富的知识结构而排斥线性思维。思维与知识的跨度越大，跨界合作成果就越大，催生新事物的生命力和竞争力就越强。如果是直线思维或者知识结构单一，那么，现代音乐无法融合古典音乐，阿玛尼和三星的设计师也只能各玩各的，在圈内"单打独斗"而已。

其实，跨界并非新发明，也非艺术设计的专利。在科学技术领域，大凡新成果、新学科往往与跨界相关。众所周知，仿生学便是生物学与数学、物理、化学、技术工程学等跨界的产物，一些被称之为"边缘交叉学科"的，如生物物理学、生态经济学、演化证券学、历史地理学、教育经济学等都是跨界的产物。因此，跨界是科学技术发展综合性的体现，是新发现新理论产生的基础。

由此想到教学。作为基础教育的主要渠道，作为未来人类精神成长的重要过程，中小学的教学实在太需要"跨界"的理念和实践。这么说有什么根据呢？

首先，"跨界"是应时代的趋势和社会的需要。这个时代更强调融通，而跨界是融通的前提。大家都说未来的竞争力是创新，而创新之源何在？我们以前很重视逆向思维、批判精神，认为非批判无法创新，其实，在批判的同时，创新还需要跨界，这是已经被历史上无数新发现新创造产生的事实所证明的。因为创新先天就具有交叉或跨界的性质，所以跨界又是遵循科学规律和发展法则的。那么，为未来培养具有竞争力的人才的基础教育，又有什么理由不应社会发展趋势、强化跨界理念和实践呢？

遗憾的是，在这样的时代潮流之中，中国的基础教育界却固守着学科和专业的壁垒，不见融通反见分隔。虽然这一轮教改的一项重要内容就是强调课程的综合性，但是在课程实施的教学环节，许多教师将学科或某一知识系统视为神圣不可侵犯的东西，容不得一点改变和突破。殊不知，这样的固守，恰恰隔绝了学科或知识之间原本融通的联系，阻碍了学科的进步。更可怕的是禁锢了学生本来活泼的思想，关闭了跨界之门。

其实学科之间是可以也应该跨界融通的。我教语文，语言本是思想情感的外壳，学生学习语言不可能只读文学，还要以其他学科文本为媒介学习阅读、写作、说话，增强语言感知应用能力。这样的语文学习才是接地气的，才是与现实生活联系更密切的。其他学科又何尝不是如此呢？而当我引导学生在学习议论文论证推理时找找数学推理的感觉时，感到诧异的不在少数，可见学生已建立了严格的学科壁垒，让人心寒。

近年来，世界各国基础教育也显示了跨界趋势。去年到澳大利亚墨尔本的坎博威中学，他们开设了一门新型课程，名为"连接"（connections），课程名称就很"跨界"。内容不限学科，教师确定课题，让学生自定目标，并探索方法达到目标。我看的那节课，课题是"世界上的工作和职业"。当时就想到我们的"研究性学习"，但我们强调学习方式的体验，"连接"则注重不同学科的融通。

解放思想吧，将跨界理念引入教学，让原本毫不相干甚至矛盾对立的元素相互渗透融汇，擦出灵感火花和奇妙创意，为学生创新思维的培养创设更好的环境。

（此文刊载于《基础教育课程》2013.07"源来有话"专栏）

理想与现实

徐思源

现如今，理想似乎已经不是一个褒义词，理想主义者更是为许多人所不屑。前一阵子，网上热传钱理群先生"告别教育"的消息，被许多人作为谈资来讥笑理想主义者。钱老师被人称为"理想主义者"，这位大学教授长期以来，一直热情地关心基础教育，讨论语文教育，讨论西部教育，讨论农村教育，甚至亲自到中学上课，讲鲁迅，谈文学。可是面对如今的基础教育，他也说出了"告别"之语。于是网友纷纷议论：现实将理想主义者击垮了，他对教育绝望了，在残酷的现实面前退缩了。然而，在这些议论纷纷扬扬时我却了解到，钱老师并非绝望，也没有退缩。他意识到教育的问题并不在教育本身，需要对更深层次的问题作研究，他要告别教育研究教育。他不是退缩，而是前进！我看到的是一位坚韧的理想主义者，在不能让人如意的现实面前，他在为理想的实现作着"韧的战斗"。

理想，是超乎现实的美好境界，它与现实确乎总是走不到一起。于是就有人说，理想是梦中的现实，是实现不了的。于是，理想就成了虚幻，也就成了不讲现实的妄想。在谈到某人不切实际时，往往会说："那是个理想主义者。"这些话在我听来，总有一种神圣的东西被亵渎的感觉。理想确实不是现实，就像舒婷诗中那飞天手里的花瓣，千百年没有落下，但理想境界是美好而有实现可能的，而追逐理想的过程又是多么美。理想主义者应该被人们所尊重敬仰而不是被唾弃。

更多人并不否定理想，并且还很认同，但也还是把理想与现实隔得远远的。就拿基础教育的改革来说，我们看到这样的事实：先进理念人人在说，理想目标人人在讲，而许许多多的中小学课堂，却是依然故我，用着老方法，唱着老调子，走着老路子。即使是已经用上了新课标新教材，做的还是老一套。似乎是理想的教育人人认同、憧憬，教育的现实人人诅咒、憎恨，但现实的不能改变又有着太多的理由。这样的理想认同，到头来还是否定了理想。

在我看来，人们之所以缺乏实现理想的愿望和行动，关键还是对理想缺乏认识，别人描绘的理想境界并没有成为我们自己的理想。如果真正信奉，怎能不为之努力奋斗？怪不得古人会说"朝闻道，夕死可矣"。闻道，才能有理想啊！

然而，仅仅闻道还不够，还只是坐而论道，理想还在远方；仅仅接受理念也不够，让理念成为自觉，在教学操作中改变长期积累的习惯是一个漫长而艰难的过程。最近与几位青年教师谈起，为何我们在努力实践新课程的理念，要让学生成为学习主人，要尊重学生阅读感受，教师不能用"告诉"法而要在学生学习过程中"点拨"，但课堂上为什么还是会不自觉地牵着学生走，让学生进入教师的思路，得出教师设定的结论？这证明我们自己的改变也是长期的，需要花力气的。因此，不能认为接受理念就成功了，也不能埋怨现实难以改变，而要切实努力，一点一点去改变。

说到此，我想起十年前曾为了给自己鼓劲，写的这样一段文字：

我深切地感觉到，勾画理想是浪漫的，批评现实是畅快的，而将理想化为现实是艰难的，但是，我们不能因为艰难就不行动，使理想成为永远的幻想；不能因为理想与现实有太大距离就固步不前，使现实成为永远的伤痛。我们不能埋怨理论太过理想现实难以改变，因为教师的职责就是实践，让理论成为现实。只有大胆探索，勇敢实践，才能将心中的理想化为现实。

　　这些认识，我至今还在坚持；闻道还须践行，我们做教师的，干的就是将理想转化为现实的活，我们既然信奉课改为我们描绘的理想前景，就要切切实实地拿出行动，大胆探索，为千里之行迈开足下之步，为理想的实现做出点点滴滴的努力。

　　当然，理想与现实之间有许多问题是我们需要面对的，但是我想说，正是在不断的面对中，我们不断学习思考、不断解决认识问题、不断大胆实践、不断推进改革。我感到遗憾的是，为何大家都抱怨如今的教育有问题，却很少有人有切实行动去改变它，真正在行动的人也得不到大家的支持！困难当然有，但没有困难还需要改革吗？还需要我们这些人干什么！学一学那些我们敬仰的"韧的战士"吧，我深信，实践是把理想化为现实的唯一途径，实践是教师不可推卸的职责，只有努力去实践，积极去探索，才能建设理想的基础教育。大家都做一点点，才有大局的改变。我们不能坐失改革良机，不能让我们的下一代继续教育的悲剧！

　　让我们都做一个实践者吧，愿我们的实践能够为理想的实现铺路。

（此文刊载于《基础教育课程》2013年1月"源来有话"专栏）

十八岁，怀着梦想远行

滕柏

很荣幸今天能够站在这里，和大家一起经历这个你们人生中十分重要的时刻。

每一年，都有那么几天，初夏的潮湿，浸润着校园离别的忧愁：西花园的绿肥红瘦、瑞云峰的灵秀多姿、密密麻麻写满作业的黑板、两三尺厚的复习讲义、同桌多年的兄弟、暗恋许久的女生、和蔼可亲的门卫、许多被你背后叫外号的老师、学校门口变着花样的美食外卖……这里的一切，昨天还是那么清晰的存在，而过了今天，都将成为回忆。

回首这三年，我相信大家都会感慨万千，孤单过、快乐过、失败过、成功过、迷茫过、希望过……但无论怎样，我们都知道，从今天起，你们高中毕业了。十八岁的你们可以离开父母的怀抱去远行了，可以去迎接人生的各种挑战了，此时此刻，我想和大家分享一个故事：

有一个普通的英国女孩，想象力非常丰富，爱看童话书，喜欢编童话故事。长大后有了恋人，仍然喜欢喋喋不休地给恋人讲童话故事，以致引起了恋人的反感而与其分手了。失恋的打击并没有让她有所改变，她继续想象着那些在她看来是美好的童话故事，甚至还把它们写了下来。到二十五岁的时候，她在葡萄牙找到了一份工作，业余时间继续生活在她的童话世界中。当她与一位男子一起走进婚姻殿堂后，她的奇思妙想一点也没有收敛，这又让她的丈夫苦不堪言，他们的婚姻生活走到了尽头。不久，她又失去了工作，无法在葡萄牙生活的她，只能回到故乡，靠政府救济金生活，但是，她并没有放弃梦想，依然沉浸在童话世界中。有一次去领取救济金，她坐在冰冷的椅子上等地铁，突然一个她想象中的童话人物造型涌上心头。回到家，她立即铺开稿纸写了起来，多年的积累让她的灵感和创作热情一发而不可收。一个星期后，她的第一部长篇小说问世了，在被多家出版社拒绝后，终于在一个小出版社出版了。没有想到的是，书一上市就畅销全国，销量达到了几百万。后来她又陆续创作出了一系列童话作品，稿费也让她过上了舒适的生活。她被评为"英国在职妇女收入榜"之首，被美国著名杂志《福布斯》列入"100名全球最有权力名人"的第25位。她的名字叫乔安妮·凯瑟琳·罗琳，她的第一部长篇小说就是《哈利·波特》。

说心里话，每个人都曾经有过自己的梦想，也曾经为了让梦想成为现实而努力奋斗过，但扪心自问，为什么大多数人的人生都还没有达到理想的境界呢？主要原因就在于我们没有像凯瑟琳·罗琳一样，把自己的梦想坚持到底。如果我们也能像她一样，认定了目标便坚持不懈，即使在遭受人生的重大挫折时也不放弃，那我们也一定会顺利地到达梦想的彼岸。因为，成功只属于最有毅力、坚持不懈的人。

梦想是什么？电影《中国合伙人》中成冬青有这样的解读：梦想就是你坚持着它，能感到幸福的东西。我希望在座的每一位同学，都能清晰地明白自己的梦想是什么，都能为自己的梦想执着地努力。我们可以选择梦想，但必须先选择坚持。

亲爱的朋友们，你们中间的多数人，未必能在金钱、权力、名誉等方面走得多远，但是只要你们坚持梦想，就可以抵达心灵的远方。

泰戈尔说："黄昏把树的影子拉得多长，它总是和根连在一起。"同学们，你们永远是十中人！无论走到天南海北，请记住：诚朴仁勇、本真、唯美、超然；无论遇到酸甜苦辣，别忘了，我们的心始终与你相连。

守望幸福

居万峰

　　班级学生要出文集了，班长徐毅鸿请我写一篇序，我说还是找一个德高望重的老教师写吧，班长还是坚持让我写，我便答应了下来。一来是因为我经不住班长的劝说，二来是因为真的想跟学生们说点什么。说什么好呢？思考了半天，还是谈谈我作为他们的班主任的幸福感吧。

　　做教师已经快八个年头了，不算是一个老教师，但至少已经成长为一个有血有肉的教师了。人们都说做一行厌一行，也有人说一个工作做久了就会有倦怠感了，可是我还没有感觉到"厌"和"倦怠"，感觉到的反而是越来越浓的幸福。

　　记得去年去无锡秋游后的当天晚上，我在博客里写下了这么一段话：

　　　　回到车上，同学们开始补充水分和能量了，又是一片热闹的场面。不过车子开了不久，全车就安静了下来，都睡了，或许今天的行程对他们来说是一个挑战，但他们都漂亮地走完了全程，都说90后的孩子娇气，但今天孩子们的表现可圈可点，我为他们祝福！

刚刚上线时还发现QQ群里人声鼎沸，但现在一看，群里只剩下我一个人了，就像孩子们在车上的样子一样，开始很吵闹，后来都睡了，同样的情景、同样的守护的再现。现在有点冷清，但也给了我思考的空间。以前我爬山也有很累很累的时候，但今天我不觉得累，一点都不觉得，我想我是快乐的、享受的，我享受着学生们的时空、享受着学生们的天真和快乐，同时也享受着学生们因为自信和坚强而带来的优雅！

与学生同行，从朝到暮。

我朝朝暮暮，与你同行。

现在想想，当时真的是被幸福笼罩着，就这么简单而美好，这就是我对"幸福"的定义。每天看着学生开开心心地端坐在教室里是一种幸福，每天在课堂上跟学生意气风发地上课是一种幸福，每天晚上看着学生跳动的QQ头像是一种幸福，甚至每次有学生跟我争执一个问题时也是一种幸福。一个教师的幸福就来自学生的点点滴滴，就来自学生的慢慢成长。

不久前，在《人民教育》专家任小艾老师主持的座谈会上，当谈到我的一个学生为了班级活动在学校待到很晚，结束后坐在安静的校园内的长廊里啃苹果的故事时，我竟然在自己的表述中感动得流泪了，我重新感受着这个学生对班级浓浓的喜爱，我感受着这个学生作为班级一分子的幸福，而我也因为这个学生的感受而幸福。

一次在某个学生的周记里，我看到了一首感人的题为《我和你》的诗：

　　求你 / 不要用你的手 / 遮住眼睛和天空 / 我要看那些 / 彩色的气球，怎样飞去 / 怎样在风中 / 做那样危险而美丽的梦

而我的回复也是一首小诗：

　　有时 / 隔着你和我的 / 不是彼此的手 / 而是不自信的心 / 其实 / 只要相依的心，依旧 / 不管 / 在何方 / 遥望，却在咫尺

在周记中，我和我的学生编织着属于我们的美丽的梦，我和我的学生在遥望的天空中情感交融。

有人说对待学生要像对待"儿童"一样。而我却说，对待学生要像对待"情人"一样，因为"情人"在思想的交流上是平等的，"情人"在幸福的分享上是平等的。

守望幸福，是一种等待，等待学生"破茧"时刻的到来。在等待中，学生学会了感恩和责任，而我则拥有了博大与宽怀。五年前的一个高三教室中，一个学生因为考试成绩不佳心情不好，将物理试卷揉成了团，我看见后帮他展开又还给了他，没有任何语言，这个学生低着头上完了一整节课。课后这个学生主动找我解释了原因，从此他在学习上不再自暴自弃，而是加倍努力。这就是一种等待。

守望幸福，是一种期待，期待学生能够早日成才。在期待中，学生不断努力和进步，而我则不断收获惊喜。被期待让每一个学生都充满信心和快乐，被期待给学生每一天的校园生活都赋予了新的意义。而我也一直被期待着，被期待我能给予他们最大的快乐，被

期待我能与他们一起喜怒哀乐。期待与被期待，在我与他们之间流淌着，没有老师的尊严，没有学生的渺小，有的只是我们之间幸福的喜悦。

守望享福，是一种陪伴，陪伴学生一起体验成长的快乐。从早到晚，从现实到网络，我都在陪伴着我的学生，陪着他们一起晨跑，陪着他们一起打闹，陪着他们一起经历一个又一个活动，陪着他们一起度过一个又一个困难。在陪伴中，他们是学生，而我也成了学生。在陪伴中，他们是快乐的，而我是幸福的。

我守望着我的幸福，而幸福却早已悄悄来临……

2011 年 6 月 15 日于苏州

死活读不下去？

徐思源

　　广西师大出版社最近搞了个"死活读不下去排行榜"，在统计了近三千名读者的意见后，得出一个令人瞠目结舌的结论：《红楼梦》高居榜首，是读者们认为最"读不下去"的书。不仅如此，在这份榜单前十名中，中国古典四大名著尽数在列，此外还有《百年孤独》《追忆似水年华》《尤利西斯》《瓦尔登湖》等外国名著也"不幸"跻身前十名。

　　《水浒传》《西游记》《三国演义》《红楼梦》，这些在我们少年时代被伙伴们公认为好看的书，几百年读下来并被人们奉为经典，如今却被吐槽"读不下去"。虽然有媒体报道这则消息时声称"纯属吐槽，看看就好"，但是读书人、搞教育的人恐怕很难一笑置之，究竟是哪里出了问题？

　　原因是多方面的，很难一一列举。如今的中小学生陷于题海之中读书很少是一大原因，而时代变迁，人们阅读行为的变化应该也是一个重要原因。曾看到有网友这样描述："我工作单位的人都是本科以上，但爱读书的不到十分之一，年轻人中有一半基本没读过课本和业务书之外的书，有几个连报纸上长一点的文章都没耐心读完，阅读的耐心仅限于一条短信的长度，最极品的一个连业务书也要抱怨没有插画。"有网友甚至说："伴随电视、电脑、手机长大的一代，还是不要跟他们谈什么阅读吧！"今年大学英语考试的一道作文题用了一幅国外的漫画，画面上一位母亲手捧大部头的名著交给孩子，对他说："你就当一条很长的信息来读吧。"如此情景，恐怕可以为"死活读不下去"作一注解。

但不读书对于一个民族来讲是灾难。有一条微博转发了日本著名经济评论家大前研一的话："在中国旅行时发现，城市遍街都是按摩店，而书店却寥寥无几，中国人均每天读书不足十五分钟，人均阅读量只有日本的几十分之一，中国是典型的'低智商社会'，未来毫无希望成为发达国家。"话说得绝对，口气张狂，却道出一些现实问题，刺得我心痛，同时又感到压力山大。

经典名著的价值是毋庸赘述的，引导年轻人读书的责任也是责无旁贷的，然而面对如此状态，做教师的又该怎么办？忧虑焦急恐怕是许多教师共同的心态，但冷静想想，也不必这么紧张，其实在我们身边，爱读书的人还是不少的。不少学校里有年轻教师的读书会，交流新书和读书体会。我们的高中生，处在高考的巨大压力之下，但还是会利用一切可利用的时间读书，读经典的热情并不低。我好多年前的一个学生现在在大学教书，讲授的是机电，业余时间与几位朋友开了个书店，组织民间的读书会，还在微博上推荐好书。他告诉我，有了这样的经历才知道，民间有许多爱书的、有见识的读书人。曾听一位老师讲，他的一个学生做了某家连锁商务酒店的老板，他对下属有一个要求：每个月要读一本书，写读书笔记，他说这样才能让员工提高文化修养。想到这些，我又有些释然，希望还是有的。

现实堪忧，压力巨大，希望在前。我想，我们要做的，就是心怀教育的理想，带着一份希望，扛起一份责任，努力去为年轻人打开人类文明之门，引导他们进入文化殿堂，让人类文明得以传承，让文化精髓得以光大。前一阵，一位朋友告诉我参与了中学生推荐书目的编制并发来拟定书目，我为之雀跃，为他们的眼光见识，为中学生终于有这样一份好书单而高兴。现在想来，仅有书目是不够的，那长长的书单，甚至会吓到现今的孩子们。更需要做的是激发孩子读书的兴趣甚至是勇气，指导他们读书的方法，引导他们体会阅读的快乐，从而"登堂入室"。

找到问题才会有解决的办法，认真研究年轻人不爱读书的问题所在，针对问题去作切实的指导，是我们现在急需要做的事情。

2013 年 7 月 15 日

泰晤士河在哪里
——关于常识的缺失

徐思源

　　常识，就是普通的、一般的、众所周知的知识。按教科书的说法，常识分两类，一类是指与生俱来、无须特别学习的判断能力，或是众人皆知、无须解释或加以论证的知识。比如饿了得吃东西，渴了得喝水。另一类是指对一个理性的人来说合理的知识。比如说，人与人之间要懂得尊重，人要活得有尊严，教育应该促进人的成长。要是说现在的人们缺少常识，恐怕有人会说这是笑话，不可能。可是仔细看看、静心想想，便会发觉，常识的缺失已经是非常严重的问题了。

　　对中学生常识缺失的警觉来自于一次偶然事件。一天，我的同事听到学生在嘟嘟囔囔地背地理书："欧洲……泰晤士河、莱茵河……"随口问了一句："你知道泰晤士河在哪里吗？"学生转着眼珠想了半天，呆呆地说："不知道。"他大吃一惊，连问几位学生，居然皆云不知。于是，"泰晤士河在哪里"便成了教研组同事共同的感慨。

　　学生有太多的不知道，不知道课文里那些"临洮""张掖""益州"

之类的地方在哪里，不知道"单于"是什么民族的首领，不知道自行车轮子上那一根根的叫什么，甚至不知道上海与哈尔滨哪个城市更冷。这些市井街坊上即便是没念过多少书的老头老太都知晓的常识，我们的高中生竟然茫然不知，常识的缺失已经到了让人咋舌的地步。

这些常识的缺失，直接影响了教学活动的正常进行。一位老师告诉我，他在上朱自清《荷塘月色》一课时，刚读到开头的一句话"他带上门就出去了"，有学生居然问道："作者为什么要带上一扇门出去？"他当即被弄蒙了。听到这个故事的人随即以之为笑谈，于是谈论起发生问题的原因。有人说，这是学生不理解"带"的多义性，我想，恐怕还是与常识有关吧，学生居然不懂"带上门"是怎么回事。他在刚接触文章时就有了这样的障碍，恐怕不仅仅是理解文意会有问题，连心态、情绪都受了影响。

再回到"泰晤士河在哪里"。泰晤士河横贯英国，蜿蜒流经伦敦，被称为英国的"母亲河"。世界闻名的伦敦桥在泰晤士河上，大本钟、伦敦眼在泰晤士河边。这条河在英国的历史上有着举足轻重的地位，它与英国乃至世界历史都有很密切的关系。不知道英国有泰晤士河，就像不知道中国有黄河、长江一样，可我们的高中生就是不知道。我立马想到苏教版语文选修教材《新闻阅读与写作》中有一篇《150年来第一次，泰晤士河出现海豹》，介绍伦敦长期坚持污染治理，终于取得成效的情况。标题很抢眼，表现了多年来饱受污染之苦，以为泰晤士河已经"死亡"的伦敦人万分惊喜和欣慰。如果让不知道泰晤士河在哪里的学生去读这一篇，他们如何能想见此文出现在报纸上时人们的惊喜？常识的缺失对文意的理解、事件意义以及新闻价值的认识，都造成了巨大的障碍。

不仅是中学生，读了大学甚至研究生毕业也一样。一次学校招聘教师，应聘者说课，课题是《奥斯维辛没有新闻》，这位硕士讲了半天文章中这个词那个句的，问她文章主旨为何，她答表现波兰人民反抗法西斯，争取自由解放。在场老师都愣了，考官忍不住问了一句："你知道奥斯维辛吗？"她答曰："注解里有，在波兰。"当然，她被取消了录用资格。

怎么会这样？其实还真不能怪孩子们，他们整天上课、写作业，连打篮球的时间都快没了，还能有几个人去关心周边的生活，去看一点课程以外的"闲书"？即便是课上学过的，也是死记硬背，背完考完全都忘光。问题还是在成年人身上，在我们的教育，在社会的方方面面。睁眼看看，有多少反常识的事啊。

教育要"以人为本"，这是搞教育的、抑或不搞教育的人都在喊的。可是，我们的教育什么时候想到人了？我们的学生被看成一个个分数的符号，学校、教师都在千方百计，甚至不择手段地提高这个符号的分值，分数成了教育的唯一目标，成了教育的灵魂、魔咒，成了学生和家长的神灵、梦魇，"以人为本"不折不扣地变成了"以分为本"，甚至不只是"本"而是全部。教育不是在促进人的成长而是在促进人的异化，不是把学生当作活生生的、有自己的思想情感与个性的有血有肉的人。在这样"目中无人"的教育之下，我们的学生又怎么会有正常人都有的常识？

饿了得吃东西，渴了得喝水，如果饿了不但不去吃东西，反而去做剧烈运动，效果必定适得其反。教育要促进人的成长，因此首先要把学生当人，这该是教育的常识。做教育工作的人们，关心教育的人们，回到这样的常识吧！不仅仅要把"以人为本"标在旗帜上、写在文件里、说在报告中，而且要切切实实、真真正正地在基础教育的方方面面，把学生当作活生生的、有自己的思想情感与个性的有血有肉的人，把帮助他们成长发展作为一切教育活动的起点和归宿。就像吴非老师在《致青年教师》一书中所言，尊重常识，回到常识的层面。这样，我们才有真正的教育。

（此文刊载于《基础教育课程》2012 年 11 月"源来有话"专栏）

心中要有"教育"

徐思源

老友来访，谈起教师成长问题时感叹，许多教师心中没有"教育"。听闻此言，心中戚戚然，很有同感。可能有人会说，怎么可能？每天在学校做教育，心中会没有教育？其实，这还真是很普遍的现象。

中国的基础教育，突出地强调学科的概念，学科之间壁垒森严，教师的视野往往就局限于学科中，关注于知识的教授。在不少教师的眼中，他们的工作就是学科教学，而教育，或者是一个行业的名称，大而空洞，或者是思想教育的代称，那归政教处管，与他们无甚关系。于是，他们只专注于公理如何讲解，公式如何巧记，题目怎么解答，知识系统如何树立，基础知识如何教授。课堂上追求内容密集，方法巧妙，讲解清晰，反馈正确。认为这就是有效或是高效教学。进入新课程实验后，知道课程标准规定教学目标是三维的，哦，那就按条款背书，加上两条，至于为何是三维，是怎样的三维，往往不去思考，操作实施还是老一套。

这实在是对教学的极大误解。殊不知，教学是教育的课堂实施过程，教什么，怎么教，都关乎教育，教师的每一个教学动作，都是教育。

中小学教育的任务，是为学生打开文化之门，引领学生进入丰富的精神生活空间，教师就是开门人和引路人。我们要为他们打好终身读书学习的底子，包括教授各学科的基础知识、发展语言和思维的基本能力、培养读书学习的兴趣、教给读书学习的方法、养成读书学习的习惯。有了这些基础，以后一辈子的学习，以至于"登堂入室"，提升和发展就有了保证，而其中最重要的，是为学生的生命打上光明的底色，在中小学的精神家园里，培育作为"人"最基本、最本质的生命因子和精神品质。

而这一切，都是在学校教育活动中进行的，主要是在占教育活动时间百分之八十以上的课堂教学中进行的，我们的学科教学，怎么能与"教育"无关！学科教师心中有"教育"，有"教育"的自觉意识，才能自觉地强化知识传授中的教育功能，让其在教学过程中实现教育效用的最大化。

还是以语文教学为例。心中有教育，你的语文教学就是"立言而立人"的过程，所有的语文教学活动中都融合了教育的因子、育人的内容。你在确定教学内容时，基点是学生需要学会的知识，需要提升的能力，以及他们目前的学习基础和存在的问题。你在讲授语言知识、鉴赏文学作品、带领学生进行语文活动的同时，会有意识地激发他们对读书、对语言的兴趣，提高他们的审美能力，改善他们思维的品质，引导他们形成追求真善美、摒弃假恶丑的人文情怀，发展他们独立的精神和健全的人格。你在选择教学方式方法时，会注重给学生自行读书的空间，选择有利于他们积极思考、主动探究的方式方法。

比如我讲《项脊轩志》，当然要带领学生读懂文言，理解文意，这个过程，不是我一字一句串讲，而是让学生自行读书，找出语言和文意的疑问，向老师发问。这样，读懂文章的过程也就是学生自行尝试、学习阅读的过程，是独立思考、发现问题的意识和能力得到锻炼的过程，是主动积极精神得到培养的过程。在讨论归有光散文"于不要紧之题，说不要紧之语，却自风韵疏淡"特色的时候，我向学生发问，写凡人琐事这种在我们今天看来极其平常的做法，在当时有什么了不起？再考察一下当时世界其他国家特别是西方世界的情况，把归有光放到全球视野中，又有什么了不起？引导学生透过散文创作的艺术特色去关注那个时代人性的觉醒、一代知识分子的奋起，学会以国际视野、历史眼光分析问题。这是文学鉴赏，也是人文关怀，是情感、态度、价值观的教育。

苏教版必修教材"和平的祈祷"专题中有一课《图片两组》，6张图片，给学生以强烈的视觉冲击，从而感知战争的残酷、和平的可贵。当然，也有运用语言，感知并表述画面内容和自己的认识等。我将其从战争专题剥离出来，增添了一些图片，做成一个独立的小专题"读图学语文"。因为我认为，读图是当今时代阅读的一个特点，是信息接收的重要方式，语文课应该关注。我抓住读图与读文的共性，即阅读理解——吸收信息、审美赏析——艺术鉴赏等设计教学，将读图的过程营造成学生运用语言联想想象、思考分析的语文活动过程，同时，学生对图像的感受力、将相对混沌模糊的图像转化为清晰明了的语言文字的能力也能得到发展。而图片涉及的内容，也有意识让学生潜移默化地感受亲情、友情和爱情，学会感恩、珍惜和怜悯，体味人间疾苦，崇尚高尚情操。这样的教学，将目标自觉指向"教育"，实践证明，学生欢迎，效果明显。

所以，教学的每一个动作，都是教育，立言的活动就是立人的过程。作为教师，一定要有"教育"的自觉！心中有教育，以人为本的理念才能生根，新课程理念才能真正落实到教学的层面，才会不满足于知识传输、学生"学会"，而是积极地追求学生"会学"，并培育精神，让学生享受"成长之美"。

教师不能成为机械的按图制作的真正的"教书匠"，而要有"教育"的自觉。为祖国培养"真人"，为我们的明天、为民族的未来奠基，是我们的责任、我们的担当。正像一位我所崇敬的老教授所言："教育已经成为我们生命的有机组成，因此，我们完全可以自豪地说：中国的教育不能没有我！"

（此文刊载于《基础教育课程》2012 年 7 月"源来有话"专栏）

老师，请留步

唐岚

我一直在想一个问题：沈先生到底和历史上哪个人物比较相似？

同事们说："屈原！简直就是一个现代版的屈原！——'安能以皓皓之白，蒙世俗之尘埃乎？'"

我感觉好像是，但不尽然，屈原洁癖太甚，这种洁癖让他成了一个"神"，而沈先生不是，他首先是个"人"，他时尚、幽默、自负，虽是一愤青，但不同于屈子或嵇康的决绝；他用"毒"舌喷世，带棱带刺，但绝没有金若采的狷狂；他不是陶元亮，也不是张季鹰，他有出世独立的萧萧意态、夷然神情，却也有人世间躲不开的失落与寂寞……

总之，他就是他，苏州十中的沈郁菁老师。

一

我大概属于"孺子不可教"的那一类，工作后被安排过无数任"师傅"，师傅的级别也在不断攀升。那年，来到他的年级。他是年级部长，又是副校长，于是名正言顺地成了我的指导老师。

其实，一工作就认识他了。语文组有个惯例，逢组内成员大婚便要聚餐，为新婚夫妇庆祝一番。那时，大家爱闹酒，我一初来乍到、不知天高地厚的小丫头也掺和其中，不多时，大家就或酩酊或微醺了，只有他沉默地端坐一旁，很宽厚地微笑着，一副"酒"不关己的隔世高妙，滴酒不沾的他自成一道风景。

我对前辈一向比较敬畏，当然，"畏"远大于"敬"，但对他不是，我们敬他，但又喜欢和他调侃，然后偷察到他这么一个高大的男人也会不好意思，看他故意岔开话题，我们便会油然而生一种胜利的快感，最好他落荒而逃，这能让我们兴奋很久，然后组织成某个故事流传出去。

他学识渊博，我们一旦遇到久决不下的问题，第一个想到的就是他，他一定知无不言、言无不尽，详详细细地用短信回复你，如果正好有个什么文档要给你，他会把回复附在文档的开头，写得一板一眼，有依据，有出处，但此公特别固执，为了传输文件的便捷，我们轮番出动建议他装 QQ，他偏着头问："QQ？那是个什么东西？"

前一阵，要上"黛玉进贾府"，我去问他讨要视频资料，他说："在我电脑桌面上，自己拷吧。"

我只能插 U 盘去拷，乖乖，还装不下，我很是疑惑，问他："一个视频怎么这么大？"

"《林黛玉别父进京都》、《宝黛钗初会荣庆堂》内地有 83 版的、新版的，还有香港版的《金玉良缘红楼梦》，这个比较老，是林青霞宝玉版……"他边说还边指出不同版本的人物扮相、优劣得失，听得我瞠目结舌。他原来还不是一头扎在书堆里的书蠹虫，对影视剧竟颇有研究，这让我想到钱钟书，钱能那么辛辣尖酸地写李梅亭，那么深刻地写高松年，就一定不是个老学究。

沈先生也不是。前些天，王菲和陈奕迅的那首《因为爱情》在他办公室绕梁几日不绝（路过的老师窃问："他受刺激啦？"）；他上课放摇滚，和学生探讨最热点的网络资讯……他哪里会不知道 QQ 为何物？只是不屑用这种要浪费时间来敷衍的聊天工具罢了。

去年教师节，我们学校举办教师原创诗歌朗诵会，元培楼上的一联横幅夺人眼球：

织造旧府，今朝最美校，旧雨相携新雨来；
杏坛苏城，秋日颂风雅，放声皆是好声音。

当时，"好声音"PK 大赛进行得精彩激烈，竟被他信手拈来入了联！

热播《甄嬛传》的时候，我们在办公室聊得起劲，他在门外听到就折了进来，说："甄嬛（xuān），这个字不读'huán'，还都是语文老师呢！"说完，也不多看我们一眼，径直从后门走了出去。大家被他讲得愣在那里，然后都点头默认了。

我依然有点疑惑，拿出《现代汉语词典》来查，只有"huán"的读音啊，再查《古汉语字典》，也只有这个读音，但我还不敢贸然找他纠错，回家再查《辞海》，还是没有"xuān"的读音，哈哈，老夫子也有错的时候！

我故意过了些时候才去找他，以示有过一番查证。进门的时候他正在给花浇水，头都没抬，顺口回应了我一句："你要查《汉语大词典》。"噗，我一下泄气了，这个真没查，家里也没有啊，但还是不服，《辞海》还能有错吗？回去再翻，无语了，原来这套《辞海》是爷爷辈的，89 年版的。唉，姜还是老的辣！但服帖之余我不禁疑惑：他也看"甄嬛"啊？

沈先生完全没有架子，可以说有求必应（除了坚决拒绝我《瑞云诗刊》的约稿）。

那时他管一个年级，工作千头万绪，我们还时而偷懒，要他出卷命题，他总是先沉吟片刻，说："再说，再说吧。"但第二天，就把试题交出来了，我们高声赞叹他的效率，他故作淡然："出点题目很快的，哪里像你们需要一个礼拜！"然后不动声色地得意着，扬长而去。我们在他的背后做着胜利的手势："耶！"

平时语文有一些专项练习，大家就哄他："沈老师啊，你就在广播里统一讲评一下啦，你分析得最到位了！"他照例沉吟片刻："再说吧。"不多久就直奔广播室而去，当他字正腔圆的普通话在广播里响起——办公室里是一片欢呼声。

比起那些动辄就正色地质询你"学诗乎，学礼乎？"的夫子们，沈先生真是可爱，还可爱得不露声色。

做年级部长那会，他喜欢在广播里开动员大会："马上要期末考试了，大家要认真复习，不能今天说，明天忘；后天说，今天忘……真是皇帝不急太监急，同学们呐，你们都是皇帝啊！"他说得语重心长。

又一次晨会："早餐至少要吃一个鸡蛋，但很多同学要么不吃，要么就到校门口去买个蛋饼——呃，蛋饼里也有蛋……（打住）"

他打电话到我们办公室找人，刚巧周玫接的电话，告诉他都上课去了。他问："那你在干什么呢？"还没等周玫回答，他继续问："在等他们开门吗？"周玫拎着电话，不知如何回答。

他给我们开会，快到饭点了，他会很盛情地招呼："很晚了，辛苦大家了，顺便一起吃个小便饭吧！"众人一下倒了胃口。

小高考前夕，语文上选修教材。那天，他跑进我们办公室来质问："说好上半个月的，怎么上了两个星期就结束了。"他样子有点生气，我们有点委屈。

　　……

　　最让人抚掌的当属新疆那次。

　　沈先生爱好收藏，收藏各地景点门票、十二生肖以及一切与之相关的物件……反正五花八门，我就不一一赘述了。在新疆，他看上一个笔筒（不知道和他的哪类收藏相关），大家饶有兴致地看他砍价：

　　"多少钱？"他不动声色地问。

　　"三百。"

　　"这个也要三百？"反问很有气场。

　　"这可是手工的。"

　　"做工这么粗糙！"

　　"这材料是我们当地的……"

　　"也不是什么好的材料，"他一脸不屑，"你看，式样……颜色……质地……"逐一狠狠批评，抬腿欲走。

　　卖家忙喊住："那你看值多少？"

　　"刚才你说多少来着？"

　　"三百？"再报价时已满是羞愧。

　　"我看么，最多——"他沉吟，"两百八！"

　　"卖给你啦！"卖家呼出一口长气，如释重负。

　　大家看得逸兴遄飞。

　　可我认识的一个曾经被沈先生砍价的卖家，就没那么走运了。

　　就是前几天的事情。一到期末，就有很多书商来推销下学期的教辅用书。有个姓杨的小伙子很是憨直，记得他第一次来我们办公室（前些年了，当时我在另一个备课组），在门外站了一个多小时硬是没敢进来，大家觉得他人老实可靠，就和他打交道了。

这天中午，他来找我，送来一堆材料，我细细看了都不是很满意，就想起当年发过的一本练习册用起来很是得心应手，就找出来给他看，问他："这本是否有卖？"

他看了以后，大呼："这本就是我当年卖给你们的啊！"

怎么这个反应？我有点奇怪，但也没多在意，问他："多少钱？"

他不回答，看着我，眼神有点不自然，心虚地反问我："七折？"

我不知道惯例是多少，有点发愣。

他看我不作声，慌乱地更正："六折？

我还是没吭声。

"——难道还是五折？"他哀叹一声。

哈，我忽然明白小伙子为啥紧张成这样了。

按以往的惯例，我们年级每年都会给学生集体订阅《中华活页文选》，这是一本很适合高中生阅读的月刊，也是沈先生千挑万选才定下来的。然后，他就在办公室和书商砍价，具体细节没看到，但相信一定是大刀阔斧、杀气腾腾，因为我们看见那人愁眉不展地从他办公室出来，边走边算："五折？刨去运费……要亏的哇……"折回去，再去商量，但好像没有商量的余地，最后五折成交，那人出门的时候还在嘀咕："骨头上的肉一点都不留……"一脸的苦大仇深。

沈先生砍价的功夫原来一点都不逊色！而砍下多少，就让利给学生多少，书商觉得此人不可理喻，而我们语文组也历来最穷，但我们从心底敬重他，原来敬重一个人也可以和金钱有关（还是负值），他让我们极其深刻地理解了一句话，理解了孔夫子当年内心深处的那些感动——"箪食瓢饮、不改其乐"原来是这样一种让人宁静而安心的快乐。

此刻，我看着眼前这个老实巴交的小伙子，忍不住想笑，但是很肯定地告诉他："是的，至少五折！"

二

一天，瞿璐在办公室声讨沈先生：

"……我不停地讲，不停地讲 U 盘的好处，对工作的重要性，就希望他能给我们组每人发一个，结果……"她脸上满是好气又好笑的神情，"他盯着我看了一会，忽然问'既然你觉得那么好，为什么不去买一个呢？'"

我嘴里的一口水差点没喷出来，周玫喊出一个字："毒！"

说"毒"是有据可考的。每年 6 月 7 号、8 号、9 号三天，学校要做高考考场，而每临近 6 月，就要收到沈先生下发的"拨冗监考"的邀请函，高考监考不同于其他监考，辛苦不说，还极其严格，所以，老师们一看到"拨冗"二字，就找各种理由推脱。沈先生是经不住别人求请的，一一应允，直至最后人手告急，他才开始说"不"。

这个规律被大家摸透，于是，一见"拨冗"，就争先请辞。直到有一年，我们愕然发现，"拨冗"后面多了行小字："有事请假，请直接到校长室。"我们相顾莞尔，吐出一个字："毒！"但只能乖乖"拨冗"。

而某一年的邀请函，措词极其简单，最后一句是"辛苦大家了"。我对着那张红色的纸发了会呆，然后，那些绞尽脑汁设计好的理由都一下子吞了回去。

此公"阴毒"，还极其悭吝，连投桃报李之事都"锱铢必较"。

那年，过完寒假来上班，金泓就亮出沈先生的新年贺词在我面前炫，说："你看，他回了我一首诗欸。"我看了就来气，因为我跟他约诗稿，他从来就是"再说，再说"，"再"没了后文，而新年祝词竟然还以诗相赠！

艾燕蕾听到了，说："这有什么稀奇？他回了我一大段，有子有女的，祝学业有成；家有长者的，祝身体健康……"

我更郁闷了，因为他只给了我四个字"新年也好"，我还总觉得这四个字有语法错误，读起来那么拗口。亏我还没舍得删，留到了开学。

我打开手机短信，请大家阅览这四个金贵的字，大家笑成一团。

金泓提醒我："你看看我们给你发的。"我翻出来，金泓是一首把全组老师的名字藏入诗句的新年祝愿诗，其他人也都写得洋洋洒洒，字句间载笑载言。

我呢？那个除夕夜，自作聪明的我给所有人都只发了三个字："新年好！"以示自己切中肯綮而不落窠臼。

"这叫'投桃报李'！"同事们调侃我。

"不对，这叫'锱铢必较'！"我纠正他们。

记得之前，同事金泓有一文写他："背已微驼，满头白发，牙齿掉光了，眼睛也看不见了……上课，随手从裤兜里掏出一物擦汗，学生定睛一看，满头挥舞的是只袜子……"

此文恰被沈先生看见，敲门来质问，一脸的哭笑不得："我有这事吗？"

金泓很是尴尬，一叠声地解释："文学夸张、文学夸张！"

"袜子这种事情可能异曲同工，但，金泓，你过分的是竟说我们沈老师'满头白发，牙齿掉光了，眼睛也看不见了'？太有损形象了，人家虽早生华发，可是风度翩翩。这个要非常严肃地批评！"我在一旁抚掌观剧，不忘挑唆一下。

他笑而不语，两手插在屁股口袋，转身出门了。

"前两年的一次团拜会，"一旁一个老教师悠悠开腔了，"我看他不停地在一个盘子里夹菜，可什么也没夹上来，个么，我们就奇怪哉，盘子里明明有菜个，再仔细一看么，原来他在夹盘底图案里的一只虾，筷子都要把盘子戳破了，哈哈！"

"还有啦，"张扬补充，"那天他经过一个同事的办公桌，桌上放了个东西，他说：'这块手表蛮灵的么。'那老师惊诧莫名，说：'沈老师，那是块月饼。'他低头观赏半晌，很肯定地说了句：'我看是不大新鲜了！'掉头就走。"

"还有夸张的呢。他那天远远地就喊：'冯某某，有件事请你做一下。'我当时也没理会，但他继续喊，我就回头了，还真是对着我喊。我说：'沈老师，我是朱敏。'你们猜，他说什么了？"朱敏眉飞色舞地问，"他想了想，说：'你们两个长得差不多的么'——大家看看，我和冯差不多？"大家看看小丰腴的她，想想弱柳扶风的冯，大笑起来。

"还有，还有，"张扬来劲了，"有一次，他开课，学生积极地举手发言，他对着那些手辨认了好一会，忽然说，'不要举手了，要发言的就自己站起来。'全场一呆，然后么，就开始热闹了。"

大家佐证着金泓的那句"眼睛也看不见了"，办公室里一片笑声。可是，好像有些什么不太对。

他电脑里的 Office 软件与众不同，背景是抢眼的亮绿或是鲜红，字体放得老大……用张扬的话讲："看了能让人直接疯掉！"但是，这些年所有的阅读讲义（他命之为"时文速递"），那一本本的校园读本、学生的优作选集、精选的题库（那本"白皮书"，曾被一个外校来参观的老师相中，在我办公室软磨硬泡，我硬是坚守住没舍得给），一份份、一册册地印送到我们的案头。我翻开扉页，编委名单赫然在目——全组语文老师的姓名按音序排列，一个不落——不曾有一人被冷落。

我是何等羞愧，想起他确实也曾将这些材料分工让我们校对，但我是如何地敷衍了事、横扫一眼就匆匆奉还，但他自己却每天工作至凌晨两点。莫不是，这双眼睛一到深夜就变成火眼金睛了？而这些事情，他怎么就不和我们"锱铢必较"了呢？

我每每在路上看见他，他总是骑着电瓶车以迅雷不及掩耳之势在我面前闪过，腾挪间，一车当先，他偏爱艳色的衣服，你能很清楚地看见他超越各色车辆、冲锋陷阵于要道之间。我们戏称他"无知者无畏，无视者不惧"。可是，一阵风在你视线里掠过的那抹艳色，怎么像透了他电脑里 Office 的背景？都带着一种让人视听复苏的醒世味道呢！

三

今年过年，去他家拜年，走进客厅，没看见有电视，看见的是一壁的书。幸而师母是我们学校的图书馆馆长，擅长编目入库，有这么个贤内助，他只管开卷、掩卷、阖书、掷书，何其惬意！

师母极贤惠温婉，是地道的苏州女子，据说大小家务一应包揽。我们一直都很好奇，他这么个只顾做学问、翻书还要数一下字数的夫子，当年是怎么追到师母的？

问题抛出去，答案就来了。

"你不知道吗？"同事们笑得诡异，"除了这届，他之前都教什么班？"

"国际班。"

"不是这个。是问你，他教几班？"

"（6）班。"

"这就对了，你有没有发现他年年都教（6）班，知道为何？"

"为何？"

"因为——他和沈夫人的第一次见面，介绍人就把他们安排在'（6）班'！"

原来如此，但这个约会地点对于沈先生这种唯美主义者来讲，实在不够浪漫。做老师的谈个恋爱，约个会竟会被安排在教室，这个介绍人未免太教条了，或者，本也没指望他们能成，反正他俩是一个学校的，尝试一下也就罢了。

"后来呢？"

"后来，听说朱老师（他太太姓朱）没同意。"

"那怎么成的？再后来呢？"女人八卦起来真是很要命的。

"再后来，他就展开了猛烈的攻势！"大家大笑起来，好像人人都知道的秘密就我不知道，但我实在想象不出，这么一个"少年夫子"，怎么个"展开猛烈攻势"法。

"他每天一下班，吃完饭，骑着自行车就去人家家里，搬个小凳子，在门口坐着。"

"啊？这个也成啊？"我惊呼，"那总要说点什么吧？"

"他就去静坐，也不说话。"

"每天去、每天去，总有感动上苍的那一天，所以，终于有一天——成了！"

"哦！"我惊呼一声，"静能生定，定能生慧"、"静纳百川"，佛、道、儒三家都认定的哲学，在他身上竟产生了实践性的效果。

"你说的真的假的？我怎么听到的是其他版本。"有人不服这个版本。

"还有其他版本？说来听听！"

"……"

好吧，不管什么其他版本，但最终的结果就是——天遂人愿。

"（6）班"，这个不起眼的教室，竟是他初恋的代名词，也成了他日后择班的方向。细细想来，他任领导那些年多少有点假公济私，估计把自己所教的班级一概命名为"（6）班"了，但这点"假公济私"估计全天下人都会谅解，并会报以会心的微笑。

世上坚守爱情之人不乏其众，但又有几人能几十年用心良苦地以这种狡黠而热情的方式驻守在初恋之地而不离开呢？

回想当年，一个骑单车的少年，一路从风急天高走到月朗风清，内心的忧惧与欢乐吟啸成风，这是怎样的狂喜！我想象师母含笑不语地将他送到巷口，估计天上的那弯弦月也在鳞鳞的屋瓦后面抿嘴偷笑呢！

四

暑假里，教科院请他给全市的语文老师作培训，夏日炎炎，会场里座无虚席。灯光暗下，PPT亮起："江苏高考语文的八年之痛与来年之思"。看到这标题，会场里暗波涌动，大家都意识到这不是一次简单的培训，而将是一场精彩的演说——对高考、对中国的教育。

我收起刚想打开的小说，一旁的老师轻轻摘下耳机，更多的人拿出笔记，郑重的写下标题。他"咬牙切齿"了近三个小时，PPT一共做了126页，从"元首的愤怒"讲起，到江苏高考的"信息之阻"、"考纲之违"……直讲到"来年之思"的一二三四五六七……这三个小时，会场里很安静，除了他的慷慨陈词，没有窃窃的耳语和私下的交流。

当时，我记得脑海里冒出两句话，一句是："众人皆醉，我独醒。"另一句是："道不行，乘桴浮于海。"

沈先生一定属于前者，而且，我相信，这种"逐日"的信念将伴他终老。

而我们多数人是后者。我并不羞于承认这一点，我是俗人，并为俗尘所困。"承认"，不是自甘"哺糟啜醨"，而是身不由己。

这场报告，作于 2011 年的 8 月 14 日，那一天，在儒道的碰撞中，我这个懒散惯了的人竟然开始认真地思考什么是"教育"。

今年 6 月底，又是我们高一的全市会考，教科院统一出卷，成绩全市排名。校领导的金牌一道道地下，教科院领导莅临督查，大家不由自主地开始把这场考试挂在嘴上，一个个主动出谋划策，按考试要求精心编制讲义。

临近考试还有一个星期，一天中午，沈先生任教班级的班主任邱勤薇忽然来找我，问我下发过多少讲义，说是有学生发现别班有的他们班没有。我一一拿给她看，她一时弄不明白，就喊来课代表核对，一对，果然发现很多讲义沈先生没有发下去。

旁边一老师听到了我们的对话，回过头来，说："难怪，我刚才听到他上课还在讲语音，那个又不考。"

邱勤薇急了，问："如何是好？要不，我去偷出来？"

我笑着一声叹息。邱勤薇还是个很年轻的班主任，自然好胜心切（当然，并不仅是好胜），一门学科成绩的高下，将大大影响她班级在年级的排名，然后将面临的是一群领导的问责。偷讲义这样的下策都想出来了，可见情急。

然而，我何尝不是如此，这半年代理高一语文的组长，杂事一堆，一样要面对分数与排名，但更重要的是，我希望我们能有一个宽松愉快的教学环境，前几日，老大要来听课，硬生生被我挡了回去，因为临近考试，每位老师都会使出自己的独门秘器，老大一坐在后面，这些秘器自然收发不得，上课必须按部就班。如果不管不顾地照发秘器，用我们艾燕蕾老师的话来讲就是："考好了，全是经验；考不好，都是教训。"

老大对我自是不满，临走，发下狠话："行，这次就不来听了，如果考得不好，下学期开始，天天来听！"

这样的处境，我何尝不是捏了把汗，而目前的问题是：怎么办？我细细想了想沈先生没有发的讲义，的确，都是在高考考纲之外的，而本该重视的基础题这次又淡化掉了。

这些讲义，他不是不发，而是不屑。

难怪，我每次给他送过去，他只是淡淡地说："好的，放那。"我去给他转达考试的范围，他微笑地听着，不发一言，原来微笑的背后是森冷的漠然。

而我每次都是匆匆地走进他的"热带丛林"（他是环保人士，夏天不开空调，又摆满植物，艾燕蕾戏称他办公室是"热带丛林"），语速飞快地表述完毕，急急地退出来。我也不明白自己为什么每次都会有慌不择路的感觉。

现在，看着自己手中这些需要死记硬背的讲义，我好像明白了自己恐慌的缘由，原来，在他的不屑与淡然后面，是我掩盖不住的自卑。潜意识里，我很清楚他是对的，而我们却在做着对教育急功近利的荒唐事。

而现状是，我还要把他不愿意做的荒唐事瞒着他替他做掉，这不是典型的"哺糟啜醨"么！

我想了想，对邱勤薇说："等会我来把电子稿拷给你，你让课代表拷去发到班级 QQ 群里吧。"

我整理好资料下楼去，却看见他正走进邱勤薇办公室，我心想，完了，估计这会他的课代表也正往办公室来。我进退两难地站在楼道口。正想着，只看见邱勤薇冲出门来，对我压低声音说："你先上去，等会打电话叫你！我去堵课代表！"说完，向教室飞奔而去。

一节课结束，我们三人碰面。我苦恼的是，我们老师这些相悖的行为该怎么和他的学生解释。面对他的课代表，我口齿开始不灵光："哎，那个，那个讲义的事情，嗯，是这样的，你们是国际班，沈老师认为你们的目标应该是高考，是不该为这种小会考而乱了阵脚的，大师上课就是这样的，他对死记硬背的东西是不屑的，但我想大家还是需要一个满意的分数的，所以这些材料呢，还是稍微要记一下的……"我不知道自己说了多少个"的"，而邱勤薇在旁边一再告诫小姑娘："这是不能让沈老师知道的。"

虽然语无伦次，但我说的都是实话，而我一向也是这么认为的——这就是大师。

五

听沈大师的课，真是一种享受。老大每每听完，都会抛出四个字："天马行空！"

这四个字里，褒贬参半，一是感叹他学识渊博，讲到哪里典故信手拈来，二是担忧有多少学生能从这样学术的讲授里学到应试的方法。老大本是性情中人，他曾很浪漫地说："教育应是一片茫茫的大草原，我们要交给学生一匹骏马，让他们去驰骋，哪怕是摔跤，也是美妙的。"但现实中，谁都会有"哺糟啜醨"的无奈，考试考得不好，第一个被问责的肯定是一个学校的老大，所以说，理想很浪漫，现实很骨感。

但沈先生是个绝对的屈原式的浪漫主义者，这种浪漫，让他无视考分的高低，挥鞭纵马逐草而居，如一个快乐的牧人，驱赶着羊群到溪涧中去痛饮甘泉。兴起时，高声吟哦（他曾用一节课的时间为学生朗诵《离骚》。那堂课，若我能化身蜂蝶匿于窗台一隅，洗耳聆听，那真是生之所幸了）；兴落时，痛斥而今的考试贻误中国之教育，草原茫茫，难觅"阳春白雪"之知音人。

其实，当我们老大提出"诗性教育"的时候，走在最前面、默默践履的人，是他。

> 皱漏透瘦瑞云风骨独赐斯园传故事；
> 美美与共振华精神先叫诗性入课堂。
> 切之磋之琢之磨之，同道友朋熙分来之；
> 藏焉修焉息焉游焉，诗意教育浡然兴焉。
> 织造旧府署，人道是此地一石一梦风雅传红楼；
> 中国最校园，君可见今日风人雨人诗意抵心灵。
> ……

这些对联都是他的手笔，而写这些对联的时候，他早已"涤身心兮去俗尘"，闭门治学，不问纷扰了，但他以这样的方式默认了老大的"诗性教育"。

在我的印象里，他好像从未首肯过老大的意见，任老大讲得掷地有声，他从来都是以沉默回应。政见不合，自是分道扬镳，但是，在很多人逡巡、质疑，或是空喊口号迎合的时候，他却早已默默地投身其中，而且躬亲力行，毫不顾忌前行途中的苔滑或是泥泞。古来君子之交淡如水，说的不知是否是这样两类人的关系？

总之，他说我们想说的话，做我们想做却不敢做的事，临考前，我们把阅读课全部叫停，争分夺秒地做着练习卷，他还依然带领学生坐进图书馆，翻开什么书的宋版或是什么版，品读千古文学的隽永与悲喜。

想象他端坐杏坛，被学生团团围坐，漫漫五千年从他口中吐化而出，目光灿烂，那是何等令人目醉神驰？最好他着一身汉服、广袖宽袍，伴一曲古琴，点一支檀香，偶尔会有学生们的一番争论，然后被他淡淡几字彻底点化（最好蘸着酒，写在学生的手心里）；还有，吴从先的那几句话该由他来说："读史宜映雪，以莹玄鉴；读子宜伴月，以寄远神；读佛书宜对美人，以挽堕空；读《山海经》《水经》、丛书、小史，宜倚疏花瘦竹、冷石寒苔，以收无垠之游而约缥缈之论……"只是，不知"读佛书宜对美人，以挽堕空"这句他怎么去注解？

哈哈，我在我的想象里偷乐，但这些也许未必是我的想象呢？

乐着、乐着，我好像意识到，我们教的不过是"语言学"或是"文字学"，也抑或叫"语文学"，他教的才是"语文"啊！我们站在无垠广漠看风景，我们为雄鹰飞掠而惊呼，但他却看到了雄鹰身后更广阔的天空。也许，这个世界不在于我们看到了什么，而在于我们怎样去看。

他正在圆一个奢侈的"国学梦"，什么是诗性？这就是！月夜光盈，怎忍遽舍清辉！什么是大师？这就是！晨朝受诏，怎能不暮夕饮冰？

比起他，我们就像是在走迷宫，从唯一的进口进，摸索前行，还不能走岔道，再诚惶诚恐地从唯一的出口出来。身后加鞭，少年意气，怎能不一天天衰飒下去？

六

但有一次，真的有一次，是五年前的事情。

那年我们教高三，已经是 5 月份了，高考就在眼前，而前两次的语文模考都不理想。那时,他是副校长,还是统管我们年级的年级部部长,虽从未听到他对我们提"要抓紧"之类的话,但我们每次见到他他都是在埋头苦干,金泓那篇写他"头发全白了,牙齿掉光了"的文章,就是写在这个时候。那年他四十七岁。

正式高考前,还有最后一次模考,同样是要全市排名,排名高下直接影响到来年的招生,而当时各校的招生正处在你争我夺的白热化状态。

照例考前有三十分钟的动员会。沈先生在广播里"咬牙切齿"地鼓舞士气。我在考场里等着监考。听他引据考点,什么"蓬生麻中,不扶自直……"之类的生僻句子都出来了,还咬字用力、慷慨激昂。

我偷笑,这么咬文嚼字,文人习性难改,好似席下所坐皆是"一身能擘两雕弧"的神勇少年,就待将军一声令下,便能"虏骑千群只似无"了,事实上,这考前的半个小时,用心在听的又有几人欤?

终于打铃,发卷。一切安静下来,我摊开试卷,开始看题目。一看,大惊,默写题八分,其中两分就是:"蓬生麻中,不扶自直;白沙在涅,与之俱黑。"难道?那半个小时的讲话暗藏玄机?不会,这种地方性考试,他是那种连考试说明都不屑去问的主,只是凑巧吧?

疑惑着,等到考试结束,遇到同事,都不作声,人人一脸坏笑。终于关起门来,大家敞开说话。

"有意的吗?"

"不会,这也太不像他的风格了。"

"真要透题,告诉我们呀,每人黑板上写一下就好,嘿嘿。"

"是啊,他这方法,效率也太低了。能有几个人会认真听?听到的,那几个字又有几个人会写?"

"读书人的迂。鸡没偷着,传出去就难听了!"

"可见，是真急了。"

"也许我们想多了，巧合呢？"

……

这件事没有答案，谁都不会去问。

但这件事还真的传了出去，成了透题丑闻，自是有人拿它大做文章。老大震怒，要一查究竟，但还真的没有究竟可查。

时过境迁，和老大再次聊起这件事，我说："如果传闻是真的，那也是您逼的。把这样的人都给逼急了，也可见当今的教育。"

老大感慨万千："是啊，我要写篇文章谈谈这件事，写写沈郁菁，他真是有可爱的一面。"

"您还真不能写，您写的话，立场有问题。"我坏笑，他是那个问我们要分数的老大呀。

但谁又能永远坚守立场，不出问题呢？我相信，如果真有其事，沈先生的一腔抱憾一定能震陨满天星斗，也许黔首刖足，也不足以矜救他内心的那点悔意。这不正是文人的一点赤裸的狡黠与可爱的赤诚么？有瑕的玉总比无瑕的玻璃更有价值。

之后很多次的考试题目到底出了什么，我都不记得了，但这十六个字牢牢地镂刻进我的心底：

蓬生麻中，不扶自直；白沙在涅，与之俱黑。

环境的粗鄙与庸俗，以无比的强悍逼人低头，但黑白刚直，自是存在于人的意念之中，而坚守或是沦落，也自有令人泫然的成因。

但我更相信他心底的一派坦荡与宁静，一如苍茫戈壁，落日熔金。碎石滩自有其渺茫孤绝，但是，怕什么？人站在那里，就是一座山的侧影，拂耳而过的，也顶多是一阵裹挟着沙砾的清风！

七

在那年高考之后，他辞去了所有的职务，潜心教学。学问这东西，童叟无欺，它比起外来的纷华更接近真理。他炳炳烺烺，退隐儒门，诵铿锵之音，千载而下，仰其风者自将奋起。

他请来花匠把他的办公室布置得像个丛林，虽不是洒满稻香的田园，却有虚拟山林的一应风光。每次去请教问题，我都疑惑是穿越铺满落红的香径，循着壁上的题诗，去找一个道骨仙风的世外高人指点迷津，但不搭的是，这个高人一身名牌，穿红着绿，没有在我手心里写上一个充满玄机的字，而是埋头翻着报纸，一边告诉我，写在电脑桌面的某个文档里了，自己拷吧。有些败兴，但我们（包括其他学科组的老师）都在背后直呼他"沈高人"。

盛宴散场，必将添酒回灯重开宴。又迎来一届新生，但沈先生似乎是真的归隐了，不再参加任何会议，不参与任何活动，除了教学上的事情，"再说、再说"之后就真的没有后文了。看不见他奔忙的身影，没有了他的冷幽默，这世界似乎都冷场了。

但高一的"五月诗会"，我们意外地看到他施施然走到台上。

音乐响起，舒缓而悲壮。他低沉而铿锵的诵读声在振华堂上空回荡，竟是雷抒雁的《小草在歌唱》：

> 正是需要光明的暗夜，
> 阴风却吹灭了星光；
> 正是需要呐喊的荒野，
> 真理的嘴却被封上！

……

　　这首诗虽然是悼念"文革"时期被迫害致死的张志新烈士的，但听他的朗诵，分明有一种精神觉醒的力量振聋发聩，深沉中自有抗言欲辩的豪气，但，长歌当哭，低回处，更像是沧州歌者临刑前欲以自赎的《何满子》（白居易作）："一曲四词歌八叠，从头便是断肠声。"分明有一片哀结之声，让我莫名地一阵阵眼热。

　　他华丽地转身、退场了。可我总觉得，有些什么是他该留下的。演出，才过半场；而棋，也才下了半局。

　　前些天，期末考试结束，他写了一文《高一统考卷之伤》：

　　　　（课内文本）由此联想到，为充斥着不知出于何处、出于何人之口的审判式、结论性判断（不是从文学角度而是从政治教科书式的角度；不是就主要人物的关键情节入手而是去给抽去了血液骨髓、褪尽了血肉的人物贴上标签）背书，这难道是文学名著阅读的真谛吗？

　　　　（课外文本）一间破烂儿房，居然硬作"精"装修，那就不免挖空心思到脑残……

　　我们组内聚餐，席间，他再次把高考要求和本次考试对比，把试题批判了一通，他憧憬着回归到之前全国一张卷的时代（他对全国卷一向推崇），也暗自得意自己出的模拟题与某些高考题的异曲同工……这席话，倒激起了我们的诸多牢骚，大家直接就质问他：

　　"当年，让你去教科院统抓全市语文，你干嘛拒绝？"

　　"否则，也让我们沾点光，追随你走正确的道路啊！"

瞿璐则更明确："沈老师，你太没社会责任感了！"

……

一人一句，一点情面不留。

他默默听着，忽然长叹一声："官场岂是我能混的……"

我们一下全都沉默了。

我想起几年前我电脑爆机，用了四个恢复软件，丢失的文件虽然很多都回来了，但有的一半是乱码，有的只是恢复了一部分，必须做全面整理。

整理的过程中，在不同的文件夹里，一遍遍地读到他的文章、他编写的材料，还有一封给编辑的信：

×编辑：

拙稿匆匆奉上，因水平有限，一定有不少错误，万望指正。有两点请求，请予考虑。

1.书名是否能定为《五年语文高考试题精选类编详析》，这样可能更符合实际，也突出了书的重心；

2.关于署名，是否可在书封上用"沈郁菁编著"，因为本书的点评（包括文言文全译）分量较重，和一般的试题汇编性质不同；

3.一些补充的资料，系我多年收集整理，特别是附录的《咬文嚼字》公布的100个错别字，在今年的高考中几乎被所有的命题采用，可能的话，请予以保留或部分保留；

4.前面的书稿中发现两处问题，请加修正：1.第一部分专题八：17题（2004重庆）材料后面应为"气不顺"；2.第三部分专题一：（1）15题中数字序号不对；（2）13题答案解析中应为"贿赂的方法"。

祝

编安！

苏州　沈郁菁
2005 年 6 月 21 日

我不想断章取义，所以全文引用。

读这样一封信，仿似他一目了然地站在你面前：刻苦严谨、谦冲自牧，周身有一种坦坦荡荡的、不遮不掩的亮烈！

十余万字的书稿，他那双月饼和手表都辨析不了的眼睛，竟能勘察出两处问题，还是序号不对、助词缺损！难怪我们让他审卷的时候，总是指摘出这个格式不对、没有缩进；那个标点不对、怎么用了半角……我们一直都在疑惑，莫不是有关这双眼睛的笑话都是他的行为艺术，我们被娱乐其中还不自知？

但无论如何，这封信让我肃容。他多年的积累与研究，只是想换一个"编著"的名分，并还作了那么一番谦恭的解释，艾燕蕾总说他："恂恂如鄙人"——每听到这五个字，我就一阵愀然，而信中，这份"恂恂"，让我们这些轻轻松松就被冠以"主编"、"副主编"的人情何以堪？

桃李不言，下自成蹊。每次读它，我都仿佛置身于汹涌的河流中，耳边是电闪雷鸣，还有滂滂沛沛的旋律，我，泅渡其中，也鉴照其中。

沈先生，一介书生，我的老师。如果要问我，除去对他的敬仰还有什么？那么，我想回答的是：怨怼。

——棋，刚下到半局，他竟抽身退场！

我并不奢求他能像蔡邕那样"乞黔首刖足，续成汉史"，但我多希望自己能摇身变成那个关令尹喜，把守着函谷关，有一天，发现紫气东来，然后，那个骑在青牛背上、想要出关的人来了，被我一把拦住：

"请留步。要去哪里？"

"我要到秦国去，西域去，这里我呆不住了。"

"不行，你要走的话，先答应我个条件。"

"什么条件？"

"给我们留一点文字下来。"

"不不不，不留不留。"

"不留也行，那我不给你签证！"

唉，这个关长真是难缠！好吧，写就写吧。

花了几天，写完了。一看，五千多个字，共八十一章，分成上下两篇。一篇叫《道经》，一篇叫《德经》，合起来叫——《道德经》！

2013 年 8 月 2 日

冬至夜的流水账

朱嘉隽

锅碗瓢盆，芹菜青菜卷心菜，鲤鱼鸡翅红烧肉，热乎乎的羊汤，香喷喷的百叶。

奶奶和每次见面时一样忙忙碌碌，不肯落座，一家人都劝着她赶紧过来一起吃，她却还是那样微笑，麻利地舀着汤汤水水，尝着是不是过咸了，然后还招呼着她的儿女如何吃这个、怎么吃那个，全然不在乎这一桌子丰盛全出自她的手，而自己一口还没有吃上。

每一次似乎都是这样度过，我们也早就习以为常。只是听到母亲对大家说："快让妈别再忙了。"于是起身去厨房端菜。大舅也开始殷勤地倒起东阳酒，热腾腾的，散发着浓香的气味，沁人心脾。恰巧老时钟敲过了七点，不由地想起这个老古董已经默默走过了整整 30 个年头。在我还是婴孩的时候，它一度被奶奶调得只打钟不鸣响，就是怕扰醒了睡梦中的我。接着，大家象征性地举起一次性杯子碰了碰，我们算是这般开始了这一顿简单却丰富的晚餐。

大哥意料之外地来了，虽然他已经变得很胖，而且注定坐不了太久，不过奶奶却显得异乎寻常地兴奋。毕竟是最亲的长孙，难得可以在今晚吃上自己做的团圆饭，她变得越发勤快。大哥也很懂事地大呼："饿得不行啦！我先开吃啦！"奶奶的笑容也就越发灿烂。饭桌上，大哥时不时地开着我的玩笑，一口一个"朱老师"地叫得欢，却只字不提自己的婚事。奶奶最放心不下大哥的终身大事，只因快到而立之年的大哥才找到了一个贤惠的女朋友，很希望能好事将近。我才发现，奶奶其实已经很老了，老得很多时候听不到我们说的话，却在听到大哥开口的时候立马就知道他在说什么。看着自己的儿子，大舅的脸上也逐渐红光浮现，毕竟房子已经买了，儿子的事也一步一步发展，只等着退休享清福，在他看来人的一辈子似乎已然很是完满。难怪大哥只说："老子的心情现在是越来越好了！"他总是这样大声地表达自己的想法，还总是喜欢讲完以后反问大家："是不是这样啊？"逗得大家直说是。

奶奶只关心大哥是不是明年就可以结婚，小姨忙打岔说明年两头无春，没人结婚呢，奶奶立马闭口不语，显得些许失落。母亲赶紧接过话茬："妈都不在乎，谁还信这个老皇历！"奶奶扒了几口饭，给大哥碗里夹了一筷子羊肉，连说快吃快吃。我想起奶奶今年七十九了，而明年竟也是我的本命年，大哥却不知不觉地要在年龄一栏里开始三字打头了。父亲拍了拍大哥的肩膀，意味深长地说："难怪我们真的都要老了，呵呵！"

母亲回忆起大哥出生时的情景，我以前从来没有听过，我甚至没听母亲这么详细地和我讲起我出生时候的种种事情。母亲说得兴起，大舅在一旁连连点头。连大哥怎么被抱出产房、自己怎么来送饭、怎么挨医生训斥不懂看护的细节都如数家珍，听得大哥越发不好意思。小姨附和着，嘀咕大哥小时候多腼腆，被奶奶骂了一句可以站在墙角半天不说话，现在真是大变特变，打开话匣子就收不住，说的话句句都能让奶奶甜到心坎里。

母亲瞟了我一眼，直说我这个儿子不会说话，连句讨好阿婆的话也不会讲。我笑笑，大舅把鱼端到我面前，示意我吃，还不忘说："做老师的时候肯定会讲话啊，不然怎么上课啊！"于是大家哄然。大哥又掐了我一下："以后我的小子就靠你啦！"奶奶忙就有了精神："啥时要有啊？"我们又一次哄然。

天色变得漆黑一片，羊汤浮起的热气笼罩着这个房间，大家夹着饺子和金花菜，舀着热汤，饭香扑鼻，使人忍不住要添几碗。这时候奶奶的手机响起来，她慢吞吞地把手机从那个精美的小布袋子里拿出来，戴上老花镜，用力按下接听键，然后很帅气地把听筒挂在耳边。"妈！我是阿弟……"是小舅的电话，问寒问暖，东拉西扯。小舅说自己在北方，零下十几摄氏度，忙问奶奶这边怎么样，今天一家人吃了什么，女儿有没有来看看。奶奶一口一个嗯啊哦，叮嘱小舅一个人在外工作也要注意身体才是，临了不忘风趣地问起小舅是不是喝酒了怎么说话轻飘飘的。我打了一个小冷战，方才发觉北方怎么说都是有暖气的，我们这外头真是冷得够呛呢，于是舀了一碗热汤捧在手心捂着。

今天是黑夜最长的一天，倒也分外为我们重视，我很庆幸我们一直沿袭着这样的传统，想起来时的路上已经是空空如也，行者来去匆匆，霓虹林林总总，多少家人赶着这大如年的一天，或许就是为了这样一碗热腾腾的鲜汤。

待到茶水渐凉，奶奶有了一丝困意，我们也便开始整理归家。忽然听得奶奶大呼："呀，我准备的虾仁没有烧啊！"我知道，那是奶奶特意为我准备的，从小她就一直为我烧虾仁，我不知道是不是因为这样我才喜欢上吃的，大家都不约而同地看我，我又不好意思地笑了。

寒风吹过我脸的时候，我看到周围的人们都紧裹着自己的围巾、外套，情侣互相偎依着，老者互相搀扶着，父母拉着包裹得严严实实的小孩，摩托车后座的妻子紧抱着驾车的丈夫……夜，就是这般沉静。

　　这一夜，冬至，有着极朴素的过年的味道。

而我知道

朱嘉隽

七点钟，分不清是哪里传来的钟声，沉沉的，悠扬的，那是苏大的钟楼吗？

我却听到过很多遍，转身经过门房，意外地被卡在了落地玻璃窗前，原来夜早已深，连瑞云楼的过道都被负责的阿姨锁闭了，倒是吃了个闭门羹。本来说好是最后走的学生罚做值日，想来还是算了，很久不做值日，突然回想起曾经每天待到天黑，和周围所剩无几的两三个学生一起在教室里做作业，往往是最难啃的那几道题，却总也不说话，仿佛暗自较着劲看谁能先做出来。忘记了教室外面是不是有吵闹的同学经过，或者班主任不经意在下楼时拐进来瞥一眼。直到感到肚子有些饿了，才抬起头看看窗外的树，和那些渐渐亮起的灯盏，然后悄悄地擦掉黑板上的字迹，打扫完地面，翻起自己的课桌，关掉电灯，关好门窗，听着楼梯里响亮的脚步回声，想起了家里的晚餐。

而我知道，这样的每一天，平淡无奇，理所当然。

忙碌却是很多很多的过往，就像在现今的西花园，一样看来惊艳美丽，却再也找不到那种百草园与三味书屋的感觉了。车子多了，新建筑多了，人为的痕迹自然也就多了，而不是原先的不修边幅，分不清哪里是路、哪里是土。一片片银杏叶子，堆得像一座座小山丘，走在里面仿佛踩到雪堆里一般，有一种沐浴着生命的清脆。和阁子去捡树叶的当口，也重温了这种感觉。我对她说："红楼西边的小径上，在我读初中的时候是铺满了樱花叶瓣的，工作了以后不曾多留意，但也似乎确实没有了，是移栽到别处了还是干脆就消失了呢？玉兰花香的光景应该印象深刻，雨哥还编匝过几片放在教室里，玉兰花盛放的那个季节里，满校园都是玉兰的生机盎然。"不由得，我想起了先生很久前说过的一件事，朋友对他说过一句话，概括了整个学校的魂："你们这里还有树。"

或许是吧，其实西花园里有蜜蜂、有蝴蝶，甚至有和它们一样个头的蚂蚁，每次都会引起女生们的惊讶和男生们的好奇。老八班的孩子都还记得那只"毛毛"，两年了我再也没有见到这只生物，取而代之的是生了一窝又一窝的猫崽。西花园里还有两只羽翼无比靓丽的大鸟，我叫不上它们的学名，但是几乎每次都能看到它们扑翅滑翔，似有啼鸣。当然，放眼望去，那一池活水和那一抹小小空地上的湛蓝天空，是回忆和现实里一如既往的寄托。忙碌了可以去看看、浮躁了可以去走走、伤痛了也可以去想想，哪怕只是简单地散步或发呆也好。

如果愿望可以实现，我想对着这片天空许愿，假以时日，我还想还愿。时间就像一把捋起地上的沙，不管抓多紧，却终究要流散，流散得很多很杂，在你手心里，留下的是同样很多晶莹剔透的痕迹，你不忍心重新覆过手去再抓一把，那样的话，就再也找不到已经在手心里的这些了。于是也会踟蹰不前，于是也会战战兢兢，难免焦急与窘迫，脸上总还是洋溢着笑。

而我知道，越长大越孤单，那你会不会觉得后悔？你会不会在自己努力以后，对自己走过的路，说一声不遗憾？

　　在（5）班听课的时候，只注意到两个地方：第一个，他们的教室好大、好宽敞，我好喜欢；第二个，是墙上的一句书法："你只管去做。"静下来置身教室里的时候，我就莫名其妙地感到一股宁谧，唯有像大家这样安静地来，安静地坐下来，安静地开始做题目，然后安静地收拾东西，安静地低下头看一眼桌肚里的东西，安静地走开。我看着大家一个接一个悄悄地离开，于是教室就像早上刚来的时候一样。原来它就是这样朝夕等候，这样的一个教室，纵使粉刷、加固、改装，却迎来送去莘莘学子。八年以前，我就坐在这个课堂里，数不清的板书与笔记、黑板上对我来讲有些模糊和重影的粉笔字、老式的投影仪、吹不到的电风扇，还有那最后一排顶到墙根的上课下课，我是一个认真的学生，不聪明，但是很认真。

　　现在的你们，以及以后的他们，莫不如此，也许唯有等过了好几年，才会发现这些的好，才会看到那些和你曾经年纪相仿的孩子，做着你记得的或者不记得的那些事情，浮现会意了然的微笑。

　　我会怀念这样的日子，美丽如昨，美丽如今，尽管这样的每一天如我所说，平淡无奇，理所当然。

　　看到振华堂的时候，便真的能感受到一种很不一般的心情，可能是因为那些灯光，可能是因为降低的温度，可能是因为音乐……记得有一次，我让学生在空无一人的振华堂里照相，拍下那些长凳与灯盏，在台上用力大声喊出自己的想法，有些人羞怯地不敢喊，但一次又一次地有人站上去，为了一次又一次的目标和梦想，它也算是承载了我们的小小心愿吧。如果有一天，你也不会是看风景地在台下欣赏，或许偶尔冒两句不屑的口吻，是不是都容易好了伤疤忘了疼，吃不到葡萄说葡萄酸呢？人之常情这种东西最不能靠理性去推演，放之四海而皆准的一些条条框框，往往在自己遇到的时候，全面崩溃。

清晨路上，我和一对母子在红绿灯前停下，母亲用极为严格的口气问着后座的儿子英文单词，显然母亲的英文功底也很了得，她反穿着外衣，把孩子的书包绑在车架上，用令我吃惊的口音反复说出一个个单词。儿子则显得不耐烦，而且很明显是没有完全背熟，他无意间看到我，冲我很是无奈地摆了摆手，我并不了解这个手势的意思，但我知道，他们母子俩的这个早晨，并不是多么愉快。

不过还好，他们还有这样的交流方式，母亲只是随便嘟囔了几句"怎么不会"，那时候我就想起我对周源说过的话，人和人之间可以有很多进行沟通的方式，教育本身只是传授和接受知识，千万不要让它毁了人和人之间原本的感情。我想不出以后会怎样，而我知道，很多时候，对孩子也好、对学生也好，逼是有用的，逼也未必是绝对有用的，无论你怎么做，该来的总会来，重要的是，当它真的来临，你用怎样的态度和方式去面对。

是面对，还是逃避，是勇敢地面对，还是巧妙地伪装？

所以我想也许这样是对的，无论如何，你都不要用心去责备孩子，因为他们都必须要学会自己承担，无论如何，你都不要觉得你这么做是为他或者为她负责，因为他们和她们都只能也只有对自己负责，这样才是对的。

好的老师，就算学生现在不行，也要相信他们会变得更好，也要竭尽全力，给予他们最低限度的支援，接下来就要全靠他们自己了，不宠坏学生，不看上去充满爱心实则心底里却过于看低他们，相反地要承认他们的能力，给他们设置一些只要稍许努力就能越过的障碍，培养他们独立思考、自己决定、主动出击的心。

要教给他们一些好的方法，还要教会他们逐渐掌握好的方法和技巧，让他们接受失败和成功，然后长大。

世界上没有完全相同的两片叶子，相信自己的轨迹是有道理的，老套的情节也能有一样光亮的结局，让你从外到内地温暖。不知怎的，在看《逮捕令》的时候，我就是记住了这样四句话：相信自己，了解对手，不要害怕，勇往直前。你会跟我每天起床后都一起默念这四句话吗？这是不是我们一路奔跑的理由？不管是绕着校园里的三圈，或者是绕着高三的这一百八十多天。

闪回很多镜头，比如你咬着半个馒头想要大吃一顿的表情，比如你在元培楼下刻苦努力的排练动作，比如你被批评被误会被骂以后任性到蛮不讲理的眼泪，比如你困得不行逼自己要振作，比如你困得不行然后就真的睡觉了，比如……学习，留给我们的除了考试，应该会有更多值得的东西，学会承担，学会忍受，学会努力，学会坚持，学会犯错和不再犯错，学会变得谨慎踏实，学会看到自己的伟大，学会肯定对方，而我知道，你还应该学会欣赏自己、爱上自己。就像歌里唱的那样："现在，我知道，我爱上的，是十七岁的，我自己。"

风里有很多声音，灯光柔和，落叶扑簌。我们都还很年轻，我想看到温柔而疯狂的你们，而我知道，走在一起的，是为了守护这一个个平淡无奇的、理所当然的却又不求回报的每一天。

感动莫言

浦筱玉

早就看过电影《红高粱》，知道文坛上有个作家叫莫言，但他的文学作品几乎没有读过，说来不免有些羞赧。自从莫言获得了诺贝尔文学奖，特别是知道了他在获奖后的种种不同于常人的表现，着实感动。

作家，在几十年前，对于读书人而言，也许是至高无上的桂冠，但是，时至今日，电影、电视、网络文学几乎成为文学的代名词，传统意义的作家已经成为穷酸、落伍、无能的代名词。只要有钱，就会有刊物将作品堂而皇之地刊载出来，就有写手代笔把文章给你。文学创作已不再神圣，作家也不再受人景仰。在这样的文化背景下，莫言没有去建立一家文化传播公司，没有弃文从政、弃文经商。是什么在支撑他的精神，在文学这篇绿野上执着耕耘，并且获得了世界级的丰收？除了他对文学赤子般的钟情与热爱，还有什么呢？这样的钟情与热爱怎能不让人感动？

莫言获得了诺贝尔文学奖，这是中国文坛的幸事，让中国文人千年一叹，也将成为中国文学史上的六龙回日之高标，让后人永世敬仰。

可是莫言最让世人感动的不是他在中国文学史上获得的举世无双的成就和荣誉，倒是今天文化人少有的质朴、冷静和务实。说实在话，换一个人，在获得如此殊荣后，或许会屁颠屁颠地走马上任，当个什么文联主席、作协会长、某某文化部长、某大学名誉校长或客座教授什么的，或者接受几栋别墅、写字楼什么的赠予，或者做个什么形象代言人。总而言之，此后余生是不用再绞尽脑汁、伏案写作、卖文为生了，但是，莫言就是莫言，像山东孔子时代的历史一样古老、像农民大汉一般朴实、像东岳泰山一般沉稳淡定。他毫不忌讳自己是农民的儿子。比起稍有成就就修葺庙观，建筑园林馆舍，寻踪觅祖，想扬名立万的人不知胜过了多少倍。那些不择手段花钱买荣誉、千方百计地炒作的人，相比之下，是何其卑污可耻、令人作呕。桃李不言，下自成蹊。莫言在成为世界名人之后的低调淡定，是出自于真心本性，是任何外界改变不了的。试问，在西风渐染的这三十多年里，四海之大，能有几人欤？所以，莫言值得感动，在于他朴素的本质。

大红大紫后能避让远离传媒，不屑于炒作何其可贵！今天的时代是个追求品牌的时代，是个功利的时代，是个浮夸的时代。不管内涵品性如何，有名就行。有名可以做形象代理，可以做模特儿，可以歌视影三栖，可以摇身一变成为商界的大鳄。唯其如此，所以一些稍有姿色的女星才不顾一切拼命地露、拼命地脱，露得沸沸扬扬、脱得大红大紫。莫言不需要，他不稀罕炒作，甚至能自觉地避开炒作。有"中国首善"之誉的陈光标主动赠送莫言价值近五千万的870平方米的大套别墅。在旁人看来，这是八辈子祖宗烧香也求不到的，莫言却以一句无功不受禄而拒绝。连身为莫言父亲的莫贻凡也坚持儿子莫言是庄稼人出身，不是自己劳动得来的东西坚决不要。这与那些坑蒙拐骗，遍地贪官的现实是多么强烈的反差！据报道，在莫言获奖后，央视的董倩问他幸福吗？他不假思索，很干脆地回答说："我不知道，我从来不考虑这个问题。"要问老百姓幸福不幸福，亲自去底下看看，搞这种粉饰太平的作秀实在让人反感。作为文人，莫言也许可以侃侃而谈，他是底层生活的作家，更有发言权，但他远离炒作的是非之地，给自己留一片清净，是多么率真而智慧啊。如此低调为人，何其让人感动！

然而最让人感动的是莫言在瑞典的获奖感言。他是农民的儿子，他的感言充满着他故乡泥土的味道。他心怀感恩之心，感恩他母亲善良的关怀引导、感恩他家庭温馨的照顾、感恩他故乡的养育、感恩故乡风土人情和文化的滋养熏陶。他称自己是因为讲故事而获得了诺贝尔文学奖，他坚信真理和正义的存在，他还会继续讲下去。这是一个真正视写作为生命、把生命融入写作的作家，他没有什么豪言壮语，不想有什么华丽转身，而是将毕生奉献给了中国的文学事业。试问，今天稍有点文化和影响的人，有几个能像莫言一样质朴、低调、务实？把酒临风，宠辱偕忘。搦管写故事，文坛寄余生，这是何等的胸襟！

莫言，莫言，你真的有一种让我难以言说的感动！

急把盏，夜阑灯灭

唐岚

一

去朋友家做客，他已为我们准备好茶道：茶池、茶洗、壶承、茶荷、茶桨、茶盅……一堆东西。他气定神闲，冲、泡、洗、滤，然后将一盅小小的用公道杯盛的茶递到我的面前，那是上好的龙井，碧绿生香，还未到嘴边，清香已扑面而来。

我端起，一饮而尽，朋友大笑，说："茶汤宜闻、啜、品，你却牛饮！"可他未料及的是，我转身端起玻璃杯走到饮水机旁，倒上满满一杯凉水喝了下去，大家笑了起来，老公在旁笑说我拂了朋友的一番好意，说对我这种粗人，一杯凉白开足矣。

我也笑。是啊，我们恨不能衣、食、住、行处处彰显优雅本色，我们不怕被人说没钱，就怕被人说俗，因为粗布葛衣，自是经纬本色；陋室草庐，只要面山背水，自有遗世独立的意境。我们在意识里画饼充饥，我们买不起克拉大钻，买不起带会所的都市豪宅，还一脸孤傲，拼命摆脱"拜金"的嫌疑，就如同上古时期的许由，虞舜要把帝位禅让给他，许由觉得有污清洁，赶快到河边去洗耳，而事实上，我们在优雅地自我陶醉。

殊不知，古人的退隐，多少是要点资本的，他们或者主张举世皆浊我独清，不愿和光同尘，于是做独醒状归隐山林，如屈子、老庄；或者国破家灭，不愿意事从新朝，一步步退隐山林，直到退无可退，如伯夷、叔齐；或者有过辉煌的过去，混迹官场，却不能申一己之志，便退而论道、结庐人境，如陶渊明；或恃才放旷想走终南捷径，把参禅悟道作为权宜之计，渴慕入世又牢骚满腹，如李白；抑或是久试不第，想当官而不得……优雅的"退隐"背后，藏着文人多少的寂寞，想捧铁饭碗、想住公家房，但又空怀自尊，只得退而自清，什么"梅妻鹤子""风乎舞雩，咏而归""行到水穷处，坐看云起时"，怎么看都是人生的无奈。

如果不自我陶醉，又没有其他优雅的途径，那只能像今天的文人那么寂寞了。

所以我说，你们说这番话，就如同贫民尚未解决温饱，就要求他优雅地喝红酒、吃烤肉。烈日炎炎，你要我用这一小杯东西生津止渴，岂非缘木求鱼？若我一杯连一杯地喝，那岂不也失优雅，所以，不如表达我最本真的需求——喝一杯凉白开吧。

因为，欲望是优雅不来的。

二

昨天看江苏卫视的《非诚勿扰》，这是一档男女交友类节目。介绍台上男生信息的第二段 VCR 结束后，几个女生都亮着灯力挺他，尤其3号，主持人问她坚持亮灯的理由是什么，她说："就是因为喜欢，其他什么都不管了，我会坚持到最后。"所谓"其他"是指男孩是一个从贫瘠的黄土地里走出来的"北漂"。听得主持人都说："我是一个没有浪漫情怀的人，但你这句'就是因为喜欢'让我体会到了什么是'浪漫'。"也就在这时，17号女生灭灯了，主持人疑惑地问她为什么灭灯，17号说："其实我也很喜欢他，但3号的真诚打动了我，我还是成全她吧。"主持人微笑。

果然，3号女生坚持到了最后，她和另一女生成了那个男孩的待选对象，只要男孩选她，他们就可以携手一起走下舞台，但按节目规则，此刻要公布节目一开始男孩在二十四位女生中所挑选的"心动女生"，这时，大屏幕上赫然跳出了一个数字——17，全场哗然，主持人不无遗憾地对17号说："你真不该放弃。"

17号走上舞台，按规则，她仍有被选择的权利。面对台上站成一排的三个女生，男孩毫不犹豫地走向了3号，3号女生的脸上绽开了幸福的花朵。就在他们牵手走下舞台的时候，男孩回头说了一句："如果17号能坚持，我一定选她。"在台上台下的一片唏嘘声中，第一次，我为一个女孩的"优雅"深深地感到惋惜。

优雅，的确需要善解人意，需要宽容，需要设身处地为别人着想，甚至还需要有悲天悯人的情怀，但并不是每一次赠人玫瑰，手心都能留有一脉余香，有时，很可能留下的是一握碎土或是一把尖刺。因为我们有欲望，有自己最本真的需求，放弃自己，去一味地迁就与附庸，这分明是矫情与造作了。

经济学家说："经济学为什么发生呢？因为资源稀少，不单物质稀少，时间也稀少——而稀少又是为什么？因为相对于欲望，一切就显得稀少了。"

所以，当你追求富贵，就不要说不戚戚于贫贱；当你追求功名，就坦然承认汲汲于富贵；当你追求爱情，就一定不能谦恭礼让、气定神闲。

因为，欲望是优雅不来的。

京西爨底下

柳袁照

　　京郊百里外斋堂镇有一处古村，叫爨底下，一度嫌此"爨"难写难认，改作与它近音的"川"字，故又称川底下。它在一个山坳里，四周是山，村庄就坐落在向南的缓坡上，缓坡中间南北横着一道高墙，贴崖而建，把村子分成两部分，上村与下村，就像八卦图中的那两条阴阳鱼。全村现仅有三十余户，七十余院落，六百余房屋。多为四合院，石垒围墙，四方庭院，石铺地面，木门，黑瓦，院院相连相依，高低错落，远看像城堡。全村都姓韩。相传明朝洪武年间，有一群人从山西洪洞大槐树迁徙而来，始建村庄。不久，却遇山洪暴发，泥石流一夜之间吞没了整个村子，只有一男一女两个年轻人因为外出而幸免于难。两人相依为命，结为夫妇，在被吞没的村子之东，重新垒石为屋为家，而父老乡亲掩埋之处即成为祖坟之地。生育三子，繁衍开来，一代又一代，即形成今天的爨底下村。

　　日前假日，我去了那里。去之前，没有一点准备。我对京城的朋友说，看看乡村吧，人少一些的地方就行。一共四人，结伴而行，起了个早，从海淀出城，行驶在西郊的山路上，百公里，走了两个多小时。峰回路转，离开爨底下还有好一段路程，车即被拦下，告知前方车辆已无法停靠，必须就地停下。

爨底下村，曾经鼎盛一时。村前石板古道，一头连接山西，一头连接内蒙古，商旅必经之地，是历史上一处有名的驿站。数百年间，此繁华之地，曾经家家是客栈、户户是酒店。我无法想象当年的情景，腰缠万贯的商人、健壮而憔悴的马夫，或许还有骚客、歌女，都在此演绎故事。多少喜、多少忧、多少恨、多少泪，而今安在？蜿蜒拾级而上，踩踏在发红、发亮、发光的石板道上，面对斑驳的墙、斑驳的门，不由会产生联想。一面斑驳的老墙上，还绘着清朝的壁画，写着抗战的标语和"文化大革命"的口号。老院子、老屋檐、老门楣与挂起的灯笼、酒旗不由让人感慨。在一处废墟前，我坐下小憩，这里曾是一户殷实人家吧，园子、房舍的痕迹还在，阳光照在墙角、墙缝，与萋萋的野草两相辉映。这里曾发生什么故事？曾经的主人是谁？为什么荒芜了？我想象男主人或女主人与村里村外的人，曾会发生的纠葛，包括与商旅之间的纠葛，婚姻的纠葛，情感的纠葛，喜剧的纠葛，悲剧的纠葛。这废墟还能保留多久？能不能长久地保留起来呢？这么一个古老的山村不必一切都翻建、翻新，假如能留有一两处记忆着历史沧桑的废墟，也许会更有文化的意义与审美的意义呢。

近现代人们交通方式的改变，直接影响了爨底下的兴盛衰败。道路废了，车马少了，商旅不来了。一个偏僻的山村，土地贫瘠，人也孤陋寡闻，脱离了社会现代化的步履，一度沉寂和衰落，可倒也又一次成全了它。兴许是偶然的机缘，一个与我们一样的人，在现代化城市待久了、待腻了，一次饭饱酒足之后，走到这里，发现了它，再一次唤起了人们对它的注目。

现在的纛低下，竟是这么喧闹，却是我始料未及的。村子前后有四五个停车场，都是车，村前村后的公路上都是车，家家户户门左门右都是车。人流如潮，一波连一波。每家每户又都成为客栈。我们来得早，还能够挑了一家满意的住下。一个老院子的旁边盖了一个小院子，朝南并排两间屋，屋对面是一个凉棚，凉棚边上砌了一个卫生间，能淋浴，这是其他地方少有的现代化卫生设施。院子中间放着两张桌子，就是吃饭的地方。每屋一个炕，但不能烧火，整个炕几乎占据了整个屋子，一个炕可以睡四五个人，我们则两人一间，把整个院子包下了。说是把院子包了下来，其实仍是公用。先来了一对恋人在此用餐，窃窃私语，恩爱有加；后又来了祖孙三代一家子用餐，却很拘谨，老爷子不苟言笑，老奶奶不停地给老爷子夹菜，儿子、儿媳一顿饭下来，几乎没说过一句话。我与他们搭话，恋人两个虽还没去村里转，却对这里异常熟悉，该先去哪里、后去哪里，网上查得一清二楚。那三代之家，是老北京，也是第一次来，儿子媳妇孝顺老人，甚为小心，爷爷吃罢站起，儿子即上前搀扶。我对老人说，孙子一看就像爷爷，爷爷微微一笑，露出自得自信的神情。在这样古老的山村宅子里，遇到这样的场景，让我滋生一种怀想、念旧与温馨的情绪。

傍晚，时间还早，我们又去了另一个村子。回来就在路边一户农家用了餐，回到住所已是月明星稀。院子的大门敞开着，住屋的大门也敞开着。寻找主人，主人却不知去向。以为主人已经睡下，向老屋寻找，推开门，七八个宾客，横陈在炕上，早已鼾声如雷。第二天晨光初露，我即醒来。那是一段好时光，最适宜拍照，我赶紧拿着相机出门，迎面见一对老夫妻进来，走进我们的卫生间。我走出院子，爬上上村，眺望下村，搜寻我住的屋子，原来，格外醒目的那个最新、最不协调的屋面，就是我们投宿的屋面。我们反复比较、寻觅到的所谓最舒适的住所，却是整个村子最不协调的地方，是一个讽刺吧，历史传统与现代文明有时是如此让人两难，保留传统与改善生活是这样让人不能两全。世事往往就是这样，不可穷究事理。一个小时以后，我回到住所，则见那对我出门时进去的老夫妻，刚从我们的卫生间出来。怎么这么久？让我疑惑。我问朋友，真是进去了才出来吗？后来见到的一幕，让我明白了：丈夫已经半瘫痪了，步履异常蹒跚。一大早，老妻就来给他洗澡、烫脚，或许是昨晚人多，没有轮到他俩。我从门里望出去，看见妻子把丈夫搀扶到院前空地的椅子上，然后坐在他身边，而阳光正一缕缕温和地照在他们的身上。

　　爨底下一定有许多古老的往事，让人心动，但都不可寻了，可今天这里还在发生许多新的动人故事。无论是村里人的故事，还是偶尔在这里走过的行旅人的故事，我们都必须记住。即将返程了，我在院子里见到了女主人，与她有一段对话，我问："昨晚怎么找不到你呢？你是这里人吗？父母健在吗？子女呢？"她一一作了回答，她说，昨晚等了许久不见我们回来，让她有些焦急。他们在斋堂镇还有房子，就回斋堂住了。她是本村人，姓韩，是这里韩姓的第十二代传人，丈夫是外乡人。这个院子不是祖产，是自己十多年前买下的，祖产在上村，如今是她弟弟家，弟弟是村长，是民选的。父亲是抗日老革命，已经去世，母亲是湖北人，还健在，与弟弟同住。自己生有两个女儿，一个在外读书，一个就在客栈帮忙。她小时候吃过许多苦，但现在却很满足，说着说着，她就露出笑容，我却陷入了沉思：这样的一个古村落，虽然受到了所谓现代文明的巨大冲击，笼罩着商业的气息，变得喧嚣而追求现实的尘世生活，但仍保留了其纯真、质朴的一面。家家都是客栈，家家都可以交给陌生的行旅人，家家都在努力地赚钱，家家又都把客人们融为一体。多好的爨底下状态啊，这种纯真、质朴的状态，在这里就是一种强大的力量，让每一个来此的人受感动、受感染，多好啊。

2012 年 5 月 1 日

于北京至苏州的火车上

如梦昆曲

金泓

　　就是这么一个夜晚，偷得浮生半日闲的夜晚，太白的月正明、孟德的星却稀的夜晚，散发红木气息的包厢虚席以待，桌上的铁观音香味沁鼻，一切都准备好了，一切都准备得那么好了！灯光明昧，观众的掌声稀疏而热烈，江南的丝竹又开始绕梁不绝。张生、崔莺莺、红娘等从幕后轻盈盈地走上戏台时，时光便像灯影一样恍惚了。远远地，远远地，望着他们，听着他们念白，看着他们吟唱，望着他们水袖翻动，嬉笑怒骂，不知今夕何夕。一回首，蓦然已是六百年。

　　"凸"字形的全晋会馆古戏台，雕梁画栋，钩心斗角。左右两联"看我非我我看我我也非我，装谁像谁谁装谁谁就像谁"，中间横批"普天同庆"。这样的戏台，巍巍峨峨矗立上百年，任岁月流逝，任木石沧桑。这样的戏台上的演员风华正茂，青春年少。他们可知，在婉转吟唱之间，多少曲艺家，多少生、旦、净、末、丑的心血与智慧就在那一颦一笑之中。只弹指一挥，便是一位艺术家大半辈子的艺术结晶。

　　悠扬曲乐，曲乐悠扬；糯软唱腔，唱腔糯软。檐口额枋上的双龙不再戏珠，对凤不再飞翔，金狮倒垂，蝙蝠静伏，余音袅袅，百兽兮不知肉味。这样的音乐让一切都那么熨帖，唱软了动物们的兽性，唱化了一颗颗人心。这样的音乐，穿越了鸡笼式的藻井，穿越了金碧辉煌的古戏台，穿越了迷离扑朔的光影，穿越了岑寂苍茫的夜幕，穿越了时间与空间的阻隔。

看昆曲，是一次精神上的跋涉。施施而来，踽踽独行。昊天的风，再猛烈些吧！如此，我便可抟扶摇而上九万里，倏忽之间便到达了几十公里以外一条悠长又寂寥的石板街，千灯镇的灯火辉煌，照亮夜行人。那"玉山佳处"，风月散人正赏月弄花，昼夜打磨终日推敲，那粗糙的昆山腔渐渐圆润流畅、渐渐轻柔婉折、渐渐细腻糯软，水磨，水磨，水滴石穿，水磨腔流行。浩浩乎冯虚御风，转瞬又来到几十公里外的太仓古码头，运河滚滚，浪涛滔滔。魏师召吹笛抚琴，弹琵琶，敲板鼓，宫商角徵羽，哆来咪发唆，组合排列，排列组合，终于婉转成一种曲调——昆曲。乘风十万里，须臾又回到昆山的西澜漕，渌水环绕，画舫听雨眠。梁伯龙自编自排《浣纱记》，忘记了食寐、忘记了身份、忘记了门外的贵客——尚书王世贞、大将军戚继光。范蠡与西施，良臣与佳人，在舞台上终究成就了一段美丽姻缘。悦耳的水磨腔，婉转的昆曲，终于演化成了传奇——昆剧。

御风而行，逍遥游天穹。仰望星子，巨大的球体在空间的远离下，宛如精致的钻石。六百年，在时间长河中，亦是一瞬。在无穷大的宇宙中，只是沧海一粟，是卑微的一小点。六百年后的今夜，这个 21 世纪的今夜，那优雅的听戏包厢里，与谁同坐？清风、明月、佳人。

有朋自远方来，不亦乐乎，何况是沉鱼落雁温柔娉婷的佳人呢？这一夜，我注定不再孤单，北方来的佳人，萍水相逢，却惺惺相惜，共赏一出昆曲。人人尽说江南好，她离开繁华的京都，扣访苏州的园林，寻遍这里的小桥流水人家。曲曲折折的游廊，错落有致的亭台楼阁，逶迤百年的古柏苍松，静默四季的翰墨丹青……不到园林，怎知春色如许？所有的精巧，所有的蕴藉，都在那凝固的音乐之中。撑一把油纸伞，在结着丁香般愁怨的雨巷里寻访，寻访江南的故事遗迹。那青苔遍阶的古桥，那不再清澈却依旧淙淙的流水，那斑驳暗淡的粉墙，那倚窗而坐的老人，岁月在江南慢悠悠地摇荡，如橹曳水。她说，在江南捕捉到了时光的影子。最终，她又与昆曲不期而遇了，在流动的建筑里，她又一次发现了时间的足迹。游人只合江南老，她说她希望这一坐，便不再动身；这一夜，便是百年。

　　远观，远观。那一桌两椅，一寸方地，便包罗万象，气宇万千。看看那昆曲。此时张生尚在游殿，莺莺与红娘正在折花赏园。彼时，"何处是归程"？杜丽娘与柳梦梅相会在汤显祖的"牡丹亭"；"天长地久有时尽"，唐明皇与杨贵妃遗恨在洪昇的"长生殿"；李香君"歌尽桃花扇底风"血溅侯方域所赠的孔尚任之"桃花扇"。旦角的水袖翻飞缠绵，百转千回，多少柔情蜜意，多少爱恨情仇，都在盈盈水袖间。富有传奇经历的剧作家，创作了一篇又一篇不朽的传奇，在舞台上演，在市井中流传，一代又一代，不变的是永恒的主题——爱与恨。那是绮丽的年代，那是风流的季节，那是造梦的江南。

　　物换星移几度秋，天翻地覆慨而慷。打北方来的佳人逃离的是一夜霓虹，逃离的是满城鳞次栉比。汽车、高速公路、地铁、隧道、飞机。速度、速度、速度！电话、手机、网络、传真、QQ。便捷、便捷、便捷！都市发育得越高越壮，它抛弃了汉服、唐诗、昆曲、书法那年迈衰老的躯壳，它青春焕发，它神采奕奕。蛟龙绕壁凝固成了图腾，地坛冷清荒凉成了公园，五陵少年流落成他乡的 Waiter。落花流水，天上人间。靠着钢铁、电流、计算机，古都打扮一新，返老还童。在这里，全世界的资讯都可以便捷地查询到，各种精神快餐都可迅捷地品尝到。南非的世界杯、上海的世博会，从总统的改选到市民的交通事故，近在咫尺远在天边的新闻、曾经闻所未闻见所未见的稀罕事一股脑儿地全呈现在都市面前。都市人可以只活在当下，没有过去，也不需要过去。他们只需要为了房子、车子、票子大步流星地追星赶月去追寻自己的未来。过去蓦地泛黄成了一堆故纸，历史结成了一张蛛网。

那个叫初萌的女孩出门是为了逃离现在，是为了找寻过去。她说在京城夜晚的十字路口，灯红酒绿，踌躇彳亍，不知该往哪里去。绿灯亮了，人流涌动，她跟着匆匆前行，如行尸走肉。她说那时所有人的表情如一、呆滞、麻木，一如流水线上的机器。难道这便是摩登时代？

江南好，江南好，风景旧曾谙。盛世元音，百戏之祖的昆曲，曾优雅而又悠扬地回旋在虎丘的千人石上，回旋在沧浪亭的面水轩里、回旋在拙政园的卅六鸳鸯厅里、回旋在留园的五峰仙馆里、回旋在苏州织造署的多祉轩里、回旋在忠王府的古戏台上、回旋在东吴大学吴梅的课堂上、回旋在五亩园昆曲传习所的教室里……曲乐悠扬，悠扬而优雅。那样梦幻的声音，那样古典的曲调，在被政治无情掩埋数年后，终于守得云开见月明，再次在江南大地回旋。不再有花雅之争，不再被扣上"大毒草"的帽子，冲破电视网络的藩篱，如今，它又回旋在苏州大学（前身是东吴大学）的存菊堂与尊师轩里，又回旋在画家叶放的私家园林南石皮记里，又回旋在苏州第十中学（原址是苏州织造署）的王鏊厅里。

听听那昆曲。吴地方言，中州音韵，水磨腔，一字百转。缠绵婉转，柔曼悠远。听者如游园林，屏风遮路，花窗漏景，曲曲折折又别有洞天。如泛小舟，流水汩汩，细雨霏霏，波心荡漾，涟漪阵阵；如尝水磨年糕，细腻软糯，柔情万种。唱唱和和千百转，大珠小珠落玉盘。那声音从耳入，辗转至口中，最后融化在心田。"良——辰——美——景——奈——何——天，赏——心——乐——事——谁——家——院"，一唱三叹，韵味无穷。

今夜，旧时的良辰美景又再现，赏心乐事又飞入寻常百姓家。这座两千五百年历史的古城，六百岁的昆曲再次响起。这一夜，黄发垂髫们共同穿越时空，回到过往，追寻到自己的根。两个半小时，大伙一起做了一场梦、一场绮丽的梦。"金阊白面游冶儿，争唱梁郎雪艳词。"那是过去的事了；康熙帝在织造署听了一上午的昆曲，欲罢不能，竟忘怀虎丘郊游，那也是过去的事了。如今，少数拥趸一起迷醉在昆曲中，虽非盛事，却也是幸事。

轻啜一口佳茗，初萌说她品到了过去的岁月——炎黄子孙共同的日子。流光溢彩，人影幢幢，生于斯、长于斯的我在其中找到了什么？而立之年的我啊，在京杭大运河边出生的我啊，在庭院深深深几许的老宅里长大的我啊，少年时在园林里走马观花过的我啊，曾经在书山题海中迷失，曾经在高楼大厦间目眩，一曲古老的昆曲，又唤醒了我童年的梦，抑或这本身就是一个童年的梦，一个不断延续的梦？戏台上的戏一旦上演，多少过往的岁月便在心头荡漾。人生只合苏城住，长住于此的我又错过多少精彩的大戏？

掌声雷鸣，噼里啪啦，啪啦噼里。回过神来，林继凡老师正带着徒弟谢幕。掌声不断，喝彩声不断。循声而望，露台上的观众人影绰约。我仿佛见到了顾坚、魏良辅、梁辰鱼、汤显祖、洪昇、孔尚任、吴梅、倪传钺、顾笃璜、张继青、周秦、沈丰英、周南……他们中的一些不是活在过往吗？难道他们没有活在如今吗？是的，他们都还在，他们用毕生的心血与智慧凝结而成的昆曲，永远流传，他们便是永远的观众。还有，还有那些健在者，他们正在用今生的心血与智慧传递着一轮新的永恒。此时，他们虽然身未在现场，但是他们的神依旧在。他们目力所及，耳力所闻，都是昆曲。六百年的曲调，回旋在心田。或许，是他们选择了昆曲；又或许，是昆曲选择了他们。或许，这便是宿命。

戏台上的一出戏打了个休止符号，生活中的戏依旧宫商角徵羽地吟唱着。会馆外，夜色寂寥，天地静默。北方的佳人，迷失在江南的老街。青石板上，跫音响起，那是老街上偶尔的催眠曲。沉默的木板房，黯淡的花窗，一路向前，向前是入梦的江南。我是地主，我是游子，我是在家乡丢失故乡的江南客，我一路指点，一路探寻。一步一步，都是历史的脚印，都是童年的印记。一灯如豆，昏黄而美好。琵琶、三弦、评弹声若隐若现传入耳中，那糯软的声音，唱化了游客的心，唱软了归者的腿，将梦境蘸得满是甜腻。甜甜的，软软的，江南的梦。

给我一瓢平江水啊平江水，那酒一样醇厚的平江水。今夜，四美具，二难并。人生得意须尽欢，奈何有佳茗而少佳酿。那就饮一瓢平江水吧，那胥江的水滚滚而来，伍子胥的忠魂与我共饮一腔肝胆相照；那沧浪之水滔滔而来，与渔父一同濯吾足、濯吾缨、濯吾滚滚红尘。陈王昔时宴平乐，斗酒十千恣欢谑。今夜，没有痛饮，我也沉醉：清风明月还昆曲，远山近水及佳人。

平江水悠悠，路灯悄悄地诉说心事，倩影倒映在如镜的水面，氤氲氲氲，影影绰绰，如梦如幻。平江水悠悠，历史悠悠，六百年的水磨腔悠悠。婉转缠绵，缠绵婉转，传唱百年，百年传唱。夏风习习，空气中似乎还遗存有昆曲的分子。这样的分子，如萤火虫般飞动、飘忽。飞入河埠两岸寻常百姓家，飞入高墙大院官宦缙绅家，飞到香樟桂花中，飞到小桥流水中，飞跃大江南北，飞跃海阔天空，飞跃四季，飞跃六合，飞到九霄云外，飞到宇宙的浩渺深邃处。

夜庄严而肃穆。我们满怀虔诚与敬畏，屏气敛声，侧耳倾听，想听一听夜的呼吸、古城的心声。仰望天宇，俯视大地，大音希声。蓬蓬然，天地中似有声响。聆听、聆听、再聆听……不觉晓，便在幽深的小巷中酣然入梦。

谈女人"三高"

唐岚

　　某情感访谈节目里，一女子黯然泣下，大谈自己的"失嫁"经历，但时时不忘强调自己"三高"：高学历、高职位、高收入。对当下男人们的不思进取痛心疾首，视男人们一如粪土，致使她同时逡巡于几个男人之间，然后一山望着一山高，以致贻误至今——一脸英雄失路的悲愤。

　　若在现场，我会一个臭鸡蛋砸过去！尽管，本人性别是——女。

　　"三高"女人恃"高"而骄，傲视群雄，门不当户不对的，宁缺毋滥。她们眼里的男人猥琐、卑微，极尽市井之态，唯正牌海归、跨国CEO、财阀公子、黄毛老外方能博"高人"一笑，因为她们懂得，征服这类男人，方能赢得天下。

　　"三高"女人欲求项羽，却不曾认清，自己并非虞姬。

　　虞姬之美，倾国倾城，连天下最高明的谋士范增也误读了她的花容月貌，一再给项王洗脑：红颜祸水、误己误国啊。可是，古来"英雄一怒为红颜"，项羽不为所动，最终还迁怒于他的亚父。看来，男人心目中的"一高"，还是女人的美丽。

虞姬善良，让古今之英雄汗颜。范增最终为项羽所嫉，黯然退场，营帐之中，为他送行的，唯有虞姬。善良的虞姬泪雨滂沱，依依惜别，范增悲泣不已，这个磊落的英雄，临行前唯一的忏悔是："能辅佐项王，真正对项王忠贞不二的，唯有虞姑娘你啊。"傲岸一生的范增，最终折服在了虞姬的善良之下，且不用说那个意气用事的项羽了。所以，女人"二高"，是善良。

虞姬忠诚。垓下一战，四面楚歌，项羽夜饮帐中，慷慨悲歌，虞姬和之，说："妙弋请为项王舞剑。"长歌当哭，舞姿曼妙，"虞兮虞兮奈若何"，虞姬拔剑当喉，亲手扯断了项羽的最后牵挂。

真正爱你的女人，不会让你因为她而停止前进的脚步，她会鼓励你，让你没有顾虑地往前走。当年项羽破釜沉舟，赢得了救赵的凯旋；今日虞姬破釜沉舟，为成就心上人的策马奋起，她用生命实践了自己的忠诚。女人忠诚若此，后世暗恋项羽的女子，恐怕连嫉妒的勇气都没有了。看来，女人"三高"，高在忠诚。

难怪我身边的这个男人对着镜头里那高龄、高傲、高脂、寻郎不觅、自恃"三高"的女人极其真诚地摇头："这些女人啊，唉！"叹息声下，其意了了，原来男人心目中的"三高"另有诠释，最好还要加上"温柔""贤淑""能仰视自己"，等等。

男人们欲望无穷，姑且不理会他们自己的眼高手低，但作为女人，我想说的是：

婚姻不是职场，高学历不代表你有经营婚姻的能力；高职位、高收入，一场经济危机、一场自然灾难就足以让它灰飞烟灭；而美丽，不久就会被时间消退；耳鬓厮磨，也便少了"仰视"。但是，爱情，是爱他如他所是，而非爱他如你所想。加了筹码的爱情，又能走多远？

等待男人临幸，固然可悲，但骨子里明明是粉丝，偏要包装成鱼翅兜售，那就是可怜兼可悲。所以，不是红颜，说什么薄命；不是英才，就别提天妒；不是虞姬，就千万不要觊觎项羽那样的男人。

心灵驿站

金泓

皓月当空，一个人在老街悠闲地逛着。一分钟之前，我还和老友M君坐在茶馆里，喝茶聊天。一分钟之后，他因为接到一个电话，便匆忙离开，只留下一杯才抿了两口的茶和一个非常疲倦的背影。M君，我约他已经很多次了，每次他都说自己正在忙，为了房子、车子还有未来的娘子。这次相见，让我很诧异，他才过而立却鬓已染霜，面容憔悴。他说为了未来的幸福他必须废寝忘食，只争朝夕。

M君羡慕我的轻松怡然，我说我只是会在繁忙之余让自己的身心得到休憩调整。正走着，无意中看到一家"螺壳手工冰激凌店"，被其名字吸引，便蹩了进去。入室，具体而微。桌椅摆设很别致，墙壁上张贴着各地游客的留言，橙黄的灯光温馨而舒服，充满了布尔乔亚的气氛。一位三十岁左右穿着黑色T恤的男子正弹奏着吉他，轻声吟唱。两位披着披肩游客模样的年轻女子，正柔声与他合唱。我要了份香草冰激凌，便惬意地倚靠在沙发上。"池塘边的榕树下，知了在声声叫着夏天……"一首《童年》，将我带到那遥远的孩提时代。很多年前，就在这样的老街、这样的老屋里，我和小伙伴们做着游戏、欢笑着、打闹着，岁月的记忆如电影般在眼前浮现。歌手唱得很投入，唱的时候，表情生动。只见其眉毛上下扬动，嘴角上翘，一脸陶醉的样子。披肩女郎喝着啤酒，打着节拍，微笑着点头。那场景让我不知今夕何夕。歌手又唱了一首自己创作的《虎子》，这是献给他才出生不久的儿子的歌。他弹唱的时候，满脸幸福。空气氤氲，我仿佛见到了长得白白胖胖憨憨的虎子，见到了虎子他爸温柔地抱起虎子逗他哄他。灯光缭绕，柔情的歌声唱软了我的心。在哆来咪发唆的旋律中，时间空间都被置换了，我可以是那个拿着宝剑的诸葛四郎，也可以是那个抱着虎子的虎子他爸。冰激凌的香甜仍留在口间，音乐的魔法仍停留在心田，一种无法言说的安宁舒畅注满全身。工作的繁忙、生活的压力在那一刻全部如坚冰被融化，血脉经络如纵横捭阖的田野，霎时开满了幸福的鲜花。我感到心柔软得像歌手的歌、女郎身上的丝绸。这时，我给 M 君发了条短信："让自己的心休息一下吧！幸福就在你身后。"

歌手休息的时候，和他聊了起来。他说唱歌是他的爱好，原先学的专业是计算机，一边工作一边唱歌，太累。如今索性专职写歌、唱歌，每天的生活既是工作又是娱乐，很享受。两位女郎也一起聊天。她们来自南方，她们都热爱音乐、崇尚自由。工作了一个阶段之后，便会给自己放年假，出去走一走，散散心。歌手最后说了句颇有哲理的话："艺术只有用心欣赏才是艺术，否则很可能是垃圾，疲惫的心是没有鉴赏能力的。"

年轻的时候，总以为山的背后，是幸福。于是脚底生风，大步流星，一往无前。等披荆斩棘、历经风霜，登上山顶后，才发现山的背后，还是山。如今这个时代，像 M 君一样大步追赶幸福的人大有人在，但是愿意让心灵休憩一下的人同样也不少。

我曾经在一个夏日的午后独自拐进老街的"彩云堂"。那里本是沿河人家，被主人改造之后，成了供游人休憩的小站。桌椅摆设，古色古香。老式的木窗棂，轻启，便能对着河流，慢慢地想心事。泡了一杯碧螺春，我安坐在清式的木椅上，任阳光倾泻入心房。一些南来北往的游客，在老街上施施而行，左转右拐，便因着机缘来到这里。颇有诗情的主人给客人们准备了各种各样的笔和五颜六色的纸，于是东北的爷们儿、南海的姑娘，都在这里一笔一画留下了自己的故事与祝福。他们把彩纸用订书机订上，便连缀成一串串彩条，将墙壁装扮得五彩缤纷。

我看到一对情侣偎依在窗前，互相用笔写着情书。一只手还挡在前面，以免被对方偷看。当男孩淘气地伸头偷看了一眼后，女孩嗔怪地捶了他一拳。继而，两人偷笑。发现我在看他们，他们便不好意思地低下头认真地写字。他们面前，没有华屋、没有宝车、没有珍馐，只有一支笔、一张纸，但是他们的嘴角却洋溢着爱情的幸福。毕淑敏说："灵魂的快意同器官的舒适像一对孪生兄弟，时而相傍相依，时而南辕北辙。"源自内心的文字，让两个年轻的灵魂，得到了在天空自由翱翔般的舒适。我想，那些以为爱情是感官的享乐、欲望的满足的人，是多么可笑！情侣离开后，我悄悄地去看了下他们留下的文字："没有对的婚姻，那么就让我们一路错下去，错一辈子吧。一生很短，爱情很长……"看到这样的话，心便如流水一样，潺潺流动起来，继而又如香茗一般，清香而温润。在这个物欲横流的社会，看到那样真挚的文字，让人莫名感动。

我在想，为什么每次到了老街，才有一种真正的幸福感。望着粉墙黛瓦的房子，望着青石板堆砌的老街，我想了又想。终于，我想明白了。在老街，我拥有一份恬然自得的心境，步履缓慢，内心安宁。

据新闻报道，欧洲很多城市正在掀起"慢生活"运动，发起者提倡在这个高速发展的时代，人们停下匆忙的脚步，关注身边的幸福。

很多年前，这个黑白的城市节奏缓慢，到处都是历史的瓦砾岁月的衰草，然而，一个经济浪潮席卷过来，这个老城变得绚丽多姿，活力四射，到处都是摩登的高楼、时尚的广场。人们不得不加快步伐，赶上日新月异的节拍。像M君一样劳心劳力的年轻人越来越多，需要心灵驿站来休养的"城市病人"越来越多。

西方有谚："放慢脚步，让灵魂跟上。"假如人生是一段旅程，我希望它是一条老街，我们可以慢慢彳亍，欣赏沿途幸福的风景；假如这段旅程足够漫长足够艰苦，我希望有许多家心灵驿站，我们可以休憩调整，让心灵不再疲惫不再麻木，充分感知人间的真善美。

2011 年 10 月 3 日

隐者

姚圣海

　　日子紧紧凑凑又零零落落。期待春暖花开，春寒却犹胜冬日。

　　就想起西湖堤的白雪皑皑。在一年的隆冬季节，明末清初的一位隐士请船夫渡他到湖心小岛，煮茶看雪，迎寒赏梅。稠密的雪花如花瓣落下，落在湖面，落在岛心。在岛上的枝枝丫丫间飘忽穿行，落在隐士的斗笠和他煮茶的石盘上，被升腾的袅袅茶气化作水滴，流转四百年，成为今人镜头里动人的画面。这是大约一周之前，我在浙江卫视看到的一档节目。一位很知性也很美丽的女子，随意地坐在那里，像朋友约在茶馆聊天一般，把四百年前的传说当故事一样讲述，轻言巧语，娓娓道来。顺着讲述，今人镜头里记录的当然不是旧事，但在那忽远忽近、点缀着几枝蜡梅、近乎黑白的画面里，我竟似乎穿越时空，体会到了一份悠闲和惬意。当然，在那个冬夜里，我也能感受到四百年前的隆冬寒意。

　　日出日落的空闲里，我是羡慕隐士的。抛却世俗滚滚红尘，繁杂俗事幻化成空，任你明末也好、清初也罢，他自逍遥山中，独守一方天地。一间茅草屋、一亩三分地——不劳作不行，隐士也要吃饭。最好再养两头猪，小时候当玩物，大了当口粮，不能光吃蔬菜。想着想着，我空灵的心又开始俗了，隐士要瞧不上我了。所以，我有羡慕隐士的心，没有真隐士的勇气。所谓"大隐隐于市"，其实是"假隐隐于市"，受不了饥寒交迫、三餐无荤，拿个"大隐"诳诳人而已——我做不了隐士，于是冷嘲热讽，也算自欺欺人。

有一年，我有一个学生，在高三的时候，忽然有一天不想再坐在教室里学习，想自费去追求自己的爱好——学做导演。他信任我，我便跟他交流、做他的思想工作。他告诉我，他想不清楚为什么要这么努力地学习，将来为什么一定要出人头地。这是一个有独立思想的年轻人，我看出他很困惑，但是我也不知道该怎样跟他讲。我的成长经历与这群孩子完全不同，他们不再需要为摆脱农村户口、为能过上采采流水的小日子而学习，也不必在父母亲"养儿防老"的压力下发愤努力。况且，在日复一日紧紧凑凑的零零落落里，我在心底已渐渐开始羡慕儿时乡下的悠闲生活，虽然那不一定就是我现在想要的，更不代表我后悔曾经的努力，而且我还听说，有些地方已在称呼刚毕业的不愿干脏活累活又没有一技之长的大学生为"废人"。

我没有跟他多说什么，只是勉励他放松自己，包括身体和心灵。随着年龄的增长、心智的成熟，有些想法会慢慢改变。就像未熟的瓜果，强扭不一定扭得下来，扭下来的也不一定就香甜，只能待它慢慢生长。不久前与我同行去加国的一位女性前辈，知识渊博、谈吐得当、乐观热情。后来无意中却得知她大学时不知为何曾经跳河轻生，并因此休学一年。如今不是安好？世间事，本就没有绝对，你认为不合理的，在他人眼里也许就是正途。有些人，必要经过委婉曲折，才得功德圆满。

可是，如果你有追求，便要遵循内心的感受，只要不违法乱纪、不损人利己，就不要在乎别人的枉口嚼舌。你欣赏一个人，就静静地欣赏；你厌恶一个人，就远远地躲开。体会过无所事事的空落，就好好珍惜忙忙碌碌的充实，有一天倦了，再去无所事事，就叫铅华洗尽。

就像隐士，既然想隐，就是厌倦了世俗红尘。要么嫌红尘烦琐去爱桃源清静，要么是抑郁不志而去修炼候主，有"陶渊明归田"，也有"姜太公钓鱼"，归隐的目的不一样，却都是为让自己解脱，求得心灵慰藉。前者是愿意一辈子洒脱，世外享受；后者却是真龙潜水，准备一飞冲天的。

如果被世俗套牢，不能归隐，那就好好吃饭，慢慢喝酒，细细品茶，惬意读书，舒适看电影，在小日子里欢乐，在小资里心隐。

2012 年 2 月 20 日于苏州

拙者爱莲

金泓

　　一个满腹经纶的文人，一个耿介不阿的大臣，他遭遇了种种宦海浮沉，话越说越直，官越做越小。最后的最后，他只能"穷则独善其身"，回到故乡，"筑室种树，灌园鬻蔬"，聊作拙者之政。他，便是明朝御史王献臣，他营筑的园子，便是拙政园。

　　从此，"修身齐家治国平天下"的抱负被一竿鱼钩钓去，被一杯香茗隐去；从此，一座院墙高高与车马喧嚣隔绝的园林便是自己的整个世界。"沧浪之水清兮，可以濯吾缨；沧浪之水浊兮，可以濯吾足。"朝廷的一池浑水太污浊，不如归去；苏州的一池清水多明澈，可以种莲养鱼，怡人耳目。与园主私交甚笃的大画家文徵明，在《王氏拙政园记》中写道："往北，地益迥，林木益深，水益清驶，水尽别疏小沼，植莲其中，曰水花池。"可见，那一池菡萏，在园子草创之时，便已盛开在园主心中。

　　此后数百年，园主更替，园子兴衰，但是那一泓碧池中，芙蕖的倩影是不会杳然的。及至这个立秋，我来到了这座园子，但见芙蓉仙子们粉衫绿裙，分外娉婷。"曲曲折折的荷塘上，弥望的是田田的叶子……"不由吟哦起朱自清先生的《荷塘月色》。拙政园的水域比较广阔，来到荷风四面亭，顿觉自己被绿油油的荷叶围绕，只有赞叹："接天莲叶无穷碧，映日荷花别样红。"一阵微风拂过，那些千叶莲花，轻盈摆动，如仙子翩跹，极尽婀娜。清香顺风而来，沁人心脾。于是也和周围的游客一样，举起了手中的相机，妄图将这里的美丽化为永恒。

后来，我在藕香榭的美人靠上小憩。我见到更多的游客在举起相机，在啧啧称赞。不禁想起了周敦颐的《爱莲说》，他感叹："莲之爱，同予者何人？"眼下，那些熙攘的人群似乎都是爱莲者，但是，我又猜想，那些游客们或许只是爱莲的形、色、香，对于莲"出淤泥而不染，濯清涟而不妖"的品质恐怕未必颂扬吧？想几百年前的王槐雨（献臣），不就是因为莲一般的品质而得罪权贵、一路被贬吗？世人都爱富贵，所以"牡丹之爱，宜乎众矣"。

园子的几任主人，都在"莲"上面做足了文章，"远香堂""香洲""荷风四面亭""倚玉轩"，这些建筑的命名都与莲花有着这样那样的关联。拙者之政，仿佛山野农夫。园主虽也可"渔樵于江渚之上"，但是心，真的远离了帝阙吗？一介书生，未必要投笔从戎，却可以"为天地立心，为生民请命，为往圣继绝学，为万世开太平"，然而，有心报国，却无力回天。

入世，有可能建功立业，却可能要去趟浑水；出世，有可能籍籍无名，却"可远观而不可亵玩"。园林的主人就在这样的人生选择中彷徨、徘徊。很多年之后，文坛泰斗钱谦益携娇妻柳如是住进了这个园子。在此之前，甲申之难，在常熟，柳如是劝夫君"是宜取义全大节，以副盛名"。钱谦益涉入尚湖的水中，却推说"水太冷，不能下"，狼狸上岸，后来降清，而刚烈的风尘女子柳如是却"奋身欲沉池水中"。我想，当年园中的一池碧水，映照的不仅是池中纯洁的白莲花，也是岸上皎皎的柳如是。恰巧，荷花池畔种植了多株杨柳树。杨柳垂枝，轻拂池水，爱莲，爱怜，爱恋。说不尽的历史，道不尽的沧桑，也演绎不完的传奇。

清者自清，清者孤寂。得权得势者，门庭若市；视功名如粪土者，门可罗雀。想几百年前，这个园子没有导游的高音喇叭，没有摩肩接踵的游客，没有手机没有照相机，有的只是一方自然的天地。园主，孤孤单单一个人，彳亍在小径中，休憩在长亭里。"与谁同坐？明月、清风、我"，岑寂的天地中，或许只有田田的荷花是园主唯一的慰藉，他们是那么高洁那么热闹。或许，在月夜赏荷，可以"得少佳趣"。我又疑心，园主是否会想"热闹是他们的，我什么都没有"。无论纠结也罢、释然也罢，他其实拥有很多。东坡说："惟江上之清风，与山间之明月，耳得之而为声，目遇之而成色，是造物者之无尽藏也。"这园中之景，映照在心中，比之一尺丹青一首翰墨更为永恒。即使园中的朱华随着时光的侵袭而凋了花瓣散了芬芳，但主人仍可"留得残荷听雨声"。秋雨淅沥，打在枯荷叶上，点点滴滴，都是惆怅、都是凄美。

老子言："大巧若拙。"在风云变幻的朝廷政治斗争中，很难说出将入相的就是最聪明的，而那些退隐家乡尽享莼鲈之美的士大夫未必就不是最聪明的。王槐雨的好朋友文徵明或许看穿了这一切，他有诗曰："林泉入梦意茫茫，旋起高楼拟退藏。鲁望五湖原有宅，渊明三径未全荒。枕中已悟功名幻，壶里谁知日月长。回首帝京何处是？倚栏唯见暮山苍。"那些蜗角虚名、蝇头微利，无非是一枕黄粱。这些，或许王槐雨的晚辈同乡、同为进士出身的申时行就不太明白了，申贵为状元，后担任内阁首辅，权倾一时，但是他毁誉参半，功过是非留待后人评说。倒不如王槐雨，留一座园子供后人怡情养神，优哉游哉。

清代同治年间的苏州籍状元陆润庠，曾经写过一副悬挂在园林里的对联："雨惊诗梦留蕉叶，风裁书声出藕花。"真是把园中的美景意境写绝了。拙者虽然丢了官爵，却更懂得生活，更能鉴赏莲之美。在那秀丽的山水间，莲，装扮了园林，也熨帖了拙者的心。晴耕雨读，看花开花落，是一种生活，也是一种心态。行到水穷处，坐看莲花开，即使是拙者，又有何妨？

做你想做的事

李莉

　　"过去的四年里，我看过那么多的同学面临大学时的无措、面对城市时的无措，但他们极快地融入了这里，穿上时髦的衣服佩戴上各种名目走了出去。大四的时候，我又看到他们面对中学时的瑟缩，而此时他们已经站在讲台上，带着他们当初融入大学时的自信，面无惧色地宣讲了。相比四年前，他们也许没有多看几本书，只是逐渐清楚了这个社会的规则。我有时忍无可忍，说：'你们站在讲台上的话语权力完全不是你们的知识给予的，而只是因为你的教师身份。'他们并不否认。"

　　"转过身去，背后的办公室越来越热闹，下课串门的老师们三三两两在互相恭维着衣服和头发，同学今天并不说话，她是这个年级最年轻最漂亮最讲究却还不是最无知的老师，她也许在背后悄悄看我。"

这两段文字写于 2004 年 12 月，出自我的一位大学同学之手，我就是里面的"她的同学"，那个她所谓的"最年轻最漂亮最讲究却还不是最无知的老师"。那是我工作的第一年，当时她在读研，我们俩合租了一套民房，她经常来学校找我一起吃饭或者来学校取我帮她代购的书。

我的这位大学同学叫黄晓丹，她读大学的时候是现代文学课代表，毕业论文写的是西方文论，考研考的是古代文学；读研的时候，她成天穿行于从卡夫卡到昆德拉、从叶芝到里尔克的世界；读博时考了著名的叶嘉莹的博士，但还不忘一边用现学现卖的心理学知识广泛地非法行医，一边还向某杂志毛遂自荐开一个语言逻辑的专栏；如今，作为公派留学生的她在遥远的加拿大闭关写博士毕业论文，极尽拖延之能事，但还忙里偷闲创作了调侃自己的小小说《兔 A 与她的拖延症》。

她并不曾做过我的老师，但我的口头禅往往会是："这是小丹告诉我的！"她上知天文，下知地理，甚至知道一块布是怎么织出来的；更有甚者，在我们打扫租住的房子的时候，找到一本中医的书，她看了一下午，于是知道了妇科病是怎么一回事。我一直说她是全才，她却一脸无奈地说："我妈说我是皮匠！"全才也好，皮匠也罢，她确确实实告诉了我很多东西，解答了我很多疑惑，韩愈所谓"师者，所以传道授业解惑也"，这样说来，她的确能做我的老师！最重要的，是她在我的从教道路上一直激励着我、鞭策着我。而她的那句"不是最无知"就像是一根鱼刺，让我每咽下一次口水就会隐隐地刺痛一下，既而朝着那个"不无知"的方向努力着。

的确，是她让我变得"不是最无知"的。初涉大学的时候，经历了三年暗无天日的高中生活，我就像被放飞的鸟儿一样，享受着无人束缚的自由，但面对这一片未知的天空，却又茫然不知所措。我没有了目标、没有了方向，很长时间都在混日子。小丹是我的舍友，我们的宿舍是两室一厅的格局，严格来说，她是我的厅友。每天她出现在厅中，手里总是拿着一本书，梳头的时候眼睛在瞄着书，泡面等面开的时候看着书，总是要我们提醒了才开始吃她那碗已经糊成一团的面，她是真爱看书！有时候宿舍里一片安静，她看着看着，突然传来一阵肆无忌惮的笑声紧接着一阵猛敲桌子既而手舞足蹈，于是我知道了"手舞足蹈"一词的出处，她摇头晃脑地背给我听："情动于中而行于言，言之不足故嗟叹之，嗟叹之不足故咏歌之，咏歌之不足，不知手之舞之足之蹈之也。"而她自己就是这段话的最好写照。在她的感染下，我开始进入真正的文学殿堂。是她让我爱上了张晓风，品读了龙应台，了解了台湾文学的魅力；是她让我读懂了鲁迅，接触了汪晖，感受了《铁屋中的呐喊》的力量；是她让我涉足了外国文学，初识了茨威格，体味了《等待戈多》的无望。她成了我在书海中徜徉的精神导师，我们曾无数次流连在古旧书店，她一边挑自己喜欢的书、一边向我推荐适合我读的书，如今在我的书橱中，有一半以上的书都是在她的推荐下买回家的。在她的潜移默化下，我变得"不是最无知"了。

进入大三大四，我发现自己明显跟不上她的阅读了，她开始涉足西方哲学、西方文论，开始关注社会学、人类学，而那个时候，她也完全蜕去了大一大二时期的青涩和不自信，开始在中文系崭露头角，她成了当时的系刊《熹微》的主编，她成了现当代文学的课代表，她整日整日地在图书馆查资料，她把所有的生活费用来买书。用她自己的话来说就是："一个从未有过的自由美妙且充满谜题的世界呈现在我眼前。"

她在那个自由美妙的世界尽情徜徉着，她努力考研、努力考博，勇攀更新更险的高峰。专业课对她来说完全不成问题，在大学期间，她的论文就一直是最高分最优秀的，但是考研和考博同时有一道她很难跨过的门槛——英语！后来我才知道，在高中时期，小丹除了语文好一些，数学和英语学得都不好，属于严重偏科的学生，进大学的时候因为总分不够理想只达到了历史系的分数线，经过了一番周折才转到了中文系。考研的时候，我亲眼见证她没日没夜地背英语单词，终于很险地，她进入了一个更加美妙的世界。三年以后，在这个美丽的校园，她来找我，一脸苦相，说她背单词背得要死掉了，我鼓励她说："你一定能行！"她说她痛恨英语，但一定要攻克英语，就算不睡觉不吃饭她也要攻克，因为这是她的敲门砖，更何况，英语学好了还能看英文原版作品。之后她就闭关苦读英语，又一次跨过了那道坎。

不久以后，她打电话给我，说她要报考叶嘉莹的博士，全国只取两个，但她要拼一下。当时我就觉得她一定能行！她虽然有时糊里糊涂，有时拖拖拉拉，但是对于自己想要做成的事情，没有一件是做不成的。她真的成功了，她成了她无比敬仰的叶奶奶的博士。记得大学期间叶嘉莹曾经到苏大演讲，她特意穿了最漂亮的衣服最早到报告厅去等候，听完演讲，她眉飞色舞地告诉我，叶嘉莹穿着一条丝绒的旗袍，气定神闲，根本看不出是个已过了耄耋之年的老人。我开玩笑地说："以后你肯定能成为叶嘉莹第二。"现在想来，这个玩笑可能真有成真的一天呢！

从此，小丹废寝忘食苦背英语的轶事就被我说给一届又一届的学生听。我告诉他们："你可以不喜欢一门课，但是当这门课影响到你的人生走向的时候，你会有无限的潜力去学好它，哪怕它只是一块敲门砖！"而当我在教学上遇到一些看似跨不过去的坎的时候，我也会用她攻克英语这件事来激励自己。我清楚地知道，对她来说，英语是多么强大的拦路虎！如今，在异国他乡，她已能用娴熟的英语，给异国的小朋友上课，让异国小朋友感受这个来自中国的学识渊博的老师的魅力。

她是师范出身，自己却没投身教育，而是朝着更高的领域发展着，但她时刻心系着教育。她有许多中学教育界的朋友，他们用自己无限的激情在教育道路上探寻着、质疑着、批判着，践行着自己最初的教育理想。她跟他们探讨什么才是真正的教育者，她与他们一起赋予自己启蒙者的姿态，她和他们一样旨在培养中国未来第一批的公民。我承认自己还没有达到这样的境界，还没有肩负如此重任的身躯。我只是一个平凡的中学语文教师，希望用我并不无知的学识去感染我的每一个学生，培养他们的阅读兴趣，教会他们鉴赏美的能力，鼓励他们学会真正地思考，并且不断地充实自己。她的文章里很少提到我，但唯有那一篇里，我充当了一个"不是最无知"的角色，我成了她笔下只靠教师身份赋予话语权的指向之一，我真的希望有一天在她的笔下，我已经是一个不再无知的角色！而经历了六年的教学生涯后，我坚信自己可以自豪地回答她，我的话语权更多的来自于我的知识！

严格来说，我们不是一类人，在我们同住的那段日子里，她一直向我诉说她的孤独，诉说她找不到跟她平等对话的角色的无奈。那个时候，我往往只能静静地听着却无言以对。这是我一直遗憾的，但我一直确信自己曾经给她带来了最单纯的快乐：我们一起从观东一路吃小吃吃到观西，我们一起在商场打折的时候在一堆衣服里扯出一条自己心仪的连衣裙，我们曾经无数次悠闲地走在苏大的校园里，她指着一棵一棵的植物告诉我它们的名字……前两天，在宁静的水乡乌镇，我接到了一个未知号码的来电，电话里传来远在加拿大的小丹那稚气如旧的声音："李莉我想你啦，我写不出论文，我要死啦！"她还是那样喜欢拖延，她还是只在极度无聊的时候会想到我，但这，就是我最亲切最真实的小丹！

这几日，我常常想到她，想到她在那冰天雪地的异国他乡，享受着她无尽的孤独；想到两个月后，她必将交出一篇最有质量的博士论文；想到她回国后，我一定要请她来给我现在的学生开一份书单、上一堂课；想到不久后在开满樱花的校园里，走来一名留着齐腰长发、穿着曳地长裙、目光柔和的女子……

引用她的一句话作为文章的结尾："人生如此短暂和偶然，你必须去做你想做的事，成为你想成为的人。人生又如此漫长，足够你去做你想做的事，成为你想成为的人。"

这也是我时常告诉学生并且激励自己的话。

藏
——北大研修心得

袁佳

　　北大归来，最迫不及待做的一件事便是从电脑里搜寻出我2005年游北大时所拍摄的未名湖景象。想当年，细雨迷蒙之中，漫步未名湖畔，以一个游客的角度记录着北大校园的美景。而其中最得意的一幅作品便是：在婀娜的柳条掩映下，博雅塔隐现在未名湖的那一岸，湖上水气氤氲，让原本棱角分明、线条阳刚的博雅塔平添了几分柔美，湖中倒影更是朦胧迷离，色彩像极了水墨，浓淡之间凸显出丰富的层次。我给它取名为《藏》。

　　此番北大行圆了北大学子之梦，而今再观照片，心情、感受已然不同，却越发觉得这名字取得甚好，这偌大的北大确实"藏"了不少绝美的景致呢！

　　不得不承认，若干年后，这画面带来的"视觉冲击"已经淡去了很多，大脑里不断闪回的竟是未名湖的那一汪水，以及湖畔那"曲径通幽"的风致。

真是奇怪！要说这北方的水哪里及江南水乡的灵动温润，色彩也远不及四川九寨沟的斑斓多彩，可就是这一汪谈不上多美的水竟得了如此绝妙的名字——未名湖。在杨虎教授的课上，他曾经提到此名乃钱穆先生所题，因当时题名甚多、无从选择而突发灵感称为"未名湖"，却不想正印证了中国"大象无形，大音希声"的审美观，成为一代又一代人追寻的精神圣地。这多少让我想起了徐志摩"沉淀着彩虹似的梦"的康河。徐志摩曾说："我的眼光是康桥教我睁的，我的求知是康桥给我拨动的，我的自我意识是康桥给我胚胎的。"一个人的世界观与艺术观都是维系在一方水土上逐步形成的，所谓"一方水土养育一方人"，这话一点不假，也正因为如此，这水才成了独一无二的水，这桥才成了时刻牵挂的桥。我想，这北大的未名湖之于北大人，或许就像这康桥之于徐志摩吧！站立湖畔，望着这一汪能包蕴一切、静谧不语的水，想着这湖水养育出来的一个又一个兼容并包的博雅君子，似有所悟，原来这不起眼的水里"藏"了如此丰厚的自然精髓，将人陶冶得拥有如此大气度与大胸怀。真是羡慕极了每天徜徉于此的北大人！突然之间，有种莫名的伤感与落寞，因为于北大而言，即使我如何心怀向往也依然只是个"过客"，短短六天的浸润感受、耳濡目染实在过于仓促，不免留下些许遗憾。

还是走走那湖畔的小径吧！曲径通幽，园林艺术中常以幽深内敛、曲折迂回而显出藏景的妙处。《红楼梦》中的大观园便是"一屏山石叠嶂，将偌大园子遮去大半，内中各景亦不得尽览，叫人看不得，偏想看"。所以园林巨匠计成说："水必曲，园必隔""径莫便于捷，而又莫妙于迂"。藏景的运用在北大校园里亦俯拾皆是。走在这湖畔小径上，就颇有些"山重水复疑无路，柳暗花明又一村"的感觉，移步换景、探幽寻奇的旨趣也就油然而生了。

记得杨虎教授曾提及影响北京古典园林的文化因素之一便是儒道互补，北京园林则集中体现了道家的潇洒、自由、避世，是古人精神休憩的一方净土。我不懂建筑与园林设计，仅仅凭直观的感受与浅薄的见识认为，藏景的运用在一定程度上确实表现了道家思想，体现了中国传统的审美倾向。中国道家讲求虚静，在文化心理上便形成了含蓄内敛的审美取向，锋芒太露反而过犹不及，造园如此，绘画、书法、音乐如此，甚而为人处世亦是如此，大巧若拙，大勇若怯，大智若愚等等均是深藏若虚的哲学。想想那为人津津乐道的季老为大学新生看包的故事，便能窥见一二；还有那侯仁之先生的夫人，为送一年轻的晚辈，竟也一路蹒跚至门口，以一令人动容的鞠躬彰显大家之风范。这些故事无一不在告诉我们：藏伟大于平凡，藏真挚于朴实！

北大人就是精通这样一种"藏"的学问。王余光教授平易幽默，学术见地藏于真实的生活之中娓娓道来，三个小时转瞬即逝，我们却意犹未尽。我就曾与同行老师笑说，王教授的课已经到了一个境界，那是"玩课"！最理想的课堂状态难道不就是自然的、自由的、生活的吗？王正毅教授一句"今天我所讲的如果你们听懂了那最好，如果你们没听懂，那不是你们的问题，而是我还没有把这个问题弄懂，我回去继续研究"，尽显了一个学者的胸襟与坦诚，只有拥有了大学问的人方才懂得谦逊的意义。再说那韩茂莉教授，严谨从容，三个小时的课程不曾坐下一分钟，最后结束时的一声道谢配以一个最诚挚的鞠躬，成为六天培训里最美的一道风景线。这些普通而可爱的人儿呀，他们用一个又一个举动触动着我敏感而柔软的心弦，让我感叹着"藏"的博大精深与无穷魅力。突然想起，2008年南师大师生为孙望、唐圭璋先生立铜像时所诵读的碑文，其中两句正可以表达我此时的敬意："凝望你们站立的姿态，我们的灵魂从此站立。"是的，面对着这些高山仰止的前辈先贤，面对着这些深藏若虚的北大人，我已不知如何表达内心的震撼与感谢，或许还以一个深情而真挚的鞠躬或是微笑才是最佳的方式。

如今，看着眼前这幅名为《藏》的照片，竟也一扫当时在未名湖畔的伤感与落寞，舒心地笑了。未名湖畔到底是未能久留，然而未名湖气象及北大人的风范不都藏在了我的记忆之中，并指引着我今后的人生了吗？如此一想，窃笑不已：我可比徐志摩先生"贪心"多了，我"挥一挥衣袖"，带走了很多很多……

此去经年

姚圣海

我来的时候，是一个辉煌、寂静的夜。

隔着车窗望出去，迤逦的灯火把一条条公路串成闪着光亮的藤条，蜿蜒交叉、绵延不绝。你以富丽堂皇的西方现代文明开门迎客，略带自傲地与我寒暄，但是，小雨夜里静静矗立的小楼亭阁，分明是中国明清年代脉脉含情的邻家女子，安静、羞涩，从微微撩开一角的厚重的卷帘门里探出明眸，悄悄打量不远万里漂洋过海，只为一窥你美丽容颜的我。我看见你了，只那卷帘门轻挑即放的惊鸿一瞥，便在我心里刻下深深的印记。是的，带着浓郁的古典气息。

因此，今夜，我愿以古典的、东方式的礼节与你作别，带着些许离愁别绪。

正是冬。

我原要在秋天来的。我不知道自己怎么会这样喜欢秋天。每到秋天，不，只要想到秋天，心里就会荡起洋洋的暖意。阳光温和、树影婆娑，就在午后，一片沐浴阳光的短草地，四周宁静得几乎要让人屏住呼吸。可是到底，秋天没能成行，我只能冬天来看你。我想你会生气、呼啸、凛冽、寒气刺骨，你一定会藏住那些美丽，让我失望而归。我是作好准备的，我甚至安慰自己，冬季会别有一番韵味，而我恰没去过北方，从未见过真正的冬。

近了，更近了。就在到达的第二日，颠簸百多公里，在白求恩故居和 BALA 小镇，我与你第一次亲密接触。是冬天吗？地上有洁白的残雪，空气中却没有一丝寒意，明亮、整洁、温和、舒适，明明是秋啊！

谁最喜欢说"明明"两字啊？是麦麦，我的女儿。

"爸爸是坏蛋。"她不满意的时候总是这样说我。

"爸爸不是坏蛋。"我反抗。

"明明！"她小嘴巴一噘，不容置疑。

唉，明明是秋！

我从没见过冬天像这样：万物因为干燥而显得特别干净，温和的阳光照在每一件事物上，在角度刚好的时候，会因反射光线而闪耀晃花人的眼。平静的湖面如一面镜子，偶尔有飞鸟掠过，惊起一层浅浅的、闪着金光的波，一排排落尽了叶子的树干笔直地立在湖边，沐浴日光，不显丝毫萧条。虽然是冬，你却善解人意地向我展示美丽的秋的姿态，这是我见过的最美的秋。

你是热情的，你想让我看到多姿多彩、美轮美奂的你。

两周之后，魁北克古城。跨越将近两百年，我站在历史的尽头，回头望那一场曾经硝烟弥漫的战场。积雪厚厚覆盖，纷争烟消云散，留下的只有这一座北美洲唯一仍有古城墙环绕的小城。两百年前，这里曾被英军破城占领，但小城里九成以上的法裔居民依然秉承着自己的文化和传统，甚至坚持只讲老派的法语。坚韧的民族总是相似的。就如我的中国，历经朝代更迭、政权交替，始终不变的是传承千年的香油墨字、儒道礼仪。

天色阴沉，小城寒冷，雪静静地覆盖着城墙和古堡。"嘀嗒，嘀嗒……"仿佛是从中世纪的欧洲慢慢走过来的一匹大马，就这样悠闲地拉着车，车上坐着的是高贵的骑士吗？若不是路边停放的汽车，我以为自己穿越了时空，隔着不知多少个世纪。雕塑一样静立着，目光随马车渐行渐远，越过一排排中世纪哥特风格的建筑，成群的大雁在楼顶的苍穹间呈"人"字形掠过。这不是一个北美洲典型的冬日，你在向我展示变幻多端的身姿。

还有，还有，在不能出行的每一天里，我总是透过窗户偷偷看你。松鼠在草地上跳窜，草地在烟雨里迷蒙，烟雨在思绪中发酵，而思绪……思绪被窗户内紧盯我的一双眼睛打断，我走神了。可是哟，我哪里有心思定定地坐在这里，我恨不得飞出窗外，扑进你柔意绵绵的怀抱里。你不知道，为了这短短二十天的耳鬓厮磨，我在心里期盼了多少个日子哟。从开满花的春到青草绿的夏，从枫叶红的秋到飘落雪的冬，一年一年，重重叠叠，重重叠叠。

日子如采采流水，还没有能够完整地翻过一页纸，归期却已悄悄临近。

你，不说一句挽留，就这样无声地看着我。你经历过太多的悲欢离合，我只不过是一个过客。而我，虽然依依不舍，却也已归心似箭，因为，我已想念故乡的家园。家园里有我深爱的女子，还有许多，牵牵挂挂。

此去应是经年，即使天涯比邻，又如何敢言轻易得归？就此道声珍重，微嘘，作别。

2011 年 12 月 7 日于加拿大多伦多

广西之行

陈燕

　　对于桂林的神往始于小学语文课本上一篇《桂林山水甲天下》的文章，尤记大象垂鼻饮水的黑白山水插图，另有一首《我想去桂林》——略带感伤的"有时间的时候没钱，有钱的时候没时间"的悲催歌，似乎我们都有点桂林情结。时至 2011 年 6 月 10 日，恰逢学校组织高三教师的广西之旅，幸运的我们"有钱有时间"慕名而去。

　　时值大雨瓢泼，在机场等了一下午，晚上飞抵桂林机场，再坐大巴回桂林市。四十分钟的车程，导游热情介绍，车窗外绿化植被修剪整齐，不时有拔地而起的突兀的秀丽石山飘过。大型喀斯特地貌山水秀，要数第二天四五个小时的乘船至阳朔的漓江游最为精彩，雨季加众多游船的马达隆隆，漓江水不如画上的清澈。上船坐定，十多分钟介绍漓江中啤酒鱼等如何鲜美。摄影师引导大家如何欣赏漓江上最著名景点"九马画山"，并吆喝摄影生意。之后我们迫不及待地上楼饱餐甲天下的山水，如游走在水墨画中，尽情发挥想象，那山石有如奔腾的骏马，童子拜观音，《西游记》师徒四人西行取经——惟妙惟肖。行至"九马画山"大家一起尽兴数马，据说周总理五分钟点出九匹马，陈毅最终看出七匹，能数九匹者官至宰相，傻傻地错过了最佳摄影位置浑然不觉。我们下楼吃午餐，午餐堪称一流减肥套餐，大家自费买的昂贵的啤酒鱼就显得分外鲜美。船家通过这种方式让大家记住漓江的鱼是何等肥美啊！印制在面值20元人民币背面的传说中的"黄布倒影"在我们品味江鲜之际悄然退后，游船激起的水波早已将倒影漾开。可喜的是在阳朔西街看到了美丽而宁静的倒影，也算无憾了。饭后继续在江上游，我们的山水视觉如同胃觉一样有点饱了之时，船上又起推销礼品之声，大家斟酌再三，各自买了点小工艺品。只有"人傻钱多"的程组长高价买了印刷好邮戳的纪念邮票。一路好山水尽收眼底，同时也感慨桂林旅游开发之成熟，似乎一路都在推销这或那，每个毛孔都充斥商人的精明味道。

上岸坐了当地特色的电瓶车直奔酒店。下午导游推荐遇龙河漂流、天籁蝴蝶泉、银子岩三个自费项目。我们二十个人一起去漂流。上竹筏时船工和颜悦色一口一个"帅哥""美女"关照坐稳。惬意欣赏犹如十里画廊的"甲桂林"的阳朔山水。船工撑篙拍打水面，水花四溅。两处在急流中顺势冲下，漂流有惊无险安全上岸。晚上钰姐留在阳朔西街小酌，我则买了"妃子笑"回酒店品尝，当地产的荔枝很甘美。"日啖荔枝三百颗，不辞长作岭南人。""长安回望绣成堆，山顶千门次第开。一骑红尘妃子笑，无人知是荔枝来。"苏州卖的荔枝大多是泡了保鲜的药水的。

第三天回桂林，桂林市区每处景色独具风格却又连成一种韵味。第一站游览桂林城徽象鼻山，在漓江边浅酌的巨象，前面石头连接弯弯地垂下就如象鼻子，中间的洞叫水月洞，"三山两洞两江"，乌龟山小乌龟的眼睛和水月洞交相呼应，小乌龟和大象对饮江水，桃花江和漓江交汇于此，美其名曰爱情海，岸边还有"亲亲"的雕像。身临其境体会"水底有明月，水上明月浮。水流月不去，月去水还流"的美景。大家纷纷在此合影留念。我们还游览了漓江守护神——伏波山，领略伏波将军的风采，倾听还珠洞的清廉故事。又游览了大自然艺术之宫——芦笛岩，洞内钟乳石奇石嶙峋，雄伟壮观，有的像怒吼的雄狮，有的像大象，有的像蜈蚣，有的像鲤鱼，有的像老人，有的像丰收的各种瓜果和诱人的蘑菇、花菜，有的像幕布、帷帐——在彩灯的掩映下，十分迷人，令人目不暇接。每处景观都有一个动人的故事。在导游的小曲中、悦耳的芦笛声中我们收获满满地离去。

第四天耿校长带领大家参观广西中学教育引领者之一的南宁二中，二中书记热情洋溢地介绍学校的发展，展示学生丰富多彩的学习生活。拾级而上参观校园，开阔气派，学生淳朴谦逊，展示栏上贴有学生写的美好心愿与祝福。唯一看到美中不足的是烂尾工程体育馆上历经风雨的锈迹斑斑的钢梁顶棚，遥想我们古朴典雅的季康馆，感慨万千。

第五天到北海，独木成林的大榕树甚是茂盛与顽强，大家摸着高大的发财树，企盼带来好运，我们看到了大肚能容的佛肚树、公椰子树（不结椰子的）、朱槿花、龙眼树上结满龙眼，只可惜没熟。知道了紫荆花有五个花瓣与五角星的故事——成为香港区花的原因。到银滩下海游泳，浪很大，晒得厉害，我又被大海征服了，胃疼发烧了。下午导游安排我们自费出海。导游幽默风趣，开玩笑："光谈钱伤感情，光谈感情伤钱！"我们先到宾馆休息一小时准备出海，钰姐看我沉沉睡了，就自个出海去了，我只能梦中出海了。晚上海边的日落景色很美，海边美餐我无福消受。小白陪我上诊所看医生，医生用纸分别包了几颗药片，剪了几颗头孢胶囊，只要15元。感动之余有回到儿时让赤脚医生看病的感觉。

第六天涠洲岛之行最为波澜壮阔，让我记忆深刻。涠洲岛位于广西北海市正南面约66公里的海面上，是中国最大最年轻的火山岛，也是广西最大的海岛。岛上惊涛拍岸，岩奇洞深，风光旖旎，民风淳朴，素有"大蓬莱"仙岛之称。我们坐的快艇，一小时乘风破浪，上下抛体起伏，左右机械晃动，颠簸得很厉害。开始大家很兴奋地尖叫，灯哥还跑到船头欣赏美景，站着随船起伏开心聊道："海面开阔看着是圆形的。"程组长忙着起身按单反快门。行程过半没的声响了，灯哥也没影了。继而大家晕得吐到不行，唯有"海军少将"吴老师淡定自若，笑容依旧灿烂，再大的风浪他也曾经历过。大家几乎都是脸色煞白地踏上这座火山岛。撞入眼帘的是奇特的海蚀海积地貌与火山熔岩景观——憨态可掬的猪仔岭，栩栩如生的鳄鱼石，泉水叮咚的滴水岩，年轻的红色火山岩。海浪拍来掏空岩石，汩汩声响。四百多年前，明代著名戏剧家汤显祖游览该岛，写下"日射涠洲廓，风斜别岛洋"的诗句……故而岛上有汤显祖雕像。我们还到了三婆庙，了解三婆的传说，清泉洗手，心灵涤荡。到潜水基地，我们已无力下海了，出了 5 元钱坐在海滩凉棚下的躺椅上远眺大海，近的浅海是浅蓝色，远的深海呈深蓝色。岛上种植着香蕉、榴莲等热带植物。因为滞销，岛上的猪吃香蕉，故名香蕉猪，想来香蕉猪的肉应比饲料猪鲜美。坐中巴车回程时岛上的路颠簸不平，大家心有余悸，纷纷买了晕车贴。结果回程坐的是大游船，顺风顺水，颇为舒适。哈哈，我没买晕车贴，坚信风雨过后见彩虹。

接下来是例行的几个购物景点，紫檀木筷子大家买了不少。我没心动，因为担心给它洗了个热水澡就显木头本色。由于晕船而无精打采一天的杨丽老师，一到珠宝店立刻恢复神采，笑容满面，流连忘返。晚饭后到机场候机，与蒋芹老师聊旅途趣事，笑声一片中我们踏上了回苏之路。

广西之行令人难忘与回味。

圣地莫里谷

柳袁照

莫里谷，在云南瑞丽，离缅甸边境不远，有异国风情。进入谷口，就是一泓清泉。我从未见过这样清澈的水，我印象中最清澈的清泉，是柳宗元笔下的小石潭。柳宗元不写水清澈，却写鱼，说"皆若空游无所依"。此句可以借喻，此泉则也可说：皆若空空世界。清澈到不见一物，连泉水自身都似不存在了，那真是太清澈了，所谓大音希声，大道无形。相传佛祖曾在此沐浴，此水就一直被视为圣水，我连洗手都不敢，用手去掬水喝都不敢，生怕玷污了它。释迦牟尼当年脚踩在这里，如今，岩石上还留着他硕大的脚印，后人在这大脚印上修盖了宝塔。

我对佛主素来敬仰。我对佛主的了解都在寺院里，佛主端坐在寺院里的形象，就是在我心中的形象：端庄、祥和、慈悲。可望而不可即，如今在这样一个山谷、在这样的一泓清泉中，想象佛祖当年行走、沐浴、冥想的情景，多了一份亲和、亲切、亲情感。似乎佛祖就在我身边，似乎并没有离我们远去，他还是一个真实的人，与我们同在。

莫里谷是一条河谷，两岸是高山，高山上遍是热带雨林，上百年的大树、上千年的大树，甚至更久远的大树，遮天蔽日。走进这里，似乎时光倒流，似乎还停留在佛祖还生活在世上的那个年代。看到这棵树，我想象当年这棵树的样子；看到那棵草，我想象当年这棵草的样子。莫里河，其实就是莫里山谷里的一条溪流。我们一行溯流而上，一路只听得见潺潺的流水声。阳光透过密密层层的树枝树叶，总有一两缕照在水上，照在草木上，照在岩石上，异常柔和、美丽。周遭昏暗、朦胧，有这样的一束光、一缕光，明亮而斑驳地投射在某一处，人的心里也会是一派柔和、美丽。我想，假如世上有佛光，这就是佛光。两千五百多年前，离这不远处异国的一个村庄，有一位女子，抚了枝叶茂盛的无忧树枝，动了胎气生下了释迦牟尼。佛经上说：佛祖降生的时候，天空仙乐鸣奏、花雨缤纷，一时间宇宙大放光明，万物欣欣向荣。天空直泻下清泉，来为佛祖沐浴。我想，假如世上真有这条清泉，我希望就是此刻我所见到的莫里河谷的清流。

　　我们七个人走在山里、走在热带雨林、走在莫里河谷。起先是一个紧跟着一个，后来就拉开了距离，分散了。河谷尽头是莫里瀑布，从悬崖的绝顶处直直地落下来，异常雄伟壮观，那就是从天庭落下来的吗？那会是为佛祖沐浴的那条清泉的源头吗？水气迷蒙，如同花雨。七个人中，只有三个人到达了终点，看到了这一壮观的景象。莫里河谷与其他河谷不同，其他河谷没有尽头，总有其他小路可以再向前、向上延伸，而莫里河谷不是，到了瀑布，也就到了尽头，再无向前、向上的路。世上许多人不喜欢走回头路，但是到了这里不行，一定要走回头路。

　　印度奥修有一句名言，叫"所有的小径都通向山顶"，是吗？每个山顶都会有这样的小径吗？奥修是个哲人，他不是写游记的作家，他更多地通过景观进行哲学的思考，他说："最高的巅峰是一切价值的极点：真理、爱、觉知、本真以及整体。在巅峰它们是不可分割的。它们只有在我们的知觉的幽谷里才是分离的。"奥修又说："比如，每种价值都处于很多不同层次，每种价值都是一架有很多横档的梯子。爱是色欲——最低的一档，与地狱相接；爱亦是祈愿——最高一级的横档，与天堂相连。"

难道我们走在河谷，走在最低的一档吗？前面没有路了，只有悬崖？如何攀缘到奥修所说的最高一级呢？那瀑布不是给了我们启示吗？我们为何不缘瀑布而上，把瀑布当作能攀越的绳索？瀑布真的能成为绳索吗？我们真的能抓住而上吗？我想起了一个古希腊神话——《西西弗斯的传说》。西西弗斯因为卓尔不凡的智慧，惹恼了众神，诸神为了惩罚西西弗斯，便要求他把一块巨石推上山顶，而由于那巨石太重了，每每未上山顶就又滚下山去，于是他就不断重复地做这件事——西西弗斯的生命就在这样的劳作当中慢慢消耗殆尽。这个传说，在此情此景的莫里河谷，会有什么新的含义？我们会是西西弗斯吗？

几个朋友听说前面没有路，要走回头路，而不再向前走了。他们坐在河谷中途的凉桥亭里，同样也在尽情地享受莫里河谷的幽深与幽静，感到无比快乐。等待我们返回，与我们会合，一步一步往回走。我对他们讲了谷底莫里瀑布的壮观与雄伟，但是，他们说自己一点也不遗憾。是啊，他们何尝遗憾呢？为何要遗憾呢？想起东晋王子猷大雪之夜，驾舟前往阴山拜访好友戴逵的典故。王子猷天明方至戴家门前，到了门前，却又折身返回。人问何故，王答道曰："乘兴而来，兴尽而返。见不见戴逵有何妨？"

莫里河曲折多变，河上架起了几座桥，我们从桥左走到河右，又从河右走上桥，走到河左。在这个行走的过程中，我遐想不断，真想不要那些桥。愿意走完河谷的人，为何不赤脚挽起裤腿，走进溪流？与这山、这水、这石、这树、这草亲近？转而又想，还是要了这桥——这渡人的工具。我们这等世俗之人，用脚踩进这溪流，不是玷污了如圣水一般的清流了吗？

莫里谷之游，竟给了我诸多思考，且又是得不到清晰与唯一答案的思考。说它是圣地，因为我心中把它看作圣地。所谓圣地，在我看来，给人心灵以净化，这种净化又不是被说教的，不是单向的、单一的，而是自然的、丰富的。人最高的祈求的目的地能最终达到吗？如不能，那怎么办呢？听从神的旨意，还是听从内心的自我召唤？生命是一个过程，这个过程是杳无边际的吗？看似是，其实不是，每一种生命、每一个生命的个体都是要返回原点的，尽管返回的方式会不一样，返回的时机会不一样。佛提倡解脱，佛提倡求道，自我领悟、自我感悟。不是吗？莫里谷的一草一木、一点水一缕阳光，无一不是对我们的昭示。魏晋人如王子猷那种超脱，某种程度上与佛理是相通的，面临纷杂喧嚣的社会与世界，有一点魏晋人的风度还是需要的。在我看来，佛性、神性与人性是统一的，也是能够统一的，关键是人的内心够不够强大。西西弗斯是执着于信念（他推石头本来是一种惩罚，但他却转化为信念），王子猷是顺从于内心。看似两种不同的人生态度，但其实是一致的，都是听从内心的召唤。而佛祖，是更为自觉而觉人，也就是能达到奥修所说的那个"巅峰"的唯一的人。莫里谷的单片树林、单条溪流、单块岩石，看似没有关系，呈现各自的美，其实，它们之间是相互联系，特别是有内在关联的，互相映衬而展现更高层次的整体美。山谷中有一棵树抱石，发达的根须环抱着一块巨大的岩石，根系与岩石都裸露在外面。根须与岩石，在这里已经不是原来的那个独立的根须与岩石了。进山谷之时，我并没有对它多留意。返途中，我停下，留意起来。"景点指要"说：这是一棵菩提树，相传释迦牟尼曾在树下坐过。菩提树是佛教中的圣树，我们需要久久地瞻仰。我知道后来释迦牟尼就是坐在菩提树下顿悟得道成佛的，虽然不是这棵菩提树。

2012 年 10 月 10 日

南京怀古

金泓

　　从来没有一座城市像南京一样充溢着繁荣与衰败两种矛盾气息，像南京一样被各领风骚数百年的文人墨客们一次次怀古伤今。我们无须攀缘巍巍的紫金山，无须登上坍圮的台城墙，无须穿越斑驳的乌衣巷，无须跋涉滔滔的扬子江，只须嘴一张，轻轻一叹，"金陵"二字一出，六朝往事便如流水一样连绵不绝，所有的怀古之思就如皎洁的明月一样朗照在异乡客的心上。

　　金陵，依山傍水，实乃风水宝地。相传当年诸葛亮曾惊赞："钟山龙蟠，石城虎踞，真帝王之宅也！"历史上，吴、东晋、宋、齐、梁、陈六个连续的朝代在此建都，另外，南唐、明（洪武）、太平天国、中华民国也都曾建都于此，南京因此被誉为"六朝故都，十代都会"。然而除了迁都的明朝，其他朝代的政治寿命都很短暂。难道真的如传说所言，金陵的王气被秦始皇凿山而泄了吗？站在江畔，俯览"逝者如斯夫"的江水，远眺枕着寒流的山形，于是又一个后人开始怀古了。

　　六朝的遗迹，我也曾探访过。"吴宫花草埋幽径，晋代衣冠成古丘。""宫殿余基长草花，景阳宫树噪村鸦。云屯雉堞依然在，空绕渔樵四五家。""山围故国周遭在，潮打空城寂寞回。淮水东边旧时月，夜深还过女墙来。"前人的这些诗句，写尽了那份荒凉与衰败。今日很多遗迹成了景点，游人如织，恐怕很难再现诗中的意境。印象中，十多年前，我负笈南京师范大学时，曾与同窗在仙林农牧场寻访到一个梁朝时的古冢。从碑文来看，墓主人应是位皇亲国戚，然而墓碑已倾圮，守护的石兽也已残破不堪，周围一片荒芜。当如血的夕阳的最后一抹余晖残照在墓碑上时，一种无法言说的悲凉蓦地涌上心头。后来，那儿开发成了现代小区，访古的往事也成了故事。

六朝不断被后人提及，因为它毕竟也曾繁华过，唐朝诗人刘禹锡有诗："台城六代竞豪华，结绮临春事最奢。"然而六朝帝王昏聩，纸醉金迷，偏安江南一隅，不思进取，终究被他人取代。中国人历来含蓄，当朝的圣上犯了这样那样的错误，净臣忠将们不宜直言，于是他们都想到了一个共同的法子——借古讽今。于是，金陵成了败家子的代名词，在一代又一代文人诗中演绎着由盛转衰的命运。其实，那种"陋室空堂，当年笏满床；衰草枯杨，曾为歌舞场"的变化，何止是金陵，长安、洛阳、开封、大都，哪个都城未经历过盛衰运转？只是建都金陵的王朝，寿命都太短，帝王能力都极其有限，他们的后人又都无力回天，所以金陵便委委屈屈、窝窝囊囊地承担着历史的骂名，成了"无情最是台城柳，依旧烟笼十里堤"的帝王折戟的地方。

或许是南京的山太过清秀，南京的水太过明艳，南京的城太过绮丽，这儿的帝王将相少了份霸气，多了份文气。南唐国主李重光（李煜），激扬文字，却不能指点江山，只能兀自将一腔亡国之愁，演绎得如春水向东流。唐朝的杜樊川夜泊秦淮时感叹着："商女不知亡国恨，隔江犹唱后庭花。"他怎会料到800多年后的秦淮河畔多了八位才貌双全的红粉佳人。明将亡，国难当头，巾帼不让须眉，南国佳人不再"莫愁"，她们深明大义，保全气节，一个劝夫君共投湖，一个血染桃花扇。她们的文气骨气，让江南才子们也个个扼腕折服。以后又300年，当民国的才子朱自清、俞平伯在桨声灯影里夜泊秦淮时，他们从歌女清婉的歌声里，听到的是商女的靡靡之音，还是"八艳"的铮铮之声？

很多事到了南京为什么会如此奇绝？余秋雨先生认为是中原文明与蛮夷文明在这里碰撞的结果，这是一个庞大民族的异质汇聚，确实如此。这里的新街口白天人流如织，这里的夫子庙夜里灯火辉煌；这里的紫金山巍峨耸翠，这里的玄武湖渌水荡漾；这里的林荫道高大古朴，这里的总统府庄严肃穆；这里有着繁荣，有着蓬勃的生机，然而这里也长眠着国父孙中山，长眠着雨花台的烈士们，长眠着30万无辜的同胞。热闹与宁静，在南京得到了矛盾的统一。

"落日楼头，断鸿声里。江南游子，把吴钩看了，栏杆拍遍。无人会、登临意。"古往今来，四方游子都在江边，把栏杆拍遍，感叹往事，而各有各的心事。六朝也罢，汉唐也罢，明清也罢，物换星移几度秋，唯有滚滚长江，向东而去，不舍昼夜。于是，在长江边吟诵起了杨慎的《临江仙》："滚滚长江东逝水，浪花淘尽英雄。是非成败转头空，青山依旧在，几度夕阳红。白发渔樵江渚上，惯看秋月春风。一壶浊酒喜相逢，古今多少事，都付笑谈中。"这便是南京怀古最好的注脚。

2013 年 2 月 14 日

土耳其日记

柳袁照

2013年2月7日上午，初渡达达尼尔海峡

从没有想过我会来土耳其。由女儿操作、安排，今年一家三口来土耳其旅游。土耳其对我来说是一个神秘的国家。小时候，我对外国的认识常常就是，先从国名揣度这个国家的特点，比如，土耳其，"土"字当头，还加一个"耳"，我就揣度她是一个老土的国家，一定落后、闭塞。这种错觉，是一种无知、幼稚的表现，贻笑大方。我去一个陌生的地方，很少事先准备，总是去了再说，我相信直觉，相信"初感"的准确性。这次去土耳其也是这样，我仅知道这是一个跨欧亚的国家，三面环海，北面是黑海、西面是爱琴海、南面是地中海，也还知道她是一个世界著名的文明古国，土耳其人的祖先是突厥人，几乎所有人都信奉伊斯兰教。仅仅如此，就这样，我横跨亚洲，到达了土耳其。

土耳其与中国时差六个小时。当地时间早晨5点，飞机降落在伊斯坦布尔，而后我们沿着马尔马拉海北岸西行。马尔马拉海是土耳其

的内海，这一天，天气晴朗。到达达达尼尔海峡时已是中午，我们在盖利博卢小镇用餐。小镇颇为宁静，不是很繁荣，没有人们想象的海滨城镇的浪漫。简单的街道近乎简陋，很普通的房舍，但色彩明快。游船停在海边，就是停在街边。海鸥在海上飞翔，也掠过人们的头顶。冬季街上的树木几乎都落光了叶子，枝枝丫丫昂然向上，虽萧瑟，但不落寞。土耳其很少中国人，游客更少，更不会有中餐馆，我们用了土耳其餐之后，也学土耳其人的样子，悠闲地走在狭窄的小街上，吃着冰淇淋，边吃边走。土耳其冰淇淋的滋味赛过法国的哈根达斯，且又便宜，一个土耳其里拉一个（一个土耳其里拉约合 3.5 元人民币，比喝一瓶水还便宜）。上车，汽车驶上渡轮，准备横渡达达尼尔海峡。达达尼尔海峡是连接马尔马拉海与爱琴海的关隘要道，也是欧洲与亚洲的分界线，渡过达达尼尔海峡，我们也就从欧洲回到了亚洲。

到了海上，我们上了甲板。海鸥真是一景，成群结队，围着渡轮上下飞翔，见人也不惧怕。不仅不惧怕，还主动亲近。其实，它们是为觅食而来，只要有人扔出食物，没有不被海鸥接住的。渡船启动了，海鸥也与我们一同前行。我在甲板上跑前跑后，取不完的美景。上摄海鸥，下摄波涛。海峡里的波浪，如同起伏的山岭，一浪又一浪，如同一道道山梁，阳光照射着，波浪间闪动着魔幻的光彩——墨色的光彩，强劲而洒脱。仅仅半个小时就到达对岸了，我们又行驶在达达尼尔海峡南岸。马尔马拉海、爱琴海与达达尼尔海峡，这就是我最初认识的土耳其。我所见到的土耳其是一片敞开的土地，丘陵、草地、橄榄林、石榴树、穹庐顶的清真寺和高高的圆柱体尖塔，几乎就是我所见到的土耳其的全部。我已认识的土耳其还有一位土耳其女导游，家住黑海边，她说，她的母亲是俄罗斯后裔，她的父亲是突厥人后裔，自己是一个混血儿，黑发、蓝眼睛，非常美丽。

达达尼尔海峡东岸的恰纳卡莱是一个能让人留恋的小镇。石板街道，窄窄的，换在我们国内，早就该扩建了。美国人拍摄了电影《木马屠城记》，使用的道具——巨大的木马，捐赠给了恰纳莱卡市，被摆放在海滨广场。传说当年希腊三圣之一的亚里士多德曾在此附近住过三年。三圣人——苏格拉底、柏拉图、亚里士多德，那是人类智慧、正义与力量的象征。毋庸置疑，社会发展到今天，仍少不了需要汲取他们的精神养料。今晚我们将住在那里。我是一个情感单纯而外露的人，我认为，在他们留有踪迹的地方，匍匐在地以表达对他们的敬仰之情都不为过。能够在亚里士多德曾经生活过的小镇住上一晚，枕着达达尼尔海峡的波涛，感受的不仅仅是爱琴海与马尔马拉海的气息，更多的将是古希腊圣哲的气息。

2013年2月7日下午，特洛伊情思

我们渡海是为了朝拜特洛伊古城。对我来说，这是一个不可思议的地方，无论如何想象它的神秘都不为过。我三十多年前就知道特洛伊，那是从荷马史诗《伊利亚特》中知晓的。荷马是公元前800多年时的人，他描述的是公元前1200多年左右的故事。故事就发生在特洛伊，那是一场漫长的持续了十年的残酷战争。战争在特洛伊和希腊之间进行，战争的起因是为了绝代美女海伦，特洛伊王子帕利斯在女神阿佛洛狄特的帮助下，拐走了海伦，海伦是斯巴达国王墨涅拉俄斯的王妃。于是，战争开始了，一攻一守，惊天骇地。为了攻破特洛伊，希腊的奥德修斯采取了兵不厌诈的战术，佯装放弃战争，全部撤退。阵地上只留下了一个好像供神使用的巨型木马。特洛伊人上当了，兴高采烈地把这匹木马拉回了城内，他们喝酒、跳舞、庆祝战争的胜利。午夜，偷藏于木马肚里的几十个希腊士兵出来了，放火、偷袭、打开

城门，与偷偷返回的希腊兵士里应外合，终于赢得了战争的胜利，海伦也回到了丈夫墨涅拉俄斯身边。

特洛伊废墟坐落在希萨立克山上，山并不高，是一个缓缓的山坡。举目远望，四周都是田野，虽然是冬天，可田野仍是郁郁葱葱，草木等生命仍然十分顽强地在这里生长着。特洛伊古城已是废墟，是一片不加任何修复的废墟。建城最远可以追溯到公元前 3000 年，这里曾是爱琴海地区的贸易中心，几千年的繁荣与衰败交替，使特洛伊形成了九层城市遗址。清晰可辨的城墙是第六层遗址，依稀保留的雅典娜神庙是第八层遗址，还有相对完整的圣地、剧院是第九层遗址，而第九层属于罗马时代，其皇帝君士坦丁还曾造访过这里。我走在废墟之中，幽思不断，这样一个闻名遐迩的地方，只有我们一行十几个人，冷寂之外，还是冷寂，对我们习惯了熙熙攘攘环境的人来说，似乎被推搡到了被时光遗弃的某一处潮湿的角落，既惊悚又兴奋。五千年的历史，一层层、一叠叠留在土壤中，有多少人会在意？这个遗址，再过一千年、五千年，又将是什么样子？入口处的"木马"正在维修，那是今人为了宣传安置的一个广告性"道具"。大黑布罩着，大煞风景。

刚才还有雨滴落下，这会儿已是阳光明丽。我小憩一会儿，捡了一处断垣残壁坐着，享受废墟的阳光，享受废墟上空徐徐吹来的风，有那么一点侠骨柔情的冲动。冲动什么呢？希望突然出现强盗，我瞬间创造英雄救美的奇迹？希望沉睡的幽灵突然醒来，与我发生离奇的故事？我自然想到了另外两个女人与战争的历史，这两个女人同样也是绝代美人，而且都与我的家乡苏州有关：一个西施，一个陈圆圆。范蠡为了越国战胜吴国，献上了自己钟爱的西施给吴王，让吴王耽于女色，最终输了战争。陈圆圆是苏州的名妓，吴三桂异常喜欢，后纳为小妾，李自成攻破北京时，手下刘宗敏掳走陈圆圆，吴三桂"冲冠一怒为红颜"，遂引清军入关，加快了明朝的崩溃。一个人的一件偶然的事情，往往能改变一个城市，乃至一个民族、一个国家，更甚者能改变整个世界的走向与变化。特别是绝代美女，她们的命运往往决定着其他许多人的命运。三个美女，我以为西施最可怜，而范蠡也最为小人，为大丈夫所不齿。

凄婉的传说，往往就是真实的故事。"木马之战"，写在荷马史诗里，德国人谢里曼就相信历史上确有其事。他于1871年来到西萨立克山开始考古挖掘，梦想成为现实，他发现了特洛伊的第二期遗址，并发现了"普里阿摩斯的财宝"。我们中国的传说也往往如是吗？有关西施的史迹似乎还有点儿，而陈圆圆的史迹残留在哪里呢？此时此刻，我想这些做什么？想说明什么呢？此刻，我看到一群流浪猫在特洛伊废墟之间徘徊、穿梭，也有几只懒懒地躺着，眼也不睁，似乎一切都与它们无关，但只要有游人，手中有食品，徘徊的、穿梭的、躺着的、闭着眼的都会幽灵般警觉起来，跟着你、围着你，以求得食物。一拨又一拨人，来了又走，走了又来，我相信，这群流浪猫不会走，这个萧瑟的、残败的、斑驳的废墟一定是它们最美好的家园。

2013年2月8日上午，行走在爱琴海西岸

昨天看完特洛伊，当晚就住在恰纳卡莱。恰纳卡莱坐落在达达尼尔海峡，枕着一夜的海涛，在柔和的晨曦中，不得不告别了。我们沿着爱琴海的海岸线一直向南行驶，今天的目的地是以佛所。下雨，路滑，汽车一直开了六个小时。

坐在汽车上观察土耳其、品味土耳其、享受土耳其，是我的荣幸。先是丘陵地带，山上、山下都是橄榄树，虽然是冬季，但满眼望出去都是绿色。公路极普通，两车道，公路两旁也不种植树木，视野辽阔。

再种植树木干什么？山下、山上都是。一路行驶，几乎见不到一家企业，他们的厂房在哪里？为什么他们的土地闲置不用？到处都是草地，以及草地上的低矮灌木。走过半小时以后，方才看见一个小镇，也极普通、平常，民居至多三四层，商店也是。只有圆顶——穹庐状的清真寺，以及高高的圆柱尖顶的塔楼，才让我感觉到土耳其独特的风情。凭我的直觉，我冒昧地说，这里的经济发展水平才相当于我们国内，特别是江南20世纪90年代的水平，当时江南的田野上已经厂房林立，而这里仍呈现这样的自然状态，确切地说，还不能说是自然状态，用原始状态才更恰当。尽管远处的山脊上会出现一排排风车——我在新疆塔里木曾见到的那种发电风车，可是现代化水准与我们的标准相比确有差距。

一面是海，一面是丘陵，蜿蜿蜒蜒，盘盘旋旋，我们一路行进。爱琴海刚在右边，一会儿又跑到我们前头去了。车往前驶去，似乎要开到尽头了，再开，几乎要掉入大海了，可是，一转弯，爱琴海也转弯了。海上少风浪，也少船帆，不远处的岛屿与蓝天相接壤。导游达伊说，那都是所属希腊的，希腊本土在爱琴海对岸，但靠近土耳其的岛屿多属希腊所有，这与历史上希腊的强盛与强势有关。希腊风情与土耳其风情是有差别的，希腊的房舍一般多蓝、白两色，上蓝下白，与大海蓝天相呼应、相映衬。我们驶上山顶了，奥托姆小镇就在我们脚下，金色屋顶的一幢幢别墅，如童话一般。土耳其也有两极分化，不知是不是有我们国内大？此时，我无法求证。达伊又说，赚钱赚钱，一生赚钱，一个普通的土耳其人，要干到八十岁方能买上这里别墅里的一小间。天下老百姓都一样，辛勤的付出，不一定有理想的、丰硕的收获。

第一次直接面对土耳其，我格外有精神，竟几个小时都不眨眼。

我注意到，无论别墅还是普通的屋舍，家家户户都没有防盗门窗，从未看见那种异常煞风景的卷帘门，两天十几个小时的公路行驶，没遇到堵车，也没有看见车祸。无论是城镇还是郊野，卫生状况良好，没有乱扔乱丢的普遍现象。我以为土耳其的经济发展水平尽管不如我们，但其总体的文明程度一定超过了我们。途中，我们穿越了土耳其第三大城市伊兹密尔。公路穿城而过，相隔不远就是一座天桥，供行人穿越公路。天桥很现代，上下都是电梯，令我羡慕，特别是给老弱病残带来了便利，特别人性。土耳其马路上开的车很少名牌，城里也几乎很少特别显眼的高楼大厦，可土耳其天桥上的电梯却是最一流的，在我们国内，我只是在北京王府井附近看见过天桥电梯，但很不普及。伊兹密尔是一座有特色的城市，城市似乎建在丘陵上。城里山头多，山头上都是房子，从低到高，鳞次栉比，就像我们贵州千户苗寨一样。他们的做法与我们不一样，我们的山头上都安葬着我们的先人、亲人，而土耳其人与欧美人一样，往往把自己的先人、亲人就安葬在闹市的街区旁。生与死，不分彼此。

2013 年 2 月 8 日下午，从以弗所到希林杰

汽车停下之时，天还晴朗，没有几步，就下起了雨，开始是一滴、两滴，后来就淅淅沥沥，再后来几乎就是大雨了。雨中的感受，与晴天的感受是不一样的，特别是冬季，又是在遗址，本来凭吊、怀旧就是令人多少有些感伤的事，雨中的残败、斑驳的景象，更是让人唏嘘不已。

曾经的以弗所，是人类文明的骄傲。据说早在公元前 6000 年就有人居住了，它最早由希腊人所建，曾经是古代阿尔忒弥斯的崇拜中心。阿尔忒弥斯神庙为古代世界八大奇观之一。还听说圣母玛利亚在此度

过了她生命最后的日子，就在距离废墟遗址几公里的梅雷曼那教堂。那天实在是因时间关系，不能前往瞻仰，只能朝着那个方向久久凝视，表达我的敬意。我不是考古工作者，也不是宗教人士，我到达以弗所，不是为那些细微的求证，我只是来感受以弗所——感受这片废墟留下来的人类文明的气息，那是能深入我们心灵深处的气息。我没有过多的感慨能容纳两万五千人的巨大的圆形露天的剧院，我也无暇想象这个剧院曾经举办的戏剧、人兽角斗等各种盛大的抑或是振奋的、欢腾的、恐怖的情景。我也没有过多地在那些巍峨地树立着的或横七竖八躺倒着的大理石罗马石柱、石刻、石雕前流连。脑子里只是萦绕着这几个问题：为何以弗所最突出的是神庙、戏院、图书馆和澡堂这些建筑与场所？那么宏伟得不可思议的阿尔忒弥斯神庙，为何如今只留下一根石柱？为何同样宏伟得不可思议的剧场，还完整地保留着，并且至今还在使用？为何图书馆只留下像澳门大三巴牌坊一样的门柱，而对面妓院连门柱也没留下，却留下了当年的一块标志性、广告性的石刻脚印？土耳其人那么讲究澡堂、热衷洗澡，又是因为什么？或许这些问题提得没有价值，浅薄，也许会博有识之士一笑，但对我来说却是有意义的。由此，我陷入了思考。

曾在以弗所待过几年的亚里士多德说过这样的话："上帝所做的、胜过一切想象中的幸福行为，莫过于纯粹的思考，而人的行为中最接近这种幸福的东西，也许是与思考最密切的活动。"我不知道，在雨中以弗所激发的思考是不是真正地接近这种思考，我接下来的活动是能够称得上与这样的思考最密切的活动。

从废墟遗址出来，天仍在下着雨，我们去了与之相距十里路左右的希林杰村。车子在蜿蜒的山路上行驶，转了许多弯，爬了许多坡，我们到了大山深处这个古老的发人幽思的小村落。村落被果林覆盖着、笼罩着，家家户户都会酿酒、都在酿酒，各种果酒摆在家里，即摆在供销售的店铺里。窄窄的石板路、有特色的爱琴海、地中海风情的房子，都散发着一种纯美、幽深的气息。村子中心是一座圆顶的清真寺和一个清真寺塔柱，真是一个像中国古代世外桃源的地方，撑着雨伞走在这里，真想留下，与这里的农夫农妇们一样过着一种真正的简单生活。

希林杰，在土耳其语里是美好的意思。它始建于以弗所废弃之时。这样一处曾经是亚洲最大的城市一下子毁灭了，是战争、地震、瘟疫？我以为都是，也都不是。当以弗所再也不能生存的时候，许多居民就选择了躲进深山老林里，希林杰村就是从以弗所末日那一天开始建立起来的。

2012年12月21日，曾被一些人误认为是世界的末日。许多人都认为，世界上只有两处地方能躲过这场灾难，一个是土耳其的什林塞，还有一个是法国的比加拉什，相信这一说法的人称，这两地有高浓度的"正能量"，能保护一切生灵。末日的谣传，无疑是人们对玛雅预言的误读，它的流传源自人类自身的无知和恐惧，但12月21日，确实有大量的人从四面八方蜂拥而至。这说明了什么呢？返璞归真能躲避世界末日？

说实话，我对以弗所的了解与兴趣，不是源于历史、地理、宗教等教科书，而是我读过的一部小说。它就是土耳其作家奥兹坎写的《失落的玫瑰》。拿到这本书，我一口气就读完了它，据说奥巴马等世界名人也读过这部小说；据说这部小说是至今为止土耳其文学史上唯一超越诺贝尔文学奖得主土耳其人奥罕·帕慕克的作品。小说讲述的是一位叫狄安娜的姑娘，她很年轻，又异常美貌、聪明，可她却不快乐。是什么原因呢？因为她太看重别人对她的评价与赞美了，反而离真实自我越来越远。母亲临终前，告诉了她一个秘密：她还有一个孪生姐姐，叫玛利亚。出生不久就和她们失散了，可在母亲去世前不久，却收到了玛利亚的几封来信。玛利亚知道母亲及妹妹的地址，而母亲及妹妹却不知道她确切的地址在哪里。小说从这里展开了狄安娜寻找姐姐玛利亚的旅程，那是一场十分纠结、十分神秘的寻找手足的旅程。只有狄安娜能够倾听到一种叫作"亚里士多德的玫瑰"歌唱的声音之时，她才能找到姐姐玛利亚。直到最后，狄安娜才知道，这是母亲生前用心良苦的安排。原来孪生姐姐玛利亚根本就不存在，母亲这样安排，为的就是使狄安娜能认识真正的自我。

狄安娜是罗马神话中的月亮女神和狩猎女神，即对应于希腊神话中的阿耳忒弥斯，阿耳忒弥斯犹如月亮般美丽冷艳，但也不失冷酷、孤傲，还有残忍。而玛利亚则是耶稣基督的生身母亲，传说怀耶稣之时，还是处女之身，因受神灵之感而受孕，集一切美好、美妙于一身。小说的主人公为什么叫狄安娜？她寻找的姐姐（其实是她真实的自我）为什么叫玛利亚？书名为什么叫"失落的玫瑰"？这朵玫瑰又为什么取名叫"亚里士多德"？为什么故事的场景放在以弗所？原来，这一切都是有隐喻的。救赎？自我救赎？此刻，我又想起了亚里士多德所说的两句话：一句是"幸福来源于我们自己"，另一句是"幸福就是至善"。

就要离开希林杰村了，我仍然依依不舍，不知道何时能再来。与以弗所遗址相比，我竟更喜欢这里，一切简简单单，又平平常常。有果树，有美酒，有一群好客自足的村民与朋友，少喧扰，少争斗，出门见山，关了门，从窗户里望出去还是山。因为没有奢求，也就少失落。所谓繁荣、繁茂都不会永恒，都要萧瑟、没落的。自我往往都是在虚假的追求之中丢失的。这一天，给了我太多太多辩证的启发，这种启发对人的一生都会有用处。真的要离去了，再一次回望，一户农舍里飘出柔情但有些忧郁又有些缠绵的乐曲，随即我看到一位大叔走上街头，边唱边舞，多自然而浪漫的情景！上车了，雨也停了，万山苍翠，霎时，一道彩虹挂在这山头，又垂落那山头，一条真正的桥梁啊，大家都欢呼起来。

2013 年 2 月 9 日，帕穆卡莱之遇

早晨从爱琴海海滨小城库沙达瑟去内陆小镇帕穆卡莱。导游到车上就说："这是中国游客最爱的地方。"他说，"中国人对废墟啊、遗址啊往往不感兴趣，中国人热衷山水风光，对中国游客来说，那就是最好的地方了。"帕穆卡莱，还翻译成棉花堡，有温泉，有像棉花一样的山丘，有像棉花一样的城堡。而我对棉花堡却没有多大期望，国内哪里没有温泉？哪里没有石灰岩地形？国内有多少鬼斧神工的石灰岩洞穴，那些"钙华"多像琼楼瑶池！我心里暗自把帕穆卡莱与我们四川的九寨黄龙相比，它难道能与它们相比吗？昏昏沉沉四五个小时，随车子颠簸，正在梦乡之时，导游把我们一一唤醒，说快到了，前面山上半山腰垂下的一大片白色的岩体就是。

汽车渐渐驶近，就在山脚下了。抬头一望，确实很平常，白色的山体，白色的山崖下，有一池清水，远远望去，山崖上面有一些人在行走，不过蓝天白云，那辽阔的天体背景却令人心旷神怡。中午简单地用完餐就上路了。汽车盘旋着把我们带到山上，是啊，正如我所料，极平常的景色。山崖边缘处，一层层像梯田，山水流下去，溢满一层，又溢满一层，一层层山水流淌下来，很有特色，白色的岩石，淡蓝色的水，但也不至于让我激动。我还在心里把它与黄龙的景色相比，黄龙也是亿万年的石灰岩与水相激荡、融合，结成钙华，五彩缤纷。还

有国内云南的翠荫峡下的岩洞里，在其洞穴的深处，也有这种钙华凝成的层层梯田。导游说："有兴趣的话，可以下水去走一走，体验一下。"他说，"这可是很有名的温泉啊。"大家纷纷放下随行的挎包、背包，挽起裤管，脱了鞋袜。我呢？"行了吧。"我说，"我就不下了，替你们拍照、看行李。"

过了好一会儿，他们都上车了，说很舒服，水底滑滑的，都是些细小软泥。他们还对我说："不下到水里是可惜的，要不我们等你？你下去一下，也感觉感觉？"我望着远处，看到有一些废墟、遗址一样的建筑残留在那里，有一种苍凉感直逼人心，就提议道："我们还是去那里看看吧。"后来，就这样，我们一家三口就在山头自由闲游了。与在以弗所遗址所见到的一样，巨大的石块——方整的、残缺的、布满苍苔的石块散落在一处处。石柱，巨大的石柱——希腊风格的、拜占庭风格的、罗马风格的，有孤零零竖着的，有横七竖八躺倒在地的；还有拱门、拱桥、长廊、庭院，有的清晰可见，有的依稀可辨；还有散乱的石棺，各种形状，东倒西斜。还有几处石棺小屋，斑斑驳驳，孤零零地矗立在悬崖边。这是什么地方？如此苍凉！我们不停地向北走去，这些惊心动魄的场景越来越多。拍照，不停地拍照，说实在的，特洛伊、以弗所都没有让我这么震撼，这种震撼不是那种能让人歇斯底里叫喊的澎湃，而是内心深处会颤抖又发不出声音的那种茫然般的震动。

没有人跟上来，只有我们三个人在那神秘、苍凉的废墟里游走。这个山顶多辽远啊，似乎本身就是一个孤独的世界。虽然我们的南面就是悬崖，白色的悬崖，被称作像棉花一样的城堡，城堡下面就是我们来的道路，道路前面是一片平原，平原那一头，就是代尼兹利城，而越过代尼兹利城又有一抹远山，山尖处是皑皑白雪。阳光照耀在上面，一片金光，但我们前面另一个方向，黯然、冷瑟，却不阴森，好像有无数的谜等待我们去解开。

这时，妻女不愿再向前走了，一再催促我返回。也罢，我只能跟着她们回头，但还是忍不住一连几次回首。来时因为好奇，并没有感觉到走了多远，回头路，精疲力竭，好像路远了许多，快到团队集中的地方了，可又看到远处有一处废墟场景，人影晃动，好像是露天剧院。我与女儿欲前往，妻子不愿，我们说："你就在原地坐下等我们吧。"我们前行，妻子又跟了上来。半途遇见一神庙遗址，进入，出来，女儿说："不去了吧。"妻子却说："不去？可以，你坐在原地等我们。"我们继续向前，女儿又跟了上来。当我们气喘吁吁爬上一个山头时，异常兴奋——真是一个露天剧院，依山势而建，整个剧院像一个口张开的巨大喇叭，我们坐在喇叭口的剧场石凳上向下俯视，下面的喇叭底就是舞台，我估计有恐高症的人是不能如我这般倾出身子探望的。这是公元前2世纪帕加马王朝时建造的圆形剧场，能容纳一万五千人就座，直至现在仍在使用，此时，我只有感慨。

这么一个地方，真出乎我所料。下山，来到住地，就在山脚下，温泉到处流淌，饭店有一处露天温泉浴池，是免费场所。夕阳西下时，我们大家开始浸泡其中。泉水并不清澈，昏黄，因为含铁量很高，近乎红色，被称为"红色温泉"。坐在池底，我的思绪却泛滥了。因为到达饭店以后，我赶紧上网查阅资料，弄清楚帕穆卡莱人文的、自然的来龙去脉。我这才知道，这是一处"圣城"，有两千两百多年历史，朝代更替，经历无数战争、地震、瘟疫，最后不得不废弃。其实，我对这些原委兴趣不大，历史已随风而去，我今天所感受的是历史遗留下来的场景给我的感受。那些山头古墓竟有一千多座，我们下午所走的残存大道被称为"石棺大道"。今天傍晚，假如我们再迟一点返回，那个血红的余晖，照在其实是坟墓但我们以为不是坟墓的断石残碑上，晚风吹拂，万籁俱静，只有我们自己，就这样静静地走在其间，那会是一种怎样的情形？

我想起曾看过的徐志摩游历欧洲的散文，他说去游玩山水名胜，最好一个人独行，朋友、恋人、家人同行都不行。他的意思好像有两个，一是说与朋友、恋人、家人同行，相互依恋、牵挂，不会真正地投入风景；二是说与朋友、恋人、家人同行，会受牵制，也不能真正地投入风景。真有道理，一个人的时候，可以随性、可以率性，或歌、或啸、或坐、或躺，以真正地融入自己想要融入的。

半坐半躺在温泉水池里，天色也开始暗淡，夕阳也越来越低，水池里水的颜色也随之变化起来，在淡淡的朦胧中，一会儿黄玉色，一会儿玛瑙色。忽然我明白过来，我们上山看棉花堡的时间不对，接近傍晚的时候才最佳，天空的云彩映在大小、高低不同的梯田似的水池里，不同的方位、角度，水的颜色各有不同，加上晚霞瞬间的变化，池水更幻化成童话般的美景。我还明白过来，我们观赏的方式也不对，在山上俯视、在山脚仰视，我们没有深入其中，真正的充满魅力的地方在偏僻处、在险要处，而我想当然、自以为是的行走如何能领略棉花堡的妙处？棉花堡、废弃的圣城以及这里的天体环境是融为一体的。美丽的棉花堡、庄严的圣庙、喧嚣的剧场、让人赤裸其身的热气腾腾的澡堂与就在近处的森森墓道、墓园，是多奇妙的组合！

天终于暗下来了，所有的一切都融入了黑暗之中。今天有所得也好，有遗憾也罢，也都已过去。尽管这样劝慰自己，但是心里仍或多或少有些纠结。帕穆卡莱是热情的，也是冷峻的，更是忧郁的，我只是见到了它热情与冷峻的一面，但它忧郁的一面我没有见到，我以为帕穆卡莱最高贵的品质就是它的忧郁：历史的忧郁、现实的忧郁、人性的忧郁、孤独以后的忧郁，或许就在夕阳西下、太阳将落未落的那一刻，就在石棺大道上，就在只有一两个人踯躅的时候，它就将显露。我们已经错过，我不知道是我错过了忧郁的帕穆卡莱，还是忧郁的帕穆卡莱错过了我。想到此，不能再想了，回房，上床，我会沉沉睡去。

2013年2月13日，在卡帕多基亚乘坐热气球

来土耳其一周了，尽管爱琴海、地中海风情，特洛伊、以弗所遗址风貌都是浮光掠影，我还是以为我已开始了解土耳其了，可是到了帕穆卡莱（棉花堡）、卡帕多基亚以后，才知道我有多愚蠢，特别是卡帕多基亚，不到那里，怎能算到过土耳其？卡帕多基亚太让我惊讶、惊奇，它太复杂、太丰富，既让我欣喜，又让我心痛。

在卡帕多基亚的时间只有一天，昨天中午到达，今天中午离开。我们观赏了奇特的地貌，观看了艺术表演，乘坐了热气球，同样是浮光掠影，但对我来说，是第一次见到这样的地貌，据说这里的地表是最接近月球地表的。见到这样的演出，特别是旋转舞、肚皮舞，我也是第一次。旋转舞带有浓厚的伊斯兰宗教色彩，神秘；肚皮舞激情、奔放，据说也源于宗教，但现在见到的只有生命的迸发。乘坐热气球，是我来土耳其之前想都没有想过的事情，据说全球乘坐热气球最好的国家只有两个，一个是土耳其，另一个是肯尼亚，而土耳其的热气球，就是卡帕多基亚的热气球。坐着热气球，缓缓地在像月球般的地貌上空飘浮，观赏一千年前或两千年前基督徒开凿、居住的山体洞穴，想象那段历史，以及宗教之间的驱赶与被驱赶、迫害与被迫害的情景，对我来说，是异常直观、深刻的体验：大自然的美与苍凉如此融合在一起，人为了自身的信仰，乃至自身的生存所被逼创造的"杰作"，是如此充满魅力，又如此融入痛苦的元素，这种痛苦又以异样沧桑的形

式表现出来。

在土耳其，我每天都记日记，记下我的所见所遇所感，晚上由于时差或白日所给我的冲击，常常失眠。我就在黑夜中睁大眼睛，自我再现白天所遇的一幕幕场景，或闭上眼睛，与自己对话，两个不同的角色相互辩解又相互妥协。有一晚，为了能记下这可能转瞬即逝的"自我"碰撞过程，又不影响家人，就摸黑到了卫生间，关上门，在卫生间写了两个多小时。这一周，我希望自己不仅仅是一个旁观者，更不希望自己成为异域文化的猎奇者，我希望我能尽可能地融入其中，成为他们废墟里的一块石头、大海里飞翔的一只海鸥、荒原上的一棵树或一棵草，成为他们思想、情感、文化的一部分，体验他们的一切，哪怕表象也好。也许这是不可能的"奢求"，我只是"我"，我还是以我的思维定势、文化习惯在衡量，并作出价值判断。

尤其，在卡帕多基亚我更遇到了难题——如何记下我在卡帕多基亚的日记？奇异的蘑菇石——那众多的象形石，有什么像什么，是亿万年前一次又一次天崩地裂的产物，无怪乎会被联合国列入世界自然遗产名录。这个地方列为世界遗产，我以为是不需要申报的，所有人身处其中，对它成不成为世界遗产都不会有疑义，那才是真正的遗产，而那些反复准备、反复争取的所谓遗产，在卡帕多基亚面前都会自惭形秽的。卡帕多基亚的奇石"丛林"，为什么我们要称它们为象形石？为什么要说这块石头像骆驼，那块石头像贵妇？——石头就是石头自身，为何要借助别人的形象来提升自己生存的价值？——自己就是自己，自己就是独特的"这一个"。卡帕多基亚这些火山爆发后形成的凝灰岩、熔岩，还为人类留下文化遗产提供了可能和条件。我所赞叹与不可思议的，还有这里的地下城。

我确实进入了卡帕多基亚的地下城，我不知道能藏身千千万万蚂蚁的洞穴是一个什么样子，我更不知道兔子、老鼠的洞穴里面是一个什么样子，我当时确确实实感觉到，我到了被无穷放大了的蚂蚁、兔子和老鼠的洞穴之中。这些被无穷放大的洞穴又是成百上千地被串联在一起，连成一个庞大、错落的地下城市系统。进入其中，一层又一层，洞洞相连，有七八层之深，如现代公寓的错层设计，又如蜂巢洞洞相依，又不如蜂巢那般有规则。深入到山的深处、大地的深处，相隔一定距离，就在很隐蔽的地方，有一口竖井，深达150多米，用作通风和输送物资。不可思议的是在洞穴之中还有教堂——做祷告的地方，还有窖池——酿造葡萄酒的地方。洞穴因势赋形，低矮处直不起身，我弯不下腰，只能蹲着走，即蹲在地上一点一点移动。在如此庞大艰难的洞穴中，最多的时候要容纳十万余基督教徒，经年累月在此地下生活。几千年来，在那片土地上，宗教迫害到了不可思议的地步，历史上，伊斯兰教驱赶基督教徒，基督教徒被迫大逃亡。基督徒被逼躲避到深山偏僻处，偏僻处还不能藏身，于是就转入地下。许多洞穴的出口常常就在民居之中。十字军东征，也让伊斯兰教几乎受到灭顶之灾。这些是非曲直，我也无法真正搞清楚，但我会自问：历史惨痛的一幕，为人类留下了宝贵的文化遗产，是幸还是不幸？它与自然的奇观相互映衬，成为世界文化与自然的双重遗产，是幸还是不幸？

宗教现象是政治现象，也是社会现象和文化现象。昨晚，我们在一个穹隆顶下观看表演。这个建筑很有特色，中间圆形的场地供演员演出用，围绕它四周有八个洞穴，像我们国内的窑洞，我们就坐在像窑洞的洞穴中观看。第一个节目是旋转舞，穿着白衣白裙的旋舞者，清一色的男性，与其说他们是一种表演，不如说是一种自我着迷。那种舞步的变化，那种一手朝上、一手朝下的手势，那种斜手的样式，无不在传达着一种思想——宗教的思想。我注意到一个细节，西欧观众等到旋转舞结束才到场，一批一批的人迟到而不慌不忙进场坐下，好像是一种默契。我问导游，导游说是这样的，西欧人每次都是这样，他们迟到是为了拒绝观看旋转舞。旋转舞体现了伊斯兰的思想与信仰。我们不赞赏它、不接受它，但我们不拒绝关注它、保持距离地力求理解它，是一种灵活与机智吗？我们曾在前往卡帕多基亚的途中经过孔亚，做了停留，那是伊斯兰教的一个圣地，我们去了梅乌拉那博物馆，说是博物馆，其实是一座清真寺，是梅乌拉那的墓地，梅乌拉那的棺床就在其中。梅乌拉那是 15 世纪一位伟大的诗人及哲学家，他创立了伊斯兰教神秘教派。该教派相信万物无时无刻不在旋转，人也是在旋转的，从出生至死亡，从年少、长大到老去，生生不息。旋转舞就是通过自己的旋转达到与神的沟通及接触。表演接着进行，欧洲观众充满热情，始终参与性地处在那个演出场所。高潮是肚皮舞表演，肚皮舞是一种优美的身体艺术，同样是源于宗教而发展起来的舞蹈，为何大家又不避讳了？大家凝神静气地观赏，我坐在那里，竟迸出这样的想法：女人优美的开放在这个场合被享受，在另一个场合可能又被诅咒，这是不是一个规律？我相信，旋转舞、肚皮舞都是卡帕多基亚历史遗产的重要一部分。卡帕多基亚假如少了肚皮舞、旋转舞作为自然与文化的双重遗产，也会寂寞的。

卡帕多基亚让人难忘，让人思考。今晨 5 点前还是一片漆黑的时辰，我们就起身去坐热气球。起飞的地点就在格雷梅小镇附近，这是一个很有特点的地方，小镇坐落在宏伟的大自然的奇观之中，房屋就建在奇峰异石之间。奇峰是世界上最袖珍的峰，奇石是世界上最巨大的石。峰傍着农舍，石上开凿着洞穴，洞穴与农舍相通。格雷梅山谷拥有三十多座洞穴教堂，这些洞穴教堂里面同样是穹隆顶，顶与洞壁绘满彩色的《圣经》故事，由于洞穴晦暗，这些壁画历经千年却保存完好。天地朦胧之中，东方的天际开始露出一抹红光，红光越来越艳，迅速弥散开来，又折射到山体房舍上，人似乎处于童话世界中。汽车把我们带到热气球升空地点，无数的热气球躺在地上，一个个鼓风机对着一个个热气球里面强烈地吹气，不一会儿，所有热气球都竖立起来了，喷火、加热，无数的热气球先后飘起、升空，错落相间。每个热气球下都吊着一个藤篮，每个藤篮隔成五个小空间，中间是正副驾驶员的位置，其余四个空间，都要乘坐五个人，人与人拥在一起，不能说拥挤，也没有可以走动的余地，为的就是这种稳定的状态。人乘坐其间不用任何保险装置，几乎比坐汽车还安全，坐汽车还需要安全带。

热气球在空中飘浮，我们从不同的高度、角度观赏卡帕多基亚的地貌。凌空观赏与在地上观赏的感觉与感受是不一样的。身入风景之中，自身也是风景，无数热气球停留或飘动在天空，与周围的风光相映衬时，又触动我的思绪：当我们欣赏别人时，其实别人也在欣赏我们，比方说这些日子，我们在观赏清真寺、教堂，清真寺、教堂何尝不在观赏我们？我们在观赏旋转舞、肚皮舞，旋转舞、肚皮舞何尝不在观赏我们？我们在观赏废墟遗址、洞穴地下城，废墟遗址、洞穴地下城何尝不在观赏我们？当我们在观赏土耳其优美的陶瓷艺术、孔雀石制品的时候，土耳其民族的视野其实也投射到我们身上，甚至深入到我们的灵魂与肉体。由此，我瞬间萌发了一个"热气球思维"的概念，它是一个既不同于"地上思维"，也不同于"飞机思维"的概念，我将由此认真探索它的深刻而能给人启发的内涵。我瞬间又醒悟到：当我坐在热气球上，再一次凌空而又不高高在上观赏卡帕多基亚的时候，我似乎明白，我所见到的地貌、洞穴、舞蹈、教堂、清真寺、基督徒、伊斯兰教、山岩壁画以及热气球，看似是零碎的、不相关的、矛盾的，其实是有深刻的内在联系的，它们是一个整体。想到此，我似乎突然才有了开始真正进入卡帕多基亚自然、文化与历史的感觉，我睁大眼睛，唯有好好地欣赏、品味。

2013 年 2 月 23 日，告别伊斯坦布尔

今天不是告别伊斯坦布尔的日子。我是一周以前，即 15 日离开伊斯坦布尔、离开土耳其的。在土耳其待了八天，每天换一个地方，从爱琴海、地中海到内陆，即从飞机降落伊斯坦布尔开始启程，到最后回到伊斯坦布尔，从海滨风光到山区景色，从几千年前的古城废墟到如今仍象征着土耳其文化的清真寺，每天都充满好奇感。对我来说，这是一次异乎寻常的旅行。我坚持写旅行日记，那些感受、那些感悟、那种历史沧桑的冲击与我们自身文化呈现不一样特质的美的冲击，瞬间就会出现，甚至是涌现，非得立即记下来不可，但是，唯有伊斯坦布尔不一样，看过、听过、走过，复杂的感觉与感受让人一下子理不出一个头绪，惊讶、欣喜、惋惜、遗憾、苍凉、沧桑，什么滋味都有。

回国一周了，每天还在想着这个城市。回味，是另一种感觉，有了一段时空的距离以后，回味的，可能就是沉淀下来的。当我阅读了土耳其作家奥尔罕·帕慕克写的《伊斯坦布尔：一座城市的记忆》以后，越发感觉到原来我的理解是那般肤浅：即使你身处伊斯坦布尔，你并不一定能触摸到这个城市的灵魂与脉搏。只有当你静下心来，告别了一天的喧嚣，找一个角落，在昏暗的灯火下，手捧《伊斯坦布尔：一座城市的记忆》，一边读着书中的文字，一边依书中提示，回味曾走过的记忆，抽象的会变成具象，没有感觉到的会变得有感觉。

伊斯坦布尔是一个十分稀罕的古都，古希腊文明、古罗马文明都与它息息相关。伊斯坦布尔城始建于公元前 660 年，比我们有着两

千五百年历史的苏州城还早一百多年，当时希腊人给它取名叫拜占庭，后来罗马帝国君士坦丁大帝从罗马迁都于此，改名君士坦丁堡。公元3世纪罗马帝国分裂后，成为东罗马帝国的首都。记得有一篇小说叫《英国病人》，书中借主人公之口问了一串问题："女人颈子下面的那个凹处叫什么？在前面，这儿，那叫什么？它有正式的名称吗？那个凹处有没有你的拇指那么大？"小说中，男主人公被女主人公颈下的凹处所吸引。男主人公记得在玫瑰花架下，女主人公曾捉住他的手，把它放在她脖子下的凹处，但他一直弄不清那个部位究竟叫什么地方，于是，他就将其命名为"博斯普鲁斯海峡"。后来有人告诉他，那个地方学名应该叫"胸骨上凹"。小说中的男主人公以博斯普鲁斯海峡为其命名，寓意无非告诉大家：最吸引人的地方，往往最危险。它也非常形象地揭示了博斯普鲁斯海峡的重要战略位置，自古就是是非之地。

那天，即14日，我们从卡帕多基亚飞抵伊斯坦布尔。落地以后，坐汽车直奔博斯普鲁斯海峡，沟通黑海和马尔马拉海的博斯普鲁斯海峡竟穿城而过，伊斯坦布尔何其壮观！坐上一艘简朴到简单的游轮，就在海峡里游走了。两岸分属两大洲，西岸属欧洲，东岸属亚洲，一个城市横跨两大洲，何等气魄！两岸最吸引人的还是数不清的穹窿圆顶的清真寺，据说伊斯坦布尔有五百多座。整个城市又是坐落在远近相连的七座山丘上，清真寺与高楼、别墅、树林、草地间杂在一起，鳞次栉比地从低向高处延伸、排列，异常有特色。眺望老城区，最高的就是清真寺的尖塔，没有任何建筑物敢与它一争高低，海鸥就随我们的游船飞行，上下翻飞，似乎在与我们耳鬓厮磨。欧亚大陆桥，近了近了，一会儿就横跨到了我们头顶上。

伊斯坦布尔是一个奇异的地方，东西方文化在这里交汇，旧传统、新风尚也在这里碰撞。就是博斯普鲁斯海峡的本身，也有暗流在此交合。海峡中央有一股激流，从黑海向马尔马拉海流动，而离海面10米的底下又有一股逆流，从马尔马拉海流向黑海。建筑也是，各个时代特征的风格都有。蓝色清真寺被称为世界十大奇景之一，站在蓝白瓷砖互相辉映的"天穹"之下，感觉得到的就只有神秘和神圣。圣索菲亚大教堂同样也不可思议。公元5世纪建成，在揭幕典礼上，拜占庭帝国皇帝能说出这样的话："光荣属于上帝，他认为我能够完成这样一项工作。我战胜了你，所罗门。"我估算了一下，当时我们正处在汉朝，我就在想：张骞出使西域之旅，是不是也到过这里？这座基督教建筑历经磨难，公元15世纪君士坦丁堡沦陷，奥斯曼崛起，不久，基督教堂竟改成了清真寺，四周也竖起了象征着伊斯兰文化的四座尖塔。到了20世纪30年代，清真寺又改成了圣索菲亚博物馆，所有的一切不得不令人思索。

我至今念念不忘的是伊斯坦布尔的大巴扎，那绝对是一个世俗之地。所谓巴扎，就是室内市场。伊斯坦布尔的大巴扎，可以说是世界上最大、最古老的大巴扎。它于公元15世纪建成，包括几千家店铺，几十条室内道路，如迷宫一般。土耳其的地毯、瓷器、香料，还有几乎来自世界各地的传统土产，一应摆放在店铺内外，与其说是市场，不如说是土耳其世俗社会博物馆。走过颓废的城墙，走过大大小小的清真寺，我跨入雕刻着伊斯兰故事浮雕的门楼，进入其中，我不敢多走一步。走几步，看看左右，记住某个标记，再走几步，转个弯，再转几个弯，一会儿，迷失了，返回，认清来时的路，走几步，再迷失，在如此往复中，我还是走进了一家又一家店铺，特别是在一家家古董店里流连，孔雀石摆件、饰品，勾人魂魄，想出手，又不敢出手。我不懂土耳其语，英语也不会说，说了也几乎无用，就用手语加上肢体语言，咿咿呀呀比画着。对我来说，与这些大胡子土耳其人讨价还价，这好像不是在购物，而是在接受很美妙的异域文化的情感体验：离奇、纷杂又朴实。

　　凭我的学问涵养，是无法对伊斯坦布尔作出一个清晰、准确的判断的。我只能借助帕慕克的话表达我的意思。帕慕克说："伊斯坦布尔的命运就是我的命运：我依附于这个城市，只因她成就了今天的我。福楼拜在我出生前102年造访伊斯坦布尔，对熙熙攘攘的街头上演的人生百态感触良多。他在一封信中预言她在一个世纪内将成为世界之都，事实却相反：奥斯曼帝国瓦解后，世界几乎遗忘了伊斯坦布尔的存在。我出生的城市在她两千年的历史中从不曾如此贫穷、破败、孤立。她对我而言一直是个废墟之城，充满帝国斜阳的忧伤。"

　　这位在2005年曾获得世界诺贝尔文学奖的作家，曾用一个词来形容与概括伊斯坦布尔——"呼愁"。什么叫"呼愁"？就是一种集体的而非个人的忧伤，而这种忧伤又是混乱的、朦胧的，它并不清晰，往往还遮蔽现实，给人们带来安慰。帕慕克打了一个比方："就像冬日里的水壶冒出蒸气时凝结在窗上的水珠。"蒙上雾气的窗子使人们看到的景色就是被柔化的景色，他说这就叫作"呼愁"。帕慕克常常喜欢起身走向这样的窗户，用指尖在窗上写字。每当这时，帕慕克内心的"呼愁"便消散而去，心情得以放松，然后，用手背抹去一切，望向窗外。给我感动、给我震撼、给我刺激、给我这一切，又让我理不清头绪的这种状态，是不是也就是帕慕克所说的"呼愁"？这种情绪是不是衰落古老的文明古国、故都都拥有的情绪？

　　这次我去土耳其是纯粹的私人旅游，找的是一家素不相识的旅行社，一起出行的也是十多位素不相识的人。老少男女，我们一概不问谁是谁，一周时间，每天坐一辆车，还在一张桌子上用餐，我们也都没有问彼此谁是谁。凭我的直觉，度蜜月的一对新人回去以后就会离散，因为从认识到结婚只有三天，一路上他俩几乎是路人；在我座位前面的母女一定是单亲家庭，母女俩同姓，很亲热，话却很少；还有两个女子，坐在车子最后，低调，与人很少搭话，但是在那次观赏肚皮舞的晚会上，当她俩喝了高度"还魂酒"之后，说了抑制不住的"浪语"之后，我立即感觉到，她们是有故事的人。与这样的一群人，在这样的气氛中旅行，会是什么样的感受？我面对的是会令人伤感的城市，与我同行的又是一群有着忧伤的故事的人，人与景融在一起，分不清谁是物谁是人。那些日子，有时我们从很高的山坡上行驶下来，回头一望，好高啊，我会问自己："我们是从那个高处下来的吗？那下来的的确是我们吗？我们真的下来了吗？我们对那个山坡、那个高度，真的不再流连了吗？"我自问，但却不能自答。现在我才知道，那时，我已不知不觉融入了帕慕克所说的伊斯坦布尔的那股"呼愁"气息之中，在感受土耳其这座充满帝国遗韵的文明忧伤的同时，感受着我们自身的忧伤。

土耳其日记：2013年2月28日补记

土耳其是一个文明古国，回来多天，有时还想着那儿。虽然写了7则日记，记下了旅行中的所见所闻所想所闻，但意犹未尽。补记如下：

（一）圣光

从希林杰小山村出来，感受了以弗所古城废墟，又浸润了深山里的原始气息，人似乎从梦乡进入梦乡。不远处就是塞儿丘克，典型的爱琴海风光。汽车行驶到小镇上，雨后的清新气息散发在这个小镇的每一个角落。棕榈树焕发出勃勃生机，清真寺尖塔挺拔。在前面的山丘上，圣母玛利亚度过了最后的日子。有一缕阳光正透过云层透射在那儿，几乎是圣光了。圣光你见过吗？是什么样子？圣光就是这个样子了：灿烂、柔和、明亮，看它一眼，就有温馨的感觉，心里就会柔软，人即刻就会神圣起来。圣母玛利亚待过的地方还是软糖和橄榄油的故乡。不一会儿，汽车停在一家小店门口，导游招呼我们下车，店铺里，软糖和橄榄油琳琅满目，原来旅游途中的购物，全世界都一样，在圣光下也一样。

（二）享受自己

11 日，我们从海滨城市库沙达瑟出发去棉花堡，棉花堡既是世界自然遗产，又是文化遗产。石灰华上的圣城废墟苍凉得让人惊心动魄，想留在那儿多待一会儿，又不敢，凉气逼人，想早点离去，又不忍，再也找不到这样的血色黄昏。那天来，给我印象最深的是废墟，土耳其的废墟与意大利罗马的废墟不同，土耳其的废墟废得似乎更彻底、更庄重、更苍凉。厚重的历史无形中也把我压得喘不过气来，遐想、冥思都是异常费神、伤神的事情。特洛伊、以弗所、棉花堡圣城，无不把我带入沉重的历史记忆。这种记忆真是有点残忍的。好在我们是一个太匆忙的民族的子民，匆忙得连旅游都匆匆忙忙，本该不紧不慢参观的景点、遗址也是不求甚解，匆匆走过。国内今天是春节，当新年的钟声敲响的时候，我正在棉花堡悬崖下的温泉中泡着。难得的清闲、散漫，连春节都这样松弛、平淡，在异乡，在一个除我们自己以外任何人都听不懂我们语言的异域，不闻鞭炮声，不看春晚节目。自己似乎从心灵深处走出来，展露自己，池子里三五个不同肤色、性别的人坐在烟气氤氲中，用不着搭讪，用不着互问彼此，更用不着遮掩和防备，自己享受自己。

（三）流浪狗

流浪狗在土耳其很常见，每到一处都能见到。土耳其的流浪狗一点也不招人讨厌，可爱、懂事、机灵。我在爱琴海、地中海都遇见过它们——在特洛伊附近的恰纳卡莱、以弗所附近的库沙达瑟都曾经遇见过它们。恰纳卡莱与库沙达瑟都是爱琴海异常美丽又有情调的海滨小镇，棕榈树、沙滩，虽然是冬季，看不到人们游泳、冲浪，男人女人俯卧或仰躺在沙滩上晒太阳的浪漫景象，但是那些深入大海的栈道，那些停泊在海岸的无数游艇、帆船更让人遐想。许多时候，我们在情景与风景之中并不会感到这些情景与风景的美丽和美妙。相反，在它们微微崭露一角、遥远地或依稀地向我们招手的时候，那种等待与期待才更美妙、更有魅力。这些天的爱琴海之旅就是这样。我们从以弗所古城废墟出来，经过塞儿丘克，到库沙达瑟住宿。在海岸线上行驶，爱琴海的种种风情如果只从一座房舍、一棵树、一条街道上去看是看不出来的，会感觉很平常、很一般。可是，如果换一种欣赏的方式和角度，对大海、蓝天白云、海岸线上错落有致的建筑、建筑中的树木花草作整体欣赏的时候，她的味道就出来了。

我就是在这样的情形下遇到流浪狗的。夕阳西下，一点一点浸入到了爱琴海，天就暗下来了，就在天将暗未暗的那个时刻，我们到达了住地。住地就在海边，离大海只有几百步的距离。我们的住房与大海之间是一个沙滩。放下行李，我们就踩在细软的沙滩上。一个小小的弧形海湾，我们在弧线的这一头，是平地，弧线的那一头是山丘，山丘上是树林，朦胧在暮色中。站着、走着、跑着，海风也不大，海浪也异常恬静。这时，不知从何处跑来了两只狗，高大精神又威猛，开始我不知道是流浪狗，两只狗，一只稍小，一只略大。跑到我的脚下围着我转，像面对久别的主人。我停下，它们也停下，蹲在我的脚下，我起身，它们也起身。"我可没有吃的呀，对不起，我走啦。"流浪狗就跟在我身后，一程又一程，在一个举目无亲的国度里，有两只狗跟着你、簇拥你、在乎你，又是在这样的海滨、这样的晚景之中，无论如何都是会让人心动的。

　　我最感动的还在下面。我到达了安塔尼亚，那是地中海海滨城市，建成于公元前 2 世纪。古希腊、古罗马、东罗马帝国等时期的古迹、废墟随处可见，但我还是最喜欢它的海边地中海风情。面朝大海，背倚郁郁葱葱的托罗斯山脉。11 日傍晚，我们从高原上的棉花堡到达了这里，我们在最优美的老城停下。我们在老城区散步，小小的海湾就在我们脚下，我们下了山坡，走进港湾，游艇如织，许多装扮成海盗船的游船停泊在海岸上。这里的海岸与众不同，没有沙滩，直接就是断崖残壁。当年火山喷发，熔岩流入大海，冷却后戛然而止，就形成了现在这个样子。云层厚重，阳光照耀得也很独特，就像一幅幻境，不断变换色彩。兴奋之余，我腰下或腰上，说不清楚确切在哪里，一股气伴随着酸痛，就在身上前钻后串。我无法再走，在海滨找了一张凳子，随即坐下。就这个时候，一只狗跑来，围着我转两圈，就在我的脚边躺下了，仰着头看着我，异常漂亮的一只狗，有一双大眼睛，全色的卷毛。直至大家招呼我上车，它还在那里一动不动，似乎不忍与我告别。

　　我记得奥尔罕·帕慕克在《伊斯坦布尔：一座城市的记忆》中曾写到流浪狗，他说："19 世纪每个路过伊斯坦布尔的旅人都会提及那里的一群群狗，从拉马丁、奈瓦尔再到马克·吐温都会这样，这些狗群持续为城里的街道增添戏剧感。我却不得不可怜这些疯狂迷失的生灵，依然死守着它们的旧地盘。"奥尔罕·帕慕克和他的文学巨匠前辈都错了，土耳其的流浪狗绝不是他们描写的那样，那是一些可爱的生灵，至少现在不是，或许伊斯坦布尔除外。

（四）又遇到了这样的情景

　　海滨城市安塔利亚，一派地中海风光。我第一次到地中海，原不知道地中海风光是什么样子，到了安塔尼亚，立即明白，所谓地中海风光，就是安塔尼亚这样的风光。最美的是我住地的早晨。房间面向大海，朝阳升起来了。不能这样逼仄在房间，赶紧下楼。海岸是峭壁，是火山熔岩造就的地貌奇观。我们处在海湾之中，对岸就是托罗斯山脉。最美的景致就出现在托罗斯山脉上，山峰与山峰划出的天际线与天空重合就是一幅画。一会儿像是中国的水墨画，那是初升的太阳被云层遮挡的时候；一会儿像是西方的油画，那是初阳初照的片刻。我看着大海一点一点清晰起来，我看着远方的那只帆船一点一点向我们驶近。太阳既圆又大，似乎是一蹦一蹦地从东方升起。它的光照向哪里，哪里的色彩就会变化。云薄云厚、山高山低都会使它变化，从细微的小变到瞬间的奇变。一会儿，这座山头通红，其他山头一片朦胧；一会儿整个山脉从山头开始到山腰都通亮了。从通红，到艳红，到粉红，到橙黄，到最后消失，就是一瞬间的工夫。

这样的情景，我曾见过，那是两年前的酷暑天，我在西藏阿里，在海拔5000多米高的札达。古格遗址在群峰之中，从遗址到札达还有几十公里的路途。我们赶紧赶路，要在天黑之前赶到。说那是县城，几乎再也没有比它更荒凉、更苍凉的了。整个县城就是一条街，说是一条街，也就是街两旁一间房子间隔着一段路，再有一间房子。太阳垂在西天，我们寻找吃饭的地方，一家一家进去，一家一家出来，迟了，晚了，都打烊了。札达几乎四处是山岭，它就躺在山谷之中，怎么办？西边是最近的一座山，几乎就横在街上，好像要阻断我们的去路。我推开一家虚掩着的门，一对老夫妻听了我们的来意，愿意为我们重新生火做饭。那一刻，我跑出房门，我真的惊讶了，面前的山体从山顶到山脚被夕阳照得通红——整个变得火红，一瞬间又变得血红，一瞬间变得深红。我惊讶地张大嘴，还没有来得及喊叫的时候，被夕阳反射的光罩着的山体，就又由深红变成暗红，又由暗红融入暮色、融入黑暗。

此刻，在遥远的地中海——安塔尼亚，我竟又见到了这一幕。只是一个在高原，一个在海滨；一个在傍晚，一个在早晨。札达见到的美是凄艳、冷绝的美，美得让人喘不过气来；而安塔尼亚的美是灵动、铺张的美，美得能让人忘乎所以。札达的美是引人进入深深思考的美，引人进入丰厚的历史遗存之中，在那里让肉体去寻找灵魂。而安塔尼亚的美让人放松，让人不知不觉地站起来，去散步，停止思绪。

（五）岩石的忧伤

我们从安塔尼亚去中部城市孔亚。离开安塔尼亚不久就是山路，就要翻越土耳其的高山托罗斯山，由于海拔高的原因，山上已是积雪覆盖。天明显冷下去了，与安塔尼亚几乎是两个季节。所见景色如同去年冬季我们在国内东北长白山一般，途中绝少行人，也少汽车，几乎只有我们在路上。山坳里出现了一处小镇，屋顶也都是白雪，清真寺圆顶也被白雪覆盖了，没有被覆盖的就只有清真寺高高的塔尖了。橄榄树少了，举目又都是雪松以及雪松上的雪了。在土耳其我几乎又感受到我在神农架曾感受到的冬天，仅仅过了两个小时，就从秋天进入了冬天，而且是严冬。

土耳其女导游怕我们路途单调，就给我们讲故事，讲中国文化在土耳其。她不会中文，就由中国导游翻译。她说，她几次到过中国，去的最多的地方就是义乌，丈夫做小生意，她去帮忙，然后又讲到中国文化对土耳其的影响，她说："土耳其人知道三个中国人：李小龙、成龙、李连杰。"她说不只英语加入了中国汉语词汇，土耳其语也是，如：中国麻将、中国风水、中国功夫。在她看来中国的娱乐方式就是麻将，中国的生存方式就是功夫，中国的生活方式就是风水。听到这里，联想到这些天来任何一处、任何一个商店，没有卖一本中国汉语书籍的，也没有见过一个汉字，相反会有日文，偶尔有韩文，我只能暗自叹息。远眺窗外，雪停下了，阳光普照，满山遍野的积雪，积雪上满是阳光，炫人眼目。从温暖如春的地中海海滨到寒冷的土耳其山区，瞬间变化多大啊。寒冷中有阳光，阳光斑驳在岩石上，绵延成一片。见过岩石上挂着忧伤的样子吗？窗外，前面，山上，那不就是吗？

2013年3月2日，孔亚补记

土耳其之行，反差太大，一会儿在浪漫的爱琴海、地中海海滨，面对的是开放的人和开放的景；一会儿汽车越过山丘、越过山岭，又进入了封闭的内陆山区，面对的是保守的人和保守的景。土耳其九日，去了许多地方，每到一处，我都记下了我的感受与感悟，唯独有一天的一个城市没有写，那就是孔亚。我想回避它，但是又不能不想它。去之前一点也不了解它，在那里的时候，也只是像去其他景点那样依着行程安排，以到此一游的心态参观了一番，回家以后，当我静下心来，再一次回首清点行程的时候，感觉我对它似乎冷淡了。

孔亚是一个宗教城市，导游说从中世纪奥斯曼帝国到现在，大大小小的清真寺有三千五百座。那天，2月11日，我们从安塔尼亚一路跋涉到了孔亚。八百年前曾做过首都的古老城市，安宁、静谧。大胡子土耳其男人、裹着头巾的女人走在马路上，从容、安详。天气格外寒冷，我们在梅乌拉那博物馆前下了车，典型的清真寺建筑，外部看上去气宇轩昂，灰色的圆顶、蓝绿色的高塔庄重、肃穆。内部一切都很精致。套上鞋套，小心、恭敬地进入其间，里面安葬着13世纪伊斯兰教神秘派的创始人梅乌拉那。他与他的父亲及亲近的信徒的棺木并排在那儿。说实在的，在这之前，我对伊斯兰教神秘派和梅乌拉那一无所知。那里展示了梅乌拉那生前穿过的衣服、看过的书以及大量的诗文手稿。真主穆罕默德的一撮胡子也珍藏在那儿。在这之后，我对伊斯兰教神秘派、对宗教同样兴趣不大。宗教与政治一样，对一部分人来说是"天使"，对另一部分人来说则是"恶魔"。

有没有一种超越政治与宗教的东西存在？是诗歌与艺术吗？梅乌拉那的多重身份引起了我的重视，他首先是诗人，然后还是哲学家、数学家、旋转舞的创造者。梅乌拉那出身于阿富汗，为避蒙古人的兵祸，辗转到了孔亚，他就在这里成就了自己。这是元朝人大肆举武的功与过？我只对梅乌拉那的诗篇、对梅乌拉那创造的旋转舞有探求的欲望。走出清真寺，我们在门口的小卖部流连，我想找些有关的书籍，但发现几乎都是土耳其文，让我很无奈。

孔亚是我在土耳其走动最少的一个城市。导游说，城里的饭店一般都不行，要找一个最好的宾馆，找来找去，找到郊外。一幢孤单的高楼，十一二层高吧，已是孔亚最高的建筑了。傍晚，我只能站在窗前，遥望那个神秘的古城。饭店里有一场旋转舞专场演出，一张入场券每位 50 土耳其里拉（折合人民币 150 元），我竟没有去，是舍不得50 里拉，现在想想真后悔，跑了那么远，大钱都用了，小钱却舍不得（饭店里的西欧人也都不去，可他们却是为了宗教的信仰与纠葛）。我不花钱，有失也有得，躺在床上，拥有了思考的时间：梅乌拉那生活的时期正处于我国的元朝。两个国度，甚至一度是元朝版图的一部分的土耳其，与元朝的文化统一过吗？融合过吗？这是一个课题，用不着我来思考，其实专家学者早有定论。我只是要比较那时的诗人。脑海里首先跳出了马致远，他的代表作（也是元朝诗歌的代表作）《天净沙·秋思》："枯藤老树昏鸦，小桥流水人家，古道西风瘦马。夕阳西下，断肠人在天涯。"描绘了萧瑟的秋景，以及萧瑟之中行旅人的感伤。

而梅乌拉那写了什么呢？上网查找，有这样一首："来吧，不管你是谁 / 就算你可能是一个无信仰的人、一个异教徒或者一个拜火教教徒，来吧 / 我们不会让人失望，即使你已经违背 / 你忏悔一百次的誓言，来吧。"一个是世俗之人的情怀，一个是宽容而在不断召唤的宗教情怀。八百年前两国的两个诗人，在诗中所呈现的文化特征，至今仍是各自民族与国家的文化特征啊，源头往往决定了未来。我进入了思维的死角，比较他们有意义吗？我想说明什么呢？

旋转舞的起源，也是为了阐述神秘派的教义。舞者倾首，一只手掌朝上，接受神的旨意，另一只手朝下，把神的旨意传达给神的子民。不断地旋转，不停地旋转，那是天地万物的轮回，周而复始，直至舞者昏眩，那就到了神人合一的境界。这不像我们庄子的"天人合一"的哲学主张吗？旋转舞流传至今，已接近了真正的艺术，离开宗教越来越远了，但是，为何西方人还要回避它？宗教与宗教之间的结怨就这样深吗？都说要宽容，为何在具体事情上又不宽容了呢？此时，我自然又想到了元朝的戏曲，王实甫的《西厢记》、关汉卿的《窦娥冤》、马致远的《汉宫秋》，他们表现的还是人们的日常生活。自古以来，我们的文化艺术就缺乏宗教色彩，因为世俗社会一直是我们的主导社会。元朝虽然是少数民族统治，但是它的核心文化还是儒家文化，还是孔子在起作用，孔子本质上就是世俗之人。有人说，梅乌拉那是土耳其的孔子。这话似是而非，梅乌拉那与孔子有本质的区别。就像马致远虽也是诗人，同样作为诗人，他与梅乌拉那也有本质的区别。

世俗，是我们的本质，不需要神性。讲究实在、讲究实效。我们只关注自身，只需要自己解救自己、自己宽容自己、自己说服自己。那一夜，我几乎一直在作虚无的冥想。背包里有一张白天于梅乌拉那博物馆礼品店里买得的光碟，那是我的一个小小纪念。这是土耳其的音乐——土耳其古典的优美的忧伤的音乐。音乐与诗歌、舞蹈相比，更能够进入人类的整体心理。回家以后，在万籁俱静的时候，我一定会聆听，也许能获得文化上的感应。我们要了解土耳其，与土耳其作文化上的交流，梅乌拉那是不能回避的，孔亚更是不能忽视的。

　　是为补记。

武夷吃茶

柳袁照

到了武夷山，才知道什么叫"吃茶"。为何喝茶可以说成"吃茶"，而喝水却不能说成"吃水"？"柴米油盐酱醋茶"，到了武夷山才知道，茶对于武夷山人的重要性。饭可以不吃，但每天茶是必须"吃"的，而且一日三顿。他们对待朋友最好的礼遇，就是敬茶，坐在那里，一壶一壶地敬、一泡一泡地敬；送朋友礼物，其他可以不送，茶是一定要送的，一包一包的大红袍、一袋一袋的金骏眉，那是最好的礼物了。

我是应朋友之邀来武夷山的，他姓李，在福建一所有着近两百年历史的学校当校长，与我曾是同学。风雅倜傥，大家喜欢叫他侠客。有一天，侠客与我攀因缘，他说："我们有一个校友叫陈衍，他是钱钟书的老师，钱钟书的夫人杨绛可是你的校友啊。"说完，哈哈大笑，言下之意，他比我长一辈。不过，平时对我还是兄长兄短地叫着。我从上海直飞武夷山，机场太精致了，下了飞机，即出机场。侠客早已在外迎候了。上车，行驶了没多久，停下，又让我下车。原来是到了易安居茶楼，侠客说："当地规矩：客人到了，先要敬三杯茶。"易安居是他朋友所开，他朋友得悉朋友的朋友来了，专门从福州易安居总店派了一位茶艺师来此沏茶。未几，把三杯汤色橙黄明亮的上好岩茶端到我的面前，独到的礼节让我感动。几天以后，游罢武夷山，又随他去了福州，侠客又先领我去西湖畔的易安居。甫进店门，即见在武夷山易安居为我沏茶的茶艺师又在此店迎候了，彬彬有礼，又是三杯汤色橙黄明亮的上好岩茶端到我面前，其茶道茶礼，不仅仅是让我感动了。

武夷山之美，美在山，美在水，但回想几天的武夷山之游，最有韵味的却还是吃茶。我们来到九龙窠，体验武夷山幽深的感觉。白云在山涧翻卷，山泉在脚下发出声响，面对崖上几乎是圣物的大红袍茶树，我们在一间茅屋吃茶，边品边悟，一瞬间，我突然明白茶是什么了：那是一种品质。有一个传说，三百多年前，一位穷书生进京赶考，路过武夷山，突然病倒了，被天心禅寺的方丈发现了，于是，方丈到九龙窠的崖壁上采下茶叶，泡了一碗茶给他喝，书生竟然奇迹般地恢复了身体，他如期到了京城参加考试，最后金榜题名。回家途中，他又一次在武夷山停留，他要谢恩，在方丈的陪同下，他来到九龙窠，随手脱下自己身穿的大红袍，披在山崖上的茶树上，从此大红袍名扬海内外。我以为这个故事蕴含着丰富的文化意义和道德意义。

在我未认识这位福州的侠客校长之前，我是不吃茶的。渴了，一杯白开水，也几乎是牛饮。我曾与他一起去美国培训，又住一个房间。白天去美国的中学"跟岗"做"影子校长"。晚上，两个人只能待在寝室里。房间里只有一张可以趴在那儿写字的桌子，另一张矮桌子就只能泡茶了。他每天把写字桌让给我，自己则在矮桌子上泡功夫茶。第一泡茶泡好，倒进茶碗里，放到我桌上，我饮完，第二泡又端上来了，然后是第三泡、第四泡，就这样，我一边饮茶，一边写东西。有时写到得意处，把吃茶忘了，侠客走过来，说："怎么不吃啊，凉啦。"随手把这盅茶倒了，即替上新的热茶，然后自己再走回去斜靠在床上看书写字。不知不觉我有了吃茶的习惯。有一晚上，我照旧坐在那里写东西，过了好长一段时间，不见热茶端上来，我回过头，问侠客："怎么不泡茶？"这才发现他躺在那里，闭着眼睛，原来他感冒发烧了。那一晚，我竟文思枯涩，有些不习惯。

从九龙窠出来，我们又翻山步行来到天心禅寺。天心禅寺是被称作大红袍祖庭的地方，弘一法师曾去那里吃过茶。在那儿吃茶，尤需心静。坐在寺院二楼茶房，边吃边听茶师讲茶道，这才知道泡茶、吃茶有很多讲究。大红袍的特征，体现在"香""清""甘""活"四个字上。"香""清""甘"还好理解，所谓"香"，即清香，在清香中还有缕缕果香、花香的味道；所谓"清"，即指茶的汤色光艳透亮，入口清爽；所谓"甘"，即是说茶汤滋味醇厚，越回味越甘爽。而"活"字，就很深奥了，还记得在美国期间，侠客与我吃茶时说品茶的品性与阅历，他说："真正懂得吃茶的人，是能吃出茶的细微之处的，不仅不同的人泡出来的茶味不同，即使同一个人在不同的心境下，泡出来的茶味也不同，或而，同一个人在不同的情绪状态下吃同一杯茶，吃出的感觉也不一样。"他还说："少女与少妇采的茶，细细品鉴也会不一样。"当时我很不以为然，笑他痴，笑他故弄玄虚。这几天在武夷山身临其境地吃茶，让我体会到侠客校长所讲的原来是有道理的，讲的就是一个"活"字，即吃茶时的心灵感受。

临走的前一天晚上，我们去看张艺谋导演的《印象大红袍》，在天地山水间摆出舞台，在歌舞之中演绎大红袍的历史与现实，场面之大令人咋舌。尽管有些俗气，但一句"放下，喝茶"的台词，却让我动心。唯有放得下，才能吃茶，才算真正吃茶。放得下，就是凡事要想开，在进中要能够退，在退中要把它看成是进。唯有放得下，才能在吃茶中调解自己、把握自己。人们的脚步太匆匆，需要不时放下脚步，找一个幽静之处，吃一口好茶，品味一下人生。在月色迷蒙中吃茶，在秋雨霏霏中吃茶，在各种美的境地中吃茶。不骄、不馁、不急、不躁的日常生活状态，那是宠辱不惊的生命状态。所谓好茶，第一在心境，心境好，茶就好。

2012 年 8 月 3 日于福州西湖

勿忘初心

梁彩英

　　踩着新春的鞭炮声，身上还裹着厚厚的年味，大年初三，我们师生一行二十人踏上了到美国波特兰市杰克逊中学交流互访的旅程。一转眼，来到这座玫瑰之城已数日，所到之处，无不为这里的宁静与有序所感染。

　　今天的行程是去海滩。从杰克逊中学到波特兰的佳能海滩需穿过 Clatsop State Forest。早上 8 点多，六个家长志愿者与杰克逊中学的负责老师驱车带着我们一行出发了。我乘上了一位美国爸爸的车，同车的还有四个学生和我的一个同事。

　　车出了城区，慢慢地向着远山驶去。开车的美国家长细心而淡定，直行、拐弯、红绿灯处，车总开得足够平稳。或许是彼此初次见面，抑或是语言交流上还有那么一些不畅，车上的气氛有那么一些凝固。我坐在副驾位置，稍稍有那么一点尴尬，但这种尴尬很快被宽广视野下迎向我的更多风景取代，当车厢里飘起熟悉的美国乡村音乐时，我更是把自己置身于车外了。前面的路一直延伸到两山之间，沿路两边是开阔的草地，一两棵树散落在上面，悠然而宁静。左右的两个山坳似两只张开的巨型手臂，要将我们这批远道而来的客人热情地揽入怀里。

波特兰的气候兼有地中海气候和海洋性气候的特点，冬天温暖多雨，全年70%的降雨都集中在11月至第二年4月，我们此次行程正是安排在多雨的季节。今天又是一个阴雨天，车外弥漫着湿湿的空气。透过湿润，我的视线被一层层流动的细纱缠绕住了，右侧的山坳里，说不清是云还是雾，轻轻薄薄的如浣过的纱般悬在半空、挂在枝头，正担心它会跌落到草地上时，转眼却又爬上了树梢；正感觉它婀娜到了我身边欲伸手去轻挽时，却发现原来它躲得离我很远。我疑惑着，似乎那次与一群朋友雨中登上苏州的最高峰缥缈峰时也曾经触摸过那片轻柔，而现在，我也分明穿行在云雾里，却是在山脚。本以为左边的山坳里会有一样的轻舞，却在转过视线后被惊得失了态，我禁不住张大了嘴巴，不敢相信，眼前这另外半面山被滚动的浓云从半山腰一直到山脚盖得严严实实，难道是厚厚的积雪？但分明可以感觉到它的移动、变幻，只是它不让背后任何一根树枝露出脸来。我被左右这完全的轻重失衡震撼了，更被这座山迷住了。我忍不住回过头去，想对坐在后排的同事和学生说："看，车外多美。"却发现后面所有人的目光都在窗外。山里会有更多的惊喜等着我们吧？山那一头会有更多的惊喜等着我们吧？

耳边回荡了许久的乡村音乐已经将车上的每一个人都浸透了，很喜欢那节奏，时而欢快地荡漾着车里每个角落的空气、撞击着每个人的耳膜；时而又轻轻柔柔地流淌进每个人的心里，感觉所有人身体里的细胞都被音乐声拉到了一起在舞动，没有了尴尬的距离。

车终于驶入了两山间的公路，这是一条并不特别宽的双向两车道公路，夹在两侧高耸的林间更显狭窄。目光所及之处除了树木还是树木，于是，我端详起了这异国的森林。这里的林木种植密度很大，大部分的树木可能是为了争得一丝阳光长得细长高耸。在我看来，这里有冬季依然苍翠挺拔的松树，还夹杂着这个季节已经没了叶子、只剩树干的不知名的树木。也在很多地方看过冬天的萧条，没了叶子的树干光秃秃地立在寒风中，让人想去怜惜却又力不从心。可眼前的树干为何如此奇特，浑身长满了绿色的绒毛？透过车窗再仔细辨认，发现原来那是一层厚厚的绿色苔藓。这里冬季温湿的气候为苔藓提供了最佳的生长环境，催生了这片片绿色的生命。我不禁感慨，这是一种生命对另一种生命的关怀。树干愿为苔藓贡献出自己的躯体，而苔藓舍弃平地、舍弃山石，努力爬上高高的树枝，只为让没了叶子的枝头挂满绿色。我更感慨，这是大自然对每一个生命平等的关爱，她不让任何一个生命在这个季节失去色彩，苔藓可以骄傲地在枝头瞭望，落了叶的树干在冬季也绝不逊色于依然绿意盎然的松树，伸展的树干抑或挺拔高耸、抑或婀娜低俯，无不在自信地张扬着它们的生命。一路前行，我的目光一直没有离开过那片不一样的绿色，这里对生命没有偏爱，这里的生命对自然都心怀感恩。我的内心被强烈地冲击着，为人师这么多年，我关爱到每个学生了吗？我给每个学生张扬他们生命的机会了吗？我教会了每个学生对生命心怀崇敬与感恩了吗？禁不住再次回过头去，不是看后面的同行者有没有在看这一路的风景，而是仔细看了一眼坐在我后面的那个男生。他在闭目听音乐，此次来美国才认识他，那天刚一下飞机他就好奇地乱窜，差点误了集合时间，我生气地告诫他要遵守纪律，可今天一早出发时，他凑近坐到了车后排座位上的我，轻轻地说："老师，小孩不能坐副驾驶位的，你去坐吧。"我恍然大悟，平日里习惯了要么开车，要么带着女儿坐到后排，竟忘了此时自己的角色。我对着他连声说：“好的，我去，我去。”此时，我感觉他是如此让我放心。每个学生都有不一样的个性特点，正如这林间的万木，但每个学生又都是一样需要呵护与关爱，他们生命的色彩都需要被发现和张扬。自然界蕴藏着生命、蕴藏着神奇，也蕴藏着教育的真谛。

思绪被美国家长的话打断了，他指着路两侧的积雪告诉我们，这雪是十多天前下的，居然到今天都没化。我这才把目光移到了山脚下，被清扫堆积到了路两边的积雪从前方一直向着我们的车后延伸开去。哈，这该是等候在这里迎接我们的大自然最热情的哈达吧，有一种深深的受自然宠爱的感觉。

看看时间，该穿出这片林子了，开始期待不远处山那头的海了，还有那太平洋边的海滩。我在心里对自己说：“嗨，勿忘初心。”

肇兴侗寨

柳袁照

从黔东南千户苗寨出发，整整五个小时，汽车在山里奔驰。开始有一段高速，后来就是土路，坑坑洼洼、高低不平，人坐在车上，东倒西歪，如醉酒一般。车终于停下，听得有人招呼下车吃饭，还以为是途中停靠，原来是到了肇兴。只见一条水泥路面，车子已直接开到了寨子中央。

肇兴在黎平县，距县城还有 70 多公里，可谓偏僻，游人很少。许多人家已经开店开铺，但不规范，也少讲协调，比如欧美的洋名，直接就拿来冠以自己家的客栈，不像千户苗寨那么成熟。千户苗寨的一处吊脚楼茶室，取名为"琴人茶座"，一处吊脚楼娱乐场所，取名为"酒点半 MTV"，利用谐音，搞得很有文气、很有情调；而肇兴侗寨，土、洋在这里冲突，杉木吊脚楼的大门，做小生意的侗民会安装上玻璃移门，尽管有一点不伦不类，但我能理解与接受，它透露的是原始的自然的气息，透露的是面对外部世界的诱惑而无力拒绝的那种天真与朴实的气息。

我在寨子里住了一晚。傍晚与早晨是这里最好的时光，无论观光还是摄影都是如此。肇兴侗寨，真可称得上是侗寨的典范。侗寨都是依山邻水，肇兴也不例外，它坐落于一条狭长的谷底，南北高山耸立，寨子东西蜿蜒。说它被两山夹持其实也不贴切，东西两端也是山丘横陈。山上的清泉，有的湍急，有的缓缓向下流，最终汇成一条肇星河。河两岸林立着吊脚楼，一般都是三层，木梁、木柱、木椽与板壁都是杉木，不用钉子，都是槽、榫相接，真正的侗寨风情。最美的是肇星河上的五座花桥——典型的侗寨廊桥，桥两边有靠椅，梁柱间有彩绘。坐在桥上休憩，真是享受。特别是傍晚，太阳西下，淡淡昏黄的阳光涂抹在周边所能见到的一切景物上，安谧而祥和，坐着什么都不会想、什么也不用想。早晨更好，那一天，我很早就起了床，当时天刚蒙蒙亮，我又坐在桥上，看晨雾慢慢散去、看远山近水、看鼓楼萨坛，如何一点点从朦胧到清晰。万籁俱静，似乎只有流水声，由远而近，再由近而远，与我的思绪一起，出没显隐。

　　鼓楼是肇兴侗寨的标志。肇兴的每一座花桥旁都有一座鼓楼，且往往与花桥、戏楼三位一体。肇兴有五座鼓楼，分别以"仁""义""礼""智""信"五字冠名，分布在寨子的不同方位，以鼓楼为中心，组成"团"，五座鼓楼就是五个"团"。每个"团"属下都有百户人家。鼓楼是侗民魂系之地，有重大事情，侗民们都会聚在楼下的火塘处商议。楼顶有鼓，鼓声一响，寨子里的所有人都要到此集聚。与鼓楼相应的萨坛更是神圣，萨坛是祭祀萨岁的，萨岁译成汉语，就是"天仙大祖母"，传说是她孕育了侗族的一切。

　　侗族大歌真是美妙，鼓楼下每逢节日，全寨男女载歌载舞，其热情能融化每一个人，其歌喉可以说是世界上最清脆的，其歌声如潺潺流水，如百啭千啾的鸟鸣。侗族歌谣讲述了这样一个古老的传说：很久很久以前，有一个姓陆名暖的男孩来到了这里，他发现了这处"桃源"，于是定居下来，开荒造田，成为肇兴侗寨的始祖。到了元朝，蒙古人南下，许多侗族寨子遭到浩劫，许多侗人纷纷逃入肇兴侗寨。陆氏后人打开寨门热情地接纳了他们，后来为了感恩，大家约定，所有人，包括外来的外姓人，都姓陆。为了有所区别，他们都有两个姓，对外一致都姓陆，对内保留原有的姓氏。很遗憾，那天不是重大节日，也没有重大庆典，我们没有看到鼓楼下侗族大歌的盛大场面。不过，在住所的一间会堂，我们还是享受到了一场侗族大歌的演出。四个小伙子、九个妹子、芦笙、弹唱，叙事歌、情歌，还是把我们带入"世外"的梦乡。二十多年前，就是九位侗族妹子，在巴黎"金秋艺术节"上一展歌喉，侗族大歌也被誉为"清泉般闪光的音乐"。

让我流连的还不仅于此，我曾早晚两次离开寨子，独自向寨东走去，爬上寨东的山坡远眺寨子。夕阳下，逆光下的寨子在光雾中隐现；朝阳中的寨子，清晰而明丽。无论是逆光还是朝阳，五座鼓楼的鼓顶错落在那里，就像五艘水上的航船，向着远方那个缥缈的地方驶去。侗寨吊脚楼的楼顶也是胜景，早晚享受最好，杉树皮、石片与青瓦相杂相错，如鱼鳞闪闪，加上吊脚楼的错落高低，充满动感。俯视是最好的角度，能把一切美景尽收眼底。

我走出寨外的目的不仅于此，还为去走访侗家的梯田。那些梯田都是"古董"，都是千百年前的先人为他们留下来的。石砌石垒，古朴苍老。田埂上，遇到一位侗寨农妇正要去照看她的自留梯田，于是一路同行，同行的还有她的一只小狗，奔前跑后。农妇告诉我，离肇兴不远，几里路之外的堂安，那里的梯田更有看头。她说，有一块梯田，长150多米，长长的望不到头，是老辈人传下来的。我赶紧用手机上网查找资料，原来清朝光绪年间有一位鬼师，就是做祭祀、算卦之事的人，六十一岁那年毅然上山，十三年如一日地坚守，肩扛背驮，把石头一块一块地运上来。老人吃住都在山上，终于建造了长城般的石砌梯田。很遗憾，我不能前往凭吊，只能朝着那个方向鞠躬致意。

走在寨外，我会无比感动，那田埂都是有岁月的田埂，青石板、卵石，荒草相间，青苔相杂。逆着山流而上，山流或有堤坝，也是山石砌就，没有千年，也有百年。我看到四个孩子，三男一女，都是四五岁的样子，在溪流里嬉耍。水没过他们的小腿肚，或更深些。他们要入水了，各自小心地褪了衣裤，放在干燥处，然后相拥着钻入了水中，赤裸的小身体与伟大的山水融为一体，没有人呵斥他们，也没有人为他们担惊受怕。这偶然相遇的一幕，对从尘世中来的人来说，烙在心里，再也忘不了了。

与君书（节选）

袁卫星

一

我要先和你说说我所居住的这座城市。

它的名字，是可以像莲花一样，从你的朱唇上轻吐出来的。当你吐出它名字的第一个字的时候，你就会觉得唇齿留香了；另外的一个字，你完全可以抿在嘴里，直到抿出糯软的感觉来，直到抿得它化在你的舌根，甜到你的心头。

——它的名字叫苏州。

我不喜欢那个戴眼镜的余秋雨给苏州下的定义——"白发苏州"。是的，苏州已经两千五百岁了，但它依然是长发飘飘、身姿婀娜，永远不老的样子。连被称为"百戏之祖"、老得不能再老、雅得不能再雅的昆曲，都排出了青春版的《牡丹亭》。苏州就像一个天上下凡，不，不，该是天堂固有的仙女，每到春天来临，她就会悄声轻灵，走动出一个曼妙的身段。

我知道我这么一说，你就会在苔痕上阶、草色入帘的季节到苏州来，扮一回风景，不，风景中的人。你会把杜丽娘那句"不到园林，怎知春色如许"咿咿呀呀地吟唱给我。是的，苏州园林，仅几块雅致的花窗，就能乍现它的精细灵活；只一条曲折的长廊，就能隐藏它的悲欢离合，但我先不带你去那些地方，我要先带你到平江路走一走。

平江路是古城苏州保存的相对完好的一条老街。这条老街绵延三四里，两侧伸出众多历史悠久的小巷，比如：狮林寺巷、东花桥巷、曹胡徐巷、大新桥巷、卫道观前、悬桥巷、菉葭巷、丁香巷、传芳巷、大儒巷、中张家巷、萧家巷、钮家巷等。光这些个巷名，念叨念叨，就很有些味道，会让你心底轻泛起些许涟漪，脑中平生出许多遐想。这就仿佛一棵饱经风霜的老树，累了，倦了，躺倒在青石板上，但枝枝蔓蔓依旧扩展开来，报出春天的嫩芽；又如一个久经沧桑的老人，倦了，累了，闭目于岁月的躺椅，已无风雨已无晴，一任儿孙绕自膝。

但是它的"另一半"——平江河还在，同样是绵延三四里。几百年，不，应当是几千年如一日，正像我们和自己深爱的人约定的那样，相依相伴，终老不弃。或者如歌中所唱："我能想到最浪漫的事，就是和你一起慢慢变老……"

要穿平跟的软底鞋走在平江路上，不要在凹凸不平、老实厚重的长条街石上敲击出"的咯的咯"的声音，不要去惊动历史。要打望舒先生在《雨巷》中"撑"过的那把"油纸伞"走在平江路上，不管逢不逢见"一个丁香一样结着愁怨的姑娘"。要把心事了无尘埃地放下，不是为寻觅而来，也不是为排解而来，为只为，什么也不为（wéi），什么也不为（wèi）……

就这样，走在平江路上，你会觉得走出了另一片天地、走进了另一个世界。一侧枕河石栏把时光流转，岁月冉冉诉说给你；两眼当路古井将几多往事、几多风雨深蕴其中。蹲身探视小小的井口，你会平添感慨：两千年了，它似乎深不见底；两千年了，它依然清澈无比……起身凝视周围墙影斑驳、窗漆脱落的老宅，你会如陆苏州所言"仿佛还可以看见王孙公子骑着高头大马走进了小巷，吊着铜环的黑漆大门咯咯作响，四个当差的从大门堂内的长凳上慌忙站起来，扶着主子踏着门边的下马石翻身落马""仿佛可以听到喇叭声响，爆竹连天，大门上张灯结彩，一顶花轿抬进巷来……"

如果你走累了，就拐到中张家巷里去转一转。这里有昆曲博物馆、评弹博物馆，也有苏州最老的书局——百花书局。你可以到昆曲博物馆的戏台上去过把瘾——也许一个观众也没有，你只是自己演给自己看，但人生这出戏，本身就没有设什么观众席。你也可以到百花书局去淘线装的古书，或者买最有名、最正宗的昆曲和评弹。你还可以掏寥寥的几块钱，和早晨在平江路上"王林记"烧饼店前排两小时长队买一个烧饼的老苏州们一起，再花上两个小时，在评弹博物馆听一曲评书，消受半个下午。品着茶、摇着扇，甚或手剥着不加糖、不添盐、香喷喷、干脆脆的原味香瓜子，台上着长衫穿旗袍的演员说啥唱啥，尽管多半一句也听不懂，但你照样会在老苏州们哄笑开来的当口"扑哧"一声，照样在老苏州们泪水涟涟的时候掏出手巾……

该是一声长调把你的魂魄召回到平江路了。那是蓝印花布、提篮小卖的农家大嫂拖着长声在沿街叫卖："阿——要——白——兰——花——"这一声声的长调被一阵阵洁白纯美的花香所包围，你被它们牵引着，走过了潘世恩故居、走过了洪钧故居、走过了全晋会馆，一不留神，就走到了你所向往的园林——耦园。

坦白地说，在苏州众多的私家园林中，耦园排不上什么大的座次。若论古朴，苏州有宋代的沧浪亭；若论雄深，苏州有元代的狮子林；若论雍容，苏州有明代的拙政园；若论清幽，苏州有清代的留园……

而这耦园，仿佛当年园子主人在摊开的图纸上只画了寥寥几笔，显得太过随性、太过散淡，但正是这随性和散淡，暗合了平江路的风韵。平江路要是开腔唱，必定是："我本是，卧龙岗，散淡人……"

走出平江路，就是喧闹无比的干将路，这是苏州古城的主干道，目前正大兴土木，在原有路基下，建造苏州第一条轻轨线路。望着车水马龙而又拥挤不堪的街市，想着如何才能在滚滚车轮中穿过狭窄的斑马线，你生出感慨：平江路是多好的一条路啊，平江路是多美的一段历史！我转过身来，在你，也在自己耳边低语：

"这个城市，曾经到处都是平江路……"

二

现在，黄昏已经来临。

你得承认，黄昏是一个不错的时段。清晨太刺眼，太过于敏感；黑夜太幽深，太难于把握；只有黄昏，给人一种虚虚实实的感觉、一种忽明忽暗的朦胧、一种刚柔相济的境界。黄昏里的人，个个美丽如仙，透过那层橘黄色的晕光，你会读到一张张真情流露的脸。

那么，让我们在这明明灭灭的黄昏里找个地方坐下来，谈谈我为你写的一个童话：

那也是一个黄昏，初夏的黄昏。落日的余晖斜洒在广袤的平原上，给绿色的田野镶上了金色的光边。远处宽阔的河岸上，一排细细高高的水杉，像是这片碧野的忠实守望者。麦苗刚刚秀穗，还不是农忙季节，农人悠悠然扛着锄头回家，路上遇见熟人，就停下来说会儿闲话。手里牵着、抑或细鞭赶着的山羊，也就不急不慢地停下归圈的脚步，嗅嗅麦田里的芳香，啃啃田埂上的青草，或者对被自己刚刚不小心踩疼了的小小的野花由衷地说声"对不起"。

我的汽车马达再也不忍心惊扰这份宁静、安谧。

　　作为一个迷失在钢筋混凝土森林之中的现代人、一个被当今社会的物质文明和生活垃圾重重包围的现代人、一个被"都市病""文明病""富贵病"等多种疾病缠身的现代人，逃离钢筋水泥的禁锢、逃离灯红酒绿的羁绊、逃离我所居住的城市、逃离喧嚣、逃离焦躁、逃离不安，甚至逃离绝望，我的车，和我的心一起，前来寻找一条河流，一条清清亮亮的河流。

　　我是为了寻找这条清清亮亮的河流才来到这片河岸的。

　　这是一条母性的河流，九转回环、蜿蜒曲折。她生命的起源是无数山泉的喷涌，当这些泉水汇聚在一起的时候，她就在万千宠爱中壮大了生命，在气候最最干旱的日子也从不干涸。她拥抱过一座又一座高耸突兀的山峦，她的脚步时而急湍、时而浩荡，而当她最终流经这片平原的时候，她只是温柔地漫过田野，没有喧嚣，不会咆哮，娴静得就像温婉的少女。

　　就是这样一条清清亮亮的河流，一直守候在我的记忆之中，用她的清澈、她的单纯，时不时抚慰我的内心，感化我的心灵。

　　一条河流，她为什么日夜奔走？她为什么经久不息？她的生命到底有多长？……这些问题鼓励着我挣脱世俗的枷锁，奔向浩瀚真实的心灵。

　　我寻找她，或许只为了站在她的岸边，吹吹拂面的凉风，看看流淌的水波，掬一口清洌，濯一脸倦容……

　　弃车步行的我就这样走向河岸。脚步蜿蜒在绿色的田野，我觉得我就像一尾小鱼，在大河的柔波里漫游……

　　就在河岸上，我看到了这世界上最为美丽、最为壮观的舞蹈！一种体长不到一厘米的小虫，扇着那近似三角形的透明发亮的翅膀，成群结队地在空中飞舞，它们千姿百态的舞蹈动作，无法用任何语言来表达。它们举手投足、弯腰舒臂所显示出来的形态、身段、轮廓、线条，俨然是一个个天然艺术家的模样。

我敢肯定，我们大多数人没有欣赏过如此美丽、如此壮观的舞蹈。的确是这样，在脚步匆匆的人生旅途上，几乎每个人的目光都是向着前方，很多时候，我们连低头看看脚下的时间都没有，更不用说是抬头看看头顶的蓝天了。那一朵朵千姿百态、变幻无穷的白云，就那样一次又一次地被人们错过。

"我说亲爱的朋友，为什么不和我们一起舞动起来？"

正当我准备以传统的欣赏思路，将日常生活中的琐事和烦恼统统抛在脑后，将生命的疲惫、焦虑和困顿暂搁一边，静（或许应当是"净"）下心来，全身心地投入河岸这样一个非常特殊的审美场的时候，一个细弱的声音在我耳边响起。

你可以想象我当时的吃惊程度。因为河岸上没有别人，只有我和被斜阳拖长了的我的影子。我的影子是不会和我说话的。这么多年，哪怕是形影相吊，它也只是沉默地点头或者摇头。

"难道你不知道，人生并不需要观众席？"

这回我看清了，是它们中的一只，舞到了我的跟前。我就更加惊讶了：想不到小小的虫子不仅善舞，而且还能开口说话。这简直是一个小精灵！

"你是不是在吃惊，为什么我能和你说话？"

小精灵好像猜透了我的内心。

"其实，作为昆虫，我们一直和你们这些所谓的人类说话，只是你们人类从来也没有把我们当一回事，把我们的轻声柔语听成了嗡嗡的声音，而且还煞有介事地硬说是我们的翅膀振动或者摩擦发出的声音。"

我觉得它说的有道理。只是奇怪，为什么以前我听不到它们说的话，而现在却听得到了。

"那是因为你直到现在，才拥有一段孤独宁静的时刻，而你们人类现在所处的时代，实在是一个嘈杂的时代！"小精灵仿佛痛心疾首地说。

我突然间觉得，这的确是一个问题！

自然界的奇迹都是在静谧中酝酿的：阳光静静地普照大地，人们的耳朵听不见任何声响，但是阳光给生命世界带来的生机无可取代；地球的引力没有机器的轰鸣声和铁链的铿锵声，更没有引擎轰隆的噪音，然而它操纵着月亮按照一定轨道运行不已；夜晚，露水悄然而降，无声无息，润泽每一株小草、每一片树叶和花瓣，使它们焕然一新……

而只有人类，无论想做什么、做过什么、做成什么、做错什么、做成大事、做成小事、做了高兴的事、做了痛苦的事，都少不了要吵吵嚷嚷，谁还有心思去静听一只小虫的呢喃呢？

"我说朋友，你是我这辈子说上话的第一个人。以前在水里生活的时候，也遇到过不少人，可是那时候的我，连说话都不会。"

小精灵显得很兴奋，干脆停下来，落在我肩膀上。

"什么？在水里生活？一只虫子能在水里生活？"我充满疑问。

"是的，也许你不能想象，我在水里生活了两年，两年哪！两年对于你们人类来说也许算不了什么，可是对于我们……总之，在这两年中，我蜕了二十多次皮，直到昨天，才浮出水面，在芦苇大哥的帮助下，用了足足二十四个小时，才变成今天的样子。"小精灵不无自豪地说。

我费了很大的力气，才在小精灵后来的叙说中弄明白事情的原委：

原来，在小精灵成为小虫子之前，它的爸爸妈妈把卵产在水里。卵在水中靠自然温度经过半个月左右的胚胎发育阶段，孵化出稚小的它。刚出生的它还没长出在水中进行呼吸的气管鳃，这段时间只能靠皮肤吸取水中的氧气生活。以后通过蜕皮，在身体两边生出鱼鳞状的气管鳃，开始进行正常的取食游泳活动。在蜕了几十次皮，壮大了骨骼之后，它浮升到水面，爬到"芦苇大哥"的身上，再一次蜕皮，羽化成虫。

"那么说，你真正舞动你的生命，才只有一天？"我惊讶地问。

"准确地说，还不到一天，才十多个小时吧！"小精灵回答，"十多个小时前，我首先发现自己拥有了一对翅膀，我可以用它来舞蹈！"

小精灵毫不掩饰它当时的兴奋。

"可是你没有音乐。没有音乐的刺激，怎么能将自己所有对美的感受表现为躯体的流动呢？"我说。

"谁说没有音乐？是因为你没有听到。难道你不觉得音乐在你的心里吗？每个人的心里都有一支永远随时为自己响起的乐队！"小虫子理直气壮地说。

我突然间觉得，我的心弦被撩拨了一下，发出清脆悦耳的声音。

"接下来我又发现，我能够像我的前辈那样开口说话。这可是天大的好事，我盼了一辈子的好事！"

说这话的时候，小虫子两眼放光，仿佛莫大的幸运降临在它的身上。

"那么，你在水里不能说话？"我问。

"要是那时候能说话就好了，在她醒着的时候……"

仿佛触动了他的内心，小精灵突然间有了忧伤……

——是的，我这个童话的叙述者是个在城市生活中丢失了太多"平江路"，甚或连仅有的一条"平江路"也从未走过的身心俱疲的"现代人"。他在故事一开始告诉读者，他在忙碌的追求中得了亚健康症，并且怀疑自己得了绝症，将不久于人世。在他认为的"生命的最后一天"，他回到家乡，去找寻那条"清亮亮的河流"。结果，在宽阔的河岸上，和刚刚羽化成虫的蜉蝣相遇。蜉蝣和他讲了在水里一年孵化、吸氧、蜕皮等痛苦的经历，并告诉他，自己羽化成虫后的生命只有一天，"祖祖辈辈都是这样"，同时还表示在水里"拥有了一个秘密"。为了解开这个秘密，也为了让蜉蝣感受人世的生活，享受在他看来的"幸福"，他把蜉蝣带回到城市，让他成为"舞蹈王子"，成为"明星"，并且拥有唾手可得的金钱、美色、荣誉、地位等等，但蜉蝣告诉他："这对我一天的生命来说，又有什么用呢？"蜉蝣寻找的是自己的幸福：内心的幸福，而不是"别人眼里的幸福"；寻找的幸福不仅是"满意"，不仅是"快乐"，更多的是"价值"。他说出了他的秘密：他要为他喜欢或爱着（在蜉蝣看来，喜欢是浅浅的爱，爱是深深的喜欢）的睡莲找到能够吻醒她的青蛙王子。他由此明白了一切。他告诉蜉蝣："城市里没有青蛙王子。"于是他带蜉蝣返回河岸，重新找到那条"清亮亮的河流"……

——是的，我这个童话就是为你写的。我会在扉页上郑重写上：谨以此书献给如莲一般可喜可爱的你。

写于 2009 年

（节选自作者长篇散文《与君书》，节选部分已在
《新华月报》及《教师博览》等刊发表）

后记

柳袁照

编一本在职教师散文集的愿望已久，语文组的滕柏、袁佳老师花了一个暑期的时间，终于编撰完成，可喜可贺。原不想再说什么了，老前辈秦兆基先生也欣然作序。不过，定了书名之后，却突然心血来潮，又想说点什么，于是，我就为此书写一个后记。

为何用此书名，我曾在《〈西花园的颂〉后记》中作了交代，《西花园的风》《西花园的雅》《西花园的颂》是一个系列，要结合起来读才更明白，何况秦先生已在序中引经据典，作了深入浅出的阐述，不再赘述。在此，我只是再讲讲为何要鼓励编者编撰此书。

教育是什么？最简单的问题，往往是最不能解答的。我们每天都在做教育工作，但是我们不借助字典、词典等工具书，都能个性化地作出即席的诠释吗？都能结合自己的日常教育生活，作出我们自己独到的阐述吗？

日前，教育部中学校长培训中心第六期全国优秀中学校长高级研究班在培训中心主任代蕊华、副主任刘丽莉的带领下，来到我们这里。

作为学兄，我与他们作了交流，开首我就提出这个问题，引起了大家的共鸣。我们确实需要静下心来，认真思考了。我一直很赞赏泰戈尔的一句话："教育是为人类传递生命的气息。"教育所做的一切，都是为了人的生命成长、为了人类生命的延续，如今，我们学校教育所做的一切，都在"生命意义"上吗？

我曾把教育比作一泓清泉，在天地间，清澈自由而欢快地流动，因为这样的流动能激起师生生命的澎湃。在一个时刻充满生命气息的校园里，让孩子们真诚地、带着自己纯美的天性生长与舒展。

教师如何发展？对当下提烂了的"教师专业发展"这个概念，我颇有想法。它本身没有错，自有其丰富的内涵，只是与"有效教学"一样，在实际的工作中被我们异化了、窄化了，成为学校与教师个体追逐高分的工具。教师发展，本质上是教师的生命成长，"教师与学生共同发展""教师在发展学生的过程中发展自己"等理念都是值得肯定的。教师的专业素质固然重要，但是什么更重要呢？

现在，每一所学校、每一个校长、每一个老师，都在提培养创新人才。创新人才的本质特征是什么？与日常的学校教育是什么关系？与教师的素质、素养是什么关系？原创精神、原创能力、原创素养十分重要，我们日常的学校教育与课堂教学，对此都给予充分的关注了吗？教师对此是如何保护与挖掘的？一个只会在技术层面做教育的人，如何还能保持自身的原创品性？丢失了原创精神的教师，如何还能以自己的原创精神去影响学生的原创精神？

要做真的教育，不做伪教育、假教育。何为真教育？就是一种真正的生命成长意义上的教育，是一种完整的教育。这种完整的教育，第一不可缺的就是保护与提升孩子们的原创品质。同样，要让我们的教师都能成为一个真教师，不做伪教师、假教师。最近，苏州提出"像叶圣陶那样做教师"，我曾写过一文《也谈像叶圣陶那样做老师》，表达我的观点。像叶圣陶那样做老师，绝不是一句时尚的教育口号，而是预示着对中华优秀文化传统的直面回归。像叶圣陶那样做老师，并不仅仅是指只学叶圣陶一个人，而是回归以叶圣陶为代表的那代人的传统，也不仅仅只指他们那辈人，而是意味着回归以叶圣陶那辈人为代表的整个优秀的民族文化教育传统。

那么，我们民族的优秀传统是什么呢？叶圣陶是如何做老师的呢？叶圣陶绝不会只以分数、考试为重，仅把学生当作容器，也不会把老师的教育当作往容器里装东西的一道工序。他也没有像今天这样为了评职称而写那么多与教育并没有多大关系的论文，也没有按照一些专家坐在办公室里预设的教学情景，如演戏一样去获得评优课的奖项。他把孩子当作真正的人，把课堂当作他们生命成长的肥沃田野。叶圣陶把语文教学与文学创作结合起来，打通课堂与文学殿堂的通道，从而成为近现代教育史、文学史上都占有一席之地的人。由教育行政部门提出这一要求，预示着当下学校实际运行的教育价值观将受到挑战。

《西花园的雅》是一本我们老师——主要是语文老师创作的散文作品集，与专业作家的水准相比还很稚嫩，不成熟，但都是发自内心，是在对生活、生命真诚体验、沉淀之后的本真表达。《西花园的风》《西花园的雅》《西花园的颂》三本集子，或诗歌、或散文、或教育随笔，都是原创性作品。鼓励老师，特别是语文老师，一边教书，一边创作，其意义不限于写出的作品本身，更在于这样做所焕发的价值。对一个老师来说，学识固然重要，但他们的情怀、涵养，以及感悟、体验等能力，将直接影响到他们的创造与创新能力。

我曾对老师们说："现在的教师管理、评价制度，我们没有能力去否定，但我们可以在这个框架内最大限度地做我们内心想做的事情。"

老师晋级需要论文，需要评优课，需要老师分数，但在实际学校教育生活中，教师写的那些论文很少与实际的教育教学相关，有些甚至是无用的，是空谈。那些公开课、评优课与日常的课堂教学相距甚远。那些考试成绩的背后，浪费了师生多少时间，牺牲了师生多少健康。为了自身的"制度性发展"，需要做，只能做，但是我们不能仅仅只做这些。当我们获得了相应的晋级之后，可以抛弃论文、评优课，多做一些能以自己的情怀影响孩子们的情怀、以自己的原创性保护孩子们的原创性的事情。而文学写作，像叶圣陶那样教书写作，肯定在被未来社会肯定之列。是不是说得有些绝对？可我还是要说，这些谬误，还敬请有识之士斧正。

是为后记。

2013 年 10 月 9 日

图书在版编目（CIP）数据

西花园的雅/滕柏主编. —上海：文汇出版社，
2013.11
  ISBN 978-7-5496-1022-8

  Ⅰ.①西… Ⅱ.①滕… Ⅲ.①散文集—中国
—当代 Ⅳ.①I267

中国版本图书馆CIP数据核字（2013）第265019号

西花园的雅

主　　编 / 滕　柏
责任编辑 / 熊　勇
特约编辑 / 张　琦
装帧设计 / 周　丹

出版发行 / 文汇出版社
　　　　　　上海市威海路755号
　　　　　　（邮政编码200041）
印刷装订 / 苏州市大元印务有限公司
版　　次 / 2013年11月第1版
印　　次 / 2013年11月第1次印刷
开　　本 / 880×1230　1/32
印　　张 / 9.5
字　　数 / 160千

ISBN 978-7-5496-1022-8
定　　价 / 33.00元